잇츠
IT'S MY LIFE
마이라이프

잇츠 마이 라이프 14

초판 1쇄 인쇄일 2022년 12월 9일 | **초판 1쇄 발행일** 2022년 12월 15일

지은이 초촌 | **펴낸이** 곽동현 | **담당편집 팀장** 이범수
편집부 정요한 조혜진

펴낸곳 (주)조은세상 | 출판등록 제2002-23호
주소 서울특별시 동작구 동작대로1길 27 5층
TEL 02)587-2966 | FAX 02)587-2922
E-mail bukdu@comics21c.co.kr

ISBN 979-11-391-1288-7 | ISBN 979-11-391-0352-6(set)
값 9,000원

14

북두

좋은세상

잇츠 마이라이프

초촌 현대판타지 장편소설

IT'S MY LIFE

초촌 현대판타지 장편소설

MODOERN FANTASY STORY

CONTENTS

Chapter 104

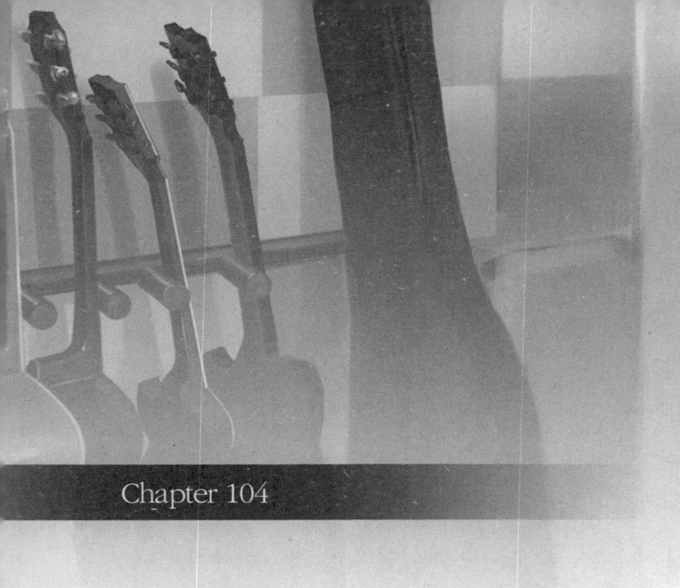

Chapter 104

"저것 좀 보십시오."

"뭘요?"

"저기 저것, 운전자가 없는 자동차가 고속 도로를 달립니다."

클롬 데뷔 무대를 모니터링하려고 저녁까지 집에 안 가고 있던 차에 무심코 보고 있던 TV에서 자율 주행 자동차가 나오고 있었다.

작년 방영분에서 특이한 것만 골라 다시 찾아가는 컨셉이었는데 보는 순간 얼어 버렸다.

"우리나라에 자율 주행 자동차가 있었어요?"

"지금 내용으로는 1990년에 세계 최초로 무인 자동차 개발에 성공했다고 나옵니다. 저기 보십시오. 1993년에 도심 주행을 완료했고 작년에 고속 도로 주행에도 성공했다 합니다."

화면엔 비가 내리고 있었다.

PD와 함께 꼬장꼬장하게 생긴 교수님 한 분이 뒷좌석에 앉아 고속 도로를 달리는 장면.

충격적이었다.

자율 주행 자동차 하면 테슬라 아니었던가?

테슬라는 아예 존재하지도 않았을 때 이런 걸 연구한 학자가 우리나라에 있었다고?

인터뷰 내용도 술술 나오고 있었다. 업계의 반향이 컸다고.

당연할 것이다. 자동차 회사라면 이걸 보고 어떻게 가만히 있을까?

학회에서 주행 실험 결과를 발표하자 벤츠, 폭스바겐의 수석 연구원들이 그를 만나기 위해 줄줄이 고려대로 날아왔다고.

하지만 정작 국내에서 산업 기술로 개발하기 위한 프로젝트를 신청했다가 탈락했다는 내용이 나왔다.

'이유를 잘 모르겠다'고 하는 그를 보는데, 정부보다는 국내 자동차 회사들이 먼저 떠올랐다. 그놈들이 방해한 건 아닌지.

"……저분 만나고 싶은데……요."

"만나게 해 드릴까요?"

"예."

"알겠습니다. 바로 스케줄 잡겠습니다."

바로 약속이 잡혔다.

시간보다 일찍 고려대 산업 공학과로 달려갔고 교수실을 찾았다.

내가 처음 발을 디딘 교수실은 기가 막힐 정도로 오필승 테크와 닮아 있었다.

바닥에 늘어진 전선 하며 용도를 알 수 없는 부품들 하며 벽을 둘러싼 캐비닛엔 온통 전자 기기와 관련된 물품밖에 보이지 않았다. 그곳 구석에 조그만 체구의 남자가 앉아 무언가를 두드리고 있었다.

나는 나도 모르게 크게 인사를 했다.

"안녕하십니까. 오필승 테크의 장대운입니다!"

"아이고, 깜짝이야."

"어제 약속한 오필승 테크입니다."

"아아~ 내 정신 좀 봐. 손님이 오신다는 걸 깜빡했습니다."

그도 벌떡 일어났다.

"아닙니다. 제가 교수님의 연구를 방해했습니다. 죄송합니다."

"무슨 말씀을요. 어서, 여기 어서 앉으세요."

의자에 널려 있는 물품들을 급히 치운다.

나도 얼른 도왔다. 같이 간 백은호와 정복기도 도왔다.

"이분은 오필승 테크의 연구소장님으로서 무선 통신 기술 복기-1, 복기-2를 개발하신 분이십니다."

"아이고, 그렇습니까? 반갑습니다. 세계 무선 통신의 아버지라 불리는 분을 이렇게 뵙게 되다니요. 영광입니다. 저는 여기 고려대에서 학생들 가르치는 한민호입니다."

"안녕하십니까. 정복기입니다. 저도 어제 이 소식을 듣고 깜짝 놀랐습니다. 우리나라에 자율 주행 자동차가 있고 그걸 일찍부터 연구하시는 분이 계셨다니요. 정말 몰랐습니다. 대단하십니다, 교수님."

"맞아요. 저도 어제 TV 보다가 알게 됐습니다. 급히 연락을 드렸는데 만남을 흔쾌히 허락해 주셔서 감사합니다."

"아이고, 저는 아무것도 없는 사람입니다. 너무 추켜세우지 마십시오."

"아닙니다. 제 눈엔 이 세상 누구보다 앞선 선구자이십니다. 자율 주행 자동차는 앞으로 일백 년을 좌우할 차세대 먹거리가 아닙니까. 어찌 그에 합당한 대우를 하지 않을 수 있을까요."

되레 내 말이 놀랍다는 듯 쳐다본다.

"진정 그렇게 생각하십니까?"

"어제 방송을 보자마자 감이 탁 왔습니다. 그걸 깨닫고 어찌 교수님을 뵙지 않을 수 있을까요? 정말 존경합니다. 교수님."

"……."

"저는 상상도 못 했습니다. 저기 미국 카네기멜런대학의 네블렙(Navlab)이 그나마 이쪽에 권위가 있는 줄로만 알았는데 네블렙보다 최소 5년은 앞서 있지 않습니까. 이 일은 대서특필되어 온 국민에게 알려져야 할 일입니다. 감격스럽지 않을 수가 없습니다."

"아이고, 그만하십시오. 말씀만으로도 정말 감사드립니다. 마음에 큰 위로가 됩니다."

"위로라니요. 이건 혁신입니다. 향후 세계가 매달려야 할 최고의 기술. 이 일을 어찌 묻어 둘 수 있겠습니까?"

"허허허, 너무 높습니다. 어지러워요. 어휴~ 이렇게 알아 주시는 분이 있는 줄 알았다면 더욱 매진했을 텐데."

"예?"

"……."

씁쓸한 표정을 짓는 그에게서 뭔가 잘못됐다는 걸 깨달았다.

웃고는 있으나 웃음기가 싹 가신 한민호 교수.

그의 얼굴엔 온통 회한만이 가득했다.

묻지 않을 수가 없었다.

"조심스럽지만. 교수님, 무슨 일이 있었던 것 같은데 여쭤 봐도 될까요?"

"무슨 일이 있었냐고요? 뭐, 대답하기 어려운 일은 아닙니다. 비밀스러운 일도 아니고요."

"말씀해 주시면 경청하겠습니다."

"정말 들어 주시겠습니까?"

"물론입니다. 교수님을 위해서라면 며칠이라도 뺄 수 있습니다. 아예 처음부터 말씀해 주십시오. 저는 교수님이 너무 궁금합니다."

"허허허허, 알겠습니다. 알겠습니다."

대화 속에서 다시 미소를 찾긴 했지만, 여전히 어두운 기운은 가시지 않았다.

무슨 일일까. 그에게 무슨 일이 있었던가.

물을 한 모금 마신 그는 자신이 겪었던 일을 천천히 풀어냈다.

"시작은 단순히 이런 차가 있으면 어떨까란 질문이었어요. 만화나 영화를 보다 보면 그런 차들이 도로를 다니잖아요. 나도 그런 차를 만들고 싶었어요."

"돈을 끌어모아 아시아 자동차를 사서 개조했죠. 전방 감지 카메라와 GPS 또 두뇌에 해당하는 메인 컴퓨터, 각종 센서 같은 부품을 청계천과 세운상가 부품상에서 구했고요. 그때는 무조건 성공해야 한다는 사명감밖에 없었어요."

"시운전으로 안암동에서 출발해 청계 고가차도와 남산 1호 터널, 한남대교를 거쳐 여의도 63빌딩까지 약 17㎞ 구간을 달렸습니다. 그때만 생각하면 지금도 전율이 흐릅니다. 차선 변경이나 양보 운전 정도를 제외하면 모든 게 다 구현됐으니까요."

"그런데 돈이 안 된다는 겁니다. 기술은 수입하면 되지 뭐하러 개발하냐는 겁니다. 연구를 지속적으로 하려면 지원이 있어야 하는데 현재 기반으로는 돈이 안 되니까 다 스톱시켜 버린 거예요."

"벤츠나 폭스바겐 쪽에서 좋은 조건을 제시하더군요. 독일로 넘어와서 같이 연구하자고요. 참으로 반가운 제안이었으나 그럼 독일의 기술이 되어 버리잖습니까. 거절했죠."

"지금요? 학교에서 연구비로 나오는 거랑 제 사비랑 조금씩 합쳐서 계속하고 있죠. 허허허, 이제부터 큰일입니다. 저는 괜찮은데 잘 참던 우리 마눌님이 슬슬 미친 짓이라는 얘기를 꺼내기 시작했어요. 알아주지도 않는 기술을 연구해서 뭣

에다 쓰려냐고요. 저는 단지 우리 한국의 기술이 세계에 널리 쓰이길 바란 것뿐인데요."

욱 올라왔다.

특히나 '기술은 수입하면 되지 뭐 하러 개발하냐'는 대목에서는 어떤 놈인지 찾아내 주리를 틀고픈 충동까지 들었다.

하지만 냉정하게 돌아볼 필요가 있는 것도 알았다.

세계의 모든 논리가 자본에 의해 굴러간다는 것에 동의한다면 돈이 되지 않는 혁신은 환영받지 못하고 그로 인한 영광도 얻을 수 없는 게 맞았다.

씁쓸하지만 이게 현실이었다.

"……사람들의 인식 수준이 거기까지 가지 못한 거로군요."

"정확하시네요. 이젠 저도 그렇게 바라봅니다."

"……."

"……."

"……."

"……."

"앞으로의…… 계획을 여쭤봐도 될까요?"

"그야…… 달리 할 일이 있겠습니까? 학교에 붙어 있는 동안 연구할 계획이고 아마도 학교를 떠나서도 계속 붙잡고 있지 않을까요? 연구자에게 평생 연구할 거리가 있다는 건 사실 복이기도 하지요."

"……예."

2020년에도 자율 주행 자동차는 놀라운 기술 중 하나였다.

운전자가 없는 자동차. 자기 혼자 굴러가는 자동차.

아무런 홍보도 없고 기반도 없고 또 여과기도 없이 자율 주행 자동차를 받아들이기엔 93년은 너무나 애석한 시기였다. 다만 이 와중에도 놀라운 건 벤츠나 폭스바겐이 관심을 가졌다는 것인데.

나도 속마음을 털어놓았다.

"도전이 없는 한…… 눈에 보이는 돈만 좇아가는 나라와 기업은 발전이 없을 겁니다."

"으흠, 옳습니다."

고개를 끄덕끄덕.

"그러나 이 땅의 상황도 잘 살펴야 할 일이겠죠. 우리나라는 올해 처음으로 원조 수여국에서 원조 공여국으로 바뀌었습니다."

"그……렇습니까?! 허어……. 아니, 우리나라가 작년까지 세계의 원조를 받았다는 겁니까?"

놀란다.

"그렇죠. 아프리카, 아시아, 아메리카에 존재하는 수많은 나라가 현재 선진국에서 주는 원조를 받아 겨우 먹고살죠. 우리도 마찬가지입니다. 수탈에 수탈로만 점철됐던 일제 강점기를 벗어나나 싶었더니 6.25 비극으로 전 국토가 폐허가 되었죠. 아무것도 없는 상태에서 이 자리에까지 올라왔습니다. 그런데 저들은 어째서 아직도 원조 수여국이고 우리는 원조 공여국이 됐을까요? 그들과 우리가 다른 점이 무엇이라고 생각하십니까?"

"으음, 생각해 보지 못한 부분이라 잘은 모르겠지만, 아마도 그들은 열심히 노력하지 않은 것 같군요."

"맞아요. 그게 정답입니다. 재밌는 건 그들 국가 대부분이 국민의 행복 지수가 무척 높다고 하더라고요."

"가난한 데도 행복 지수가 높다라……. 혹시 현실 안주입니까?"

"명쾌하시네요. 우리나라처럼 자식에게만은 가난을, 무식함을 물려주지 않으려는 부모님이 없다는 겁니다. 국민이 현실에 안주하니 마약이 창궐하고 부정부패에 내전이 끊이지 않은 겁니다. 미래를 그리지 않기에 누구도 바꿀 생각을 하지 않아요. 기업인들, 정치인들은 그걸 이용해 사리사욕을 채우기 바쁘죠."

"……."

고개를 끄덕끄덕.

"그들은 앞으로 20년이 더 흘러도 여전히 제자리걸음일 거예요. 하지만 우린 다릅니다. 비록 지나오는 과정에서 많은 문제점이 발생했다고는 하나 결국 해내지 않았습니까?"

"맞습니다."

"이제사 꺼내는 말씀인데 쿠데타라 불리는 5.16은 어쩌면 원조에만 의지하려던 이승만 정권을 부순 우리 민족의 활로였는지도 모르겠네요. 결과가 그렇지 않습니까? 세계에서 받은 원조를 활용해 충실히 산업을 일으켰고 교육의 기반을 닦았습니다. 우리도 한번 저들처럼 잘살아 보자고 쉬지 않고 일했습니다. 교수님은 어떠셨습니까? 그렇게 살아오지 않으셨습니까?"

"……맞아요. 저도 그렇게 살았습니다."

"제 보기엔 이것이 바로 세계를 이끄는 진리인 것 같습니다."

"예?"

"나라가 발전하지 못하면 결국 피해를 받는 건 국민이라는 거죠. 나라에 힘이 있어야 국민도 잘살 수 있다는 걸 아직도 원조 수여국으로 있는 저들이, 역사가 증명해 주고 있지 않습니까? 그러니 교수님도 희망을 버리지 마십시오. 이 나라가, 우리 국민이 교수님을 배척하는 게 아닙니다. 몰라서 그런 겁니다. 겨우 허리를 편 거라 멀리 내다보지 못해 그런 겁니다. 상처받지 마십시오."

"아아……."

위로받은 듯 한민호 교수의 눈시울이 붉어졌다.

얼마나 외로웠을까.

선구자의 속성 중 하나가 어쩔 수 없는 외로움일지라도 수십 년 앞을 응시하는 시선은 일반인이 상상하기도 힘든 종류의 무게감이었다.

그 무게감을 이토록 작은 어깨에 짊어지고 있었다니.

'…….'

이 순간 나의 사고는 확장에 확장을 거듭했다.

이렇게 가선 안 된다. 이런 분들의 의지를 꺾어선 안 된다.

그 대명제가, 그 사명감이 나를 건드렸다.

그리고 앞으로 이끌었다.

"오늘, 교수님 덕분에 결심하게 되네요."

"……?"

"세계 어느 민족과 빗대도 재능과 의지가 넘치는 우리 민족이 남들과 같은 길을 걸어가려는 이유는 하나밖에 없습니다. 잘못했다가 다시 가난해질까 두려워서죠. 가난은 무척이나 두려운 것이니까요."

"가난……이군요."

"저는 이 상황을 사회적 안전망 부재로 표현하겠습니다. 그렇지 않겠습니까? 단 한 번의 실수로 나락에 떨어진다면 누가 과감한 도전을 할까요?"

"사회적 안전망 부재라…… 맞습니다."

"국가에만 요구할 게 아니라는 생각이 드는군요. 생각난 김에 제가 먼저 만들어야겠습니다. 혁신을 위해 움직이는 이들을 위한 안전망. 혁신을 미친 짓이라고 매도하는 게 아닌 실패해도 거뜬히 일어설 수 있는 환경을 만들어야겠어요."

"……!"

그의 손을 잡았다. 거칠었다. 그러나 누구보다도 따뜻했다.

"더는 외로운 싸움 하지 마세요. 제가 함께하겠습니다."

"아아……."

둑이 터지듯 눈물이 쏟아졌다.

한민호 교수는 한참이고 한참이고 계속 쏟아 내기만 했다. 그동안 겪은 설움, 아픔, 억울함을 전부 씻어 내듯.

경건한 몸가짐으로 나는 그런 그를 안아 주었다.

◇ ◆ ◇

나의 진심이 전해졌는지 다음 날로 한민호 교수는 오필승 테크를 찾았다. 오필승 테크 기술진과 이야기를 나눴고 나와 같이 오필승 씨티 부지도 구경했다.

"그러고 보니 당초 25만 평 계획에서 5만 평이 더 늘어난 이유가 있었네요. 때가 아주 좋아요. 여기 이 자리에 10만 평 규모의 자율 주행 자동차 시험장을 건설하면 어떨까요?"

"교수님의 자율 주행 기술과 한창 발전 중인 복기 시리즈가 만나면 뭐라도 나올 것 같지 않습니까? 우리랑 궁합이 참 좋은 것 같은데요."

"종신 계약 하시죠. 오필승 테크 소속으로 원하실 때까지 연구 지원을 해 드리겠습니다."

"교수직을 내려놓으라는 말씀이 아닙니다. 학생들을 가르치세요. 연구만 우리 오필승에서 하시면 됩니다. 쓸 만한 친구가 있다면 입사 기회도 드리겠습니다."

얼개를 짜 주자 도종민이 탁 붙었다.

"총괄님께서 이사급으로 등재시키길 원하십니다. 언제가 될지 모르나 자율 주행 관련 특허로 수익이 난다면 5%를 인정해 주겠다고 하시네요."

"수익이 안 날 텐데 괜찮겠습니까? 허허허허허."

"당장은 안 나겠죠. 복기-1도 똑같았습니다. 아무 말 없이 몇 년간 투자만 했습니다. 정복기 연구소장이 몸 둘 바를 모를 정도로요.”

“정말 그렇게까지 하십니까?”

“지금보다 비교도 할 수 없는 재정일 때도 묵묵히 해냈습니다. 총괄님은 그런 분이세요. 그리고 총괄님이 옳다 하시면 오필승은 움직입니다. 참고로 현재 오필승 그룹의 자금력은 최상위 그룹사들에 비해서도 압도적으로 뛰어납니다.”

“아아…… 그렇습니까?”

“우선 이사급 연봉에 대해 말씀드리겠습니다. 사실 이사라고 부르지만, 사장이나 마찬가지죠. 총괄님이 회장직으로 오르길 거부하셔서 전부 이사급에 머무는 상태라.”

“아, 예.”

“1억 5천입니다.”

“예?”

“교수님 연봉이요.”

“1억 5천이나요?”

“예.”

“그렇게나 많이 주셔도 됩니까?”

“이사급들은 다 그렇게 받아요. 조용길 이사님도 물론이고요. 또 우리 오필승 그룹은 엔터테인먼트가 기반인 관계로 1년에 두 번 보너스가 지급됩니다. 연봉급으로요.”

“예?!”

“계약하시면 실질 소득이 4억 5천이 된다는 말씀입니다.”

“……!!!”

입이 떡.

"오필승은 사원도 1억을 가져갑니다."

"허어…… 그렇게나 많이 줘도 됩니까?"

"다른 회사들도 되는데 안 하고 있을 뿐이죠. 이제 복리 후생에 대해 말씀드릴게요. 일단 연 1회 건강 검진에, 올해부터 5일이 추가되어 연 15일 휴가 보장에, 매월 하루 쁘띠 휴가에 집 없는 사람은 아파트도 대여해 주죠. 사내 커플은 하와이로 신혼여행을 보내 준답니다. 주 5일 근무는 83년부터 시행하고 있었고요."

"허어……."

"보시다시피 오필승 식구 전부가 총괄님을 만나 인생이 변했습니다. 여기 도장을 찍으시면 교수님도 변하실 차례가 되겠군요."

"여긴 도대체가…… 천국입니까?"

"왜 아니겠습니까? 직장인의 천국 맞죠. 참고로 전 이 모든 걸 83년부터 누리고 있습니다. 하하하하하하."

도종민의 호탕한 웃음소리가 결정적 계기였는지 한민호 교수는 도장을 찍었고 다음 날로부터 달라진 아침 반찬을 경험했다고 너스레를 떨었다.

일이 이쯤 되자 고려대도 한민호 교수의 행보에 주목하고 관리하며 대우를 달리하기 시작했다.

그러나 소 잃고 외양간 고쳐 봤자 무에 소용일까.

그 대우란 것도 오필승에 비해서는 간에 기별도 안 갈 것이었으니 한민호 교수의 학생 사랑이 아니었다면 애초 남아 있지도 않았을 것이다.

어쨌든 그렇게 새로운 식구를 들이며 머리에서부터 발끝까지 뿌듯한 보람을 느끼고 있을 때 미국에서 전화가 왔다.

중국 출장으로 바쁜 정홍식을 대신한 메간이었다.

"어! 메간이 어쩐 일이세요?"

[빅보스, 빅보스가 한 일 때문에 요즘 갑자기 DG 인베스트가 핫해졌어요.]

"핫해졌다고요? 우리 DG 인베스트가 원래 핫하지 않았나요?"

[투자나 무선 통신 분야에서나 그랬죠. 영화계에서 난리예요.]

"영화계요?"

뜬금없이? 음악 감독 때문에 그러나?

[제임스 카메룬 감독 영화에 1억 달러 투자한 사실이 알려졌는지 여기저기에서 투자 요청이 들어오고 있어요. 벌써 수십 개예요.]

"아아~ 그래요? 하긴 투자금이 크긴 했죠."

[1억 달러를 아무렇게나 쓸 수 있는 투자사는 없죠. 이것들 다 어떻게 할까요?]

"우리가 돈이 없는 것도 아니고 투자해 달라는데 구경이나 해 보죠. 목록을 보내 주세요. 한번 살펴보죠."

[예.]

잠시 기다리니 스무 장이 넘는 종이가 팩스로 넘어왔다.

영화 제목부터 간략한 내용이 적혀 있다.

읽어 보는데.

"오호라, 이게 또 이렇게 풀리나?"

곧장 메간에게 전화했다.

"투자 대상을 불러 줄게요. 적으세요."

[벌써 투자를 결정하신 거예요?]

"예."

[미팅도 한 번 없이요? 제가 보내 드린 건 겨우 제목이랑 약간의 줄거리뿐인데요.]

참으로 오랜만에 느껴 보는 저항이었다.

정홍식이 완전히 굴복한 이후 처음이랄까?

그런데 나도 이젠 설득이 귀찮다.

"일단 적으세요. 불러 드릴게요."

[지금 불러 주신다고요? 아, 예, 알겠습니다. 말씀해 주십시오.]

"우선 고질라부터 시작해서 씨티 오브 엔젤, 도망자, 딥 임팩트, 아마겟돈, 에너미 오브 스테이트, 라이언 일병 구하기에 투자하시고요."

1998년 개봉작들이다. 다음은 1999년 개봉작들.

"007 언리미티드, 매트릭스, 스타워즈 에피소드 1, 파이트 클럽, 아메리칸 뷰티에 마지막으로는 식스 센스예요."

[이렇게나 많이요?]

"다 적었어요?"

[아, 예. 체크만 한 거라…… 근데 이런 걸 그냥 정해도 되

는 건가요? 보스가 빅보스와 대면하면 놀랄 일이 많다고 했는데…….]

"이렇게나 많이 투자해 달라고 찾아와 준 게 놀라운 거죠. 침착하세요."

[침착이 잘 안 돼요. 투자를 이렇게 하는 회사는 우리밖에 없을 거예요. 아닌가? 하긴 영화 제작사도 아니면서 1억 달러씩 투자하는 회사도 우리밖에 없죠. 그러네요. 세계적으로도 유명한 빅보스도 우리 DG 인베스트밖에 없죠.]

횡설수설.

"우리한테 돈 많다는 소문이 돌게 하세요. 메간이 할 일은 그들 앞에서 플렉스하는 거죠. 잘할 수 있죠?"

[플렉스까지 하란 말입니까?]

"까불면 돈으로 조져요. 미국은 돈의 나라예요. 대출도 700억 달러나 받았는데 그 돈 놔둬서 뭐 해요?"

[정말 제 마음대로 휘저어도 될까요?]

"그럼요. 메간도 경력이 됐잖아요. 매섭게 휘둘러 보세요. 나중에 선구안까지 있다는 걸 알게 된다면 발발 길 겁니다."

[설마…… 지금 골라 주신 영화들 모두 성공하는 거예요?]

"그야 가 보면 알겠죠. 다만 투자한 돈에 걸맞은 지분을 가져오는 건 잊지 말고요."

[아아, 중국에 있는 보스가 이렇게 보고 싶을 줄은 몰랐어요. 빅보스를 상대해 봐야 본인 마음을 알 거라고 했는데…… 저는 지금도 전혀 모르겠어요. 정말 이 영화들에 투자하는 것 맞죠?]

"투자해요. 불러 준 영화 전부."

[후아~ 정말 다 성공하면 우리 DG 인베스트가 영화계의 큰손이 되는 거겠네요.]

"큰손이 되면 되라죠. 까짓것 우리가 부족한 게 있나요?"

[없죠. 알겠습니다. 그렇게 알고 진행시키겠습니다.]

"수고하시고. 아 참, 우리 두 개발자는 잘 지내고 계시는가요?"

[그 스탠퍼드 괴짜들요? 매일 붙어 다니며 쑥덕대는데 저는 무슨 말을 하는지 하나도 못 알아듣겠더라고요. 알고리즘이 어쩌고저쩌고 말이죠.]

"잘 대해 줘요. 필요한 게 있으면 지원해 주고요. 제가 거는 기대가 아주 커요."

[물론이죠. 빅보스가 데려오라 지시했으면 말 다 한 거죠. 제가 알아서 기고 있으니 걱정 마세요.]

"그래요. 그럼 나중에 미국 갈 때 만나요."

[기다리고 있겠습니다. 아 참, 빅보스를 만나는 건 저에게도 기쁨이에요. 호호호호호.]

"고마워요. 그럼 끊을게요."

활기찼다.

뜻하지 않게 벌인 일이 새끼를 엮어 또 다른 기회로 다가왔다.

덕분에 마음이 풍족해졌다.

더도 말고 덜도 말고 한가위만 같아라 하더니.

나도 매일이 이랬으면 좋겠다는 소망을 가져 본다.

"그래, 소망을 이루려면 더 빨리 졸업해야겠지?"

모처럼 연필을 쥐었다.

두께만 10cm가 넘는 법전을 폈고 이학주가 넘겨준 자료를 한쪽에 정리했다.

"다 외운다."

일단 머릿속에다 다 때려 박고 시작할 생각이었다.

행정 고시도 외무 고시도 결국 관련된 학문 외엔 전부 법에 대한 내용이다. 법으로 통일을 본다면 공부는 쉬워질 것이고 내년에 올 패스하는 것도 꿈은 아닐 것이다.

서문부터 페이지를 넘기며 스캔을 뜨듯 차근차근 페이지를 넘겼다.

필기는 필요 없었다. 오직 정독.

철학서 이상의 깨알 같은 글자들과 한자의 난립을 이겨 내려면 방법은 하나였다.

정면 돌파. 옥편을 들들 볶아 각인시켰다.

일주일쯤 되자 법전 하나가 끝났다. 클리어.

"처음부터 끝까지 외워도 하나도 틀리지 않을 것 같네. 이젠 페이지로 찾아볼까? 368페이지에 뭐가 있지?"

페이지를 떠올리면 그편의 내용이 주르륵 펼쳐진다.

이런 식으로 교차 검증하면서 헌법, 민법, 형법을 차례로 깨부쉈다.

물론 공부해야 할 목록은 아직 많았다.

"이번엔 행정법, 상법, 민사 소송법, 형사 소송법을 부숴 볼까?"

높다 하되 제까짓 게 하늘 아래 태산이다.

무엇이라도 한 걸음부터이니 걷다 보면 정복하기 마련.

그렇게 한 달쯤 지나자 대한민국 법제에 관한 한 나보다 더 정확한 인간은 없을 거란 확신이 들었다.

"선택 과목이 뭐가 있더라……."

사법 고시 1차 시험은 헌법, 민법, 형법 필수 외 세 가지 선택 과목을 봐야 했다.

고로 선택 과목도 공부해야 하는데.

1 선택에 경제학, 정치학, 사회학, 법철학 등이 있고.

2 선택에 국제법, 노동법, 조세법, 국제 거래법 등이 있고.

3 선택에 영어, 독어, 불어, 일어, 중국어 등이 있다.

"영어는 대충 될 것 같고. 1 선택을 경제학으로 할까, 정치학으로 할까? 으음…… 행정과 외무에도 경제랑 정치가 들어가네. 에이, 둘 다 하자. 1 선택은 됐고 이제 2 선택은…… 무조건 국제법이네."

경제학, 정치학, 국제법을 전부 외우고 그 사료들과 비교해 가며 상황에 따라 어떻게 판단하는지를 배웠다.

재밌는 건 공부를 진행할수록 기시감 같은 것들이 자꾸 든다는 것이다. 훗날 나에게 큰 무기가 될 거란 예감.

왠지 모를 확신으로 말이다.

그럴수록 어떤 인간도 내 앞에서 정치나 경제, 국제를 들먹일 수 없게 만들어야겠다는 결심이 섰다.

이학주에게 부탁해 더 많은 사료와 판결문을 가져오라 했다. 행정 편람을 뒤져서라도 어떤 일이 있었고 어떻게 처리해 왔는지를 다 보겠다고.

그럴 즈음 홀연히 중국에서 초청장이 하나 날아왔다.

[초청장 받으셨습니까?]

"방금 왔네요."

[아아, 전화 타이밍을 기가 막히게 잡았네요. 그거 차이나 모바일 창립식에 관한 겁니다.]

정홍식이었다. 중국에 들어간 지 두 달쯤 됐나?

"그래요? 벌써 기반을 다 잡았어요?"

[순식간에 뚝딱하고 만들어 버리더라고요. 확실히 사회주의는 다른 맛이 있는 것 같습니다. 동원력이 달라요.]

"그렇겠죠. 당이 하겠다는데 누가 딴지를 걸겠어요?"

[그게 무서운 점이겠죠. 좋은 쪽으로 일치단결하게 되는 순간 파괴력이 어마어마하니.]

"알겠어요. 날짜에 맞춰 갈게요."

[그럼 기다리고 있겠습니다.]

일주일이라는 시간이 남았다.

사실 몸만 가도 무방하겠지만.

인간관계라는 것이 그리 간단하지만은 않다는 게 내 지론 중 하나인 것처럼 무엇이든 두 손 가득 들고 가는 것이 서로에게 좋지 않겠나?

메간에게 전화를 넣었다.

"필요한 게 있는데요."

◇ ◆ ◇

마침 방학이고 공부 중이라 날짜가 되자마자 중국으로 넘어갔다.

물론 내가 따로 준비할 일은 없었다. 초청장 받은 다음 날로 중국 대사관에서 일체의 처리를 도맡아 주었고 비행기도 관용기로 내주었다.

수속도 올 패스.

이끄는 대로 나가니 정홍식이 마중 나와 있었다.

"어서 오십시오. 오시는 데 불편함은 없으셨습니까?"

"1시간인데요."

"그렇죠. 간편하죠? 하하하하, 어서 가시죠. 리룽 총리께서 기다리고 계십니다."

"예."

요원들로 둘러싸인 차량은 유유히 공항을 빠져나가 북경 인근 한적한 곳으로 갔다.

리룽은 도착한 나를 문밖까지 나와 맞이하였는데 이는 상당한 성의라고 하였다. 리룽이 나의 이번 방중을 어떻게 생각하는지 보여 주는 일례라고.

"오랜만에 뵙습니다."

"하하하하, 어서 오시오. 그간 별래 없으셨소?"

"저야 학생이니만큼 공부하느라 정신없었죠. 총리님은 평안하셨나요?"

“나도 괜찮소. 때를 모르는 것들이 공격하긴 했지만, 모두가 원하는 시류를 거스를 놈은 없었소. 아니, 그보다 공부할 게 더 있더이까? 세계의 흐름을 방 안에서도 쥐고 흔드는 사람이. 그러고 보니 그렇군. 제갈량도 그랬다던데. 그도 한낱 초가에서 천하를 품었잖소. 하하하하하.”

“무향후와 비교하시다니 과하시네요.”

“아니오. 내 보기엔 제갈량보다도 더한 기량 같소. 자자, 어서 듭시다. 음식이 식겠소.”

진수성찬이 차려져 있었다.

오늘은 먹고 노는 날이라는 듯 리룽은 더는 다른 얘기 없이 식사를 이끌며 식구들을 보여 주기 바빴다.

이 자리에서 식구를 보여 주는 이유야 뻔했다. 이 중에서 쓸 만한 자가 있더냐?

아쉽게도 면면이 역사급 인물들과는 거리가 멀었다. 그래도 실무관급 정도는 되어 덕담으로 일관했다. 아버지나 할아버지의 힘이 유지된다면 여느 성도 부서기 정도는 꿰차기에 무리가 없었다.

결국 이도 내 선택에 달려 있다는 건데.

내가 리룽을 이끌면 이들은 성주까지도 노려볼 만할 테고 그렇지 않으면 부서기도 무리.

술도 한 잔 들어갔겠다 기분이 좋았다.

다른 나라 누군가의 운명이 내 손에서 좌지우지된다는 건 꽤 삼삼한 일이 아닌가. 아닌가? 이미 진행 중인가? 아버지 부시도 그렇고 아들 부시도 다 나로 인해 달라졌다. 배신 때릴 클린턴마저도.

'나도 보통이 아니구나.'

다음 날은 장쩌민을 보러 갔다. 리룽의 의전을 받으며 중난하이 가장 깊은 심처, 중국이란 꿈틀거리는 용의 머리를 향해.

의외였다.

무겁고 딱딱하고 메마르고…… 중국에 들어와 느낀 점이라면 어딘들 여기에서 벗어나지 못할 테지만 마주 선 장쩌민만은 달랐다.

그가 웃자 세상이 온화해졌다.

'권력자는 타고난다더니.'

탄복할 정도.

누군들 그가 가진 힘과 매력에 매료당하지 않을쏘냐.

회귀한 눈으로도 이채를 발할 만큼 그는 현재의 중국이랑은 전혀 다른 분위기를 자아냈다. 어쩌면 이게 장쩌민식 손님맞기일 수도 있을 텐데.

흥미로웠다. 어쩌면 이런 게 세상이고 이런 게 복마전이 아닐까 생각이 들 만큼.

"어서 오시오. 세계를 이끄는 젊은 횃불이여."

인사도 독특하다. 받아 줬다.

"중국을 인도하는 크나큰 불을 뵙게 되어 영광입니다."

"허허허허, 그렇소?"

자기를 크나큰 불로 표현한 것에 마음이 들었는지 너털웃음을 짓는다.

하지만 곧 표정에서 미소가 사라지며 매서워졌다. 동시에 이곳의 공기도 무겁고 딱딱하고 메마른 정도가 아니라 툰드라 지대의 차가운 황무지가 된 듯 변했다.

웃다가 노려보는 종잡을 수 없는 사람.

곁에 있던 리룽도 금세 표정이 굳어 버렸다.

"우리 대중국의 세계 정책에 큰 위기를 준 사람치고는 너무나 평안한 얼굴이 아니오. 그대는 우리 중국이 우습소?"

"그렇게 느끼셨습니까?"

"이번에 우리 중국이 입은 피해가 얼마나 심각한지 아시오? 체면이 이루 말할 수 없이 상했다오. 이 일은 반드시 대가를 치러야 할 것이오."

단지 몇 마디로 북풍한설이 느껴질 만큼 분위기를 이끄나 나는 회귀자였다.

어떤 권위도 능력도 나에게는 한낱 물거품과 같은 것.

게다가 중국의 피해라고 하지 않고 중국의 세계 정책이라 했다. 나도 그렇게 보면 된다는 뜻.

웃어 줬다.

"방금 위기라 하셨나요?"

"지금 웃은 거요?"

"웃었습니다. 이 웃음이 그렇듯 무릇 위기(危機)란 것도 양면성을 가지고 있지요."

"양면성?"

"위험과 기회. 위기란 위험임과 동시에 기회라는 뜻이기도 합니다. 제가 중국의 정책에 다소 피해를 입힌 건 사실이지만 결과적으로 더 큰 기회를 가지고 온 것도 있지요. 아시겠지만 하얀 고양이든 검은 고양이든 쥐만 잘 잡으면 되지 않겠습니까? 저는 그렇게 보는데 아니십니까?"

"뭐요? ……어허허허허허, 으하하하하하하하하."

호탕하게 웃어 버린 장쩌민은 이내 나를 두 팔로 가득 안았다.

"하오. 하오. 기뻐도 웃고 슬퍼도 웃는다. 어떤 고양이든 쥐만 잘 잡으면 되겠지. 역시 페이트. 미국을 움직이는 역량답소."

"과찬이십니다."

"자자, 어서 앉으시오. 우리 앞으로 할 얘기가 참 많은 것 같소."

실제로 할 얘기가 많았는지 장쩌민은 한참이고 나를 놓아 주지 않았다.

그리고 나는 대화를 지속하면서 또 한 번 느껴야 했다.

아까의 쏘아붙임은 나를 시험하려던 목적이었고 나를 판단하기 위한 기준점에 불과했음을.

그는 질문과 답을 통해 나를 진단하였다.

재밌는 건 어떤 곤란한 질문도 명쾌하게 풀어 버리는 상황이 반복될수록 반대급부, 나 역시도 장쩌민이 향하는 방향성의 본질을 볼 수 있었다는 것이다.

여러모로 유익한 시간이라.

나나 장쩌민이나 서로를 알기에 말이다.

'영세 권력이라니.'

북한식 세습 체제가 머리에 떠오를 만큼 그의 권력에 대한 탐욕은 지독했다.

미소 뒤에 감춘 욕망은 폭발 직전처럼 들끓었고 그것이 또 은연중 새어 나올 만큼 그는 심취해 있었다.

너무도 재밌었다.

현재까지 중국 주석의 임기는 짧으면 1년, 길면 2년에서 3년에 불과했다.

안정화에 들며 5기 중화 인민 공화국 주석인 예젠잉부터 7기 양상쿤까지 3대째가 5년이라는 임기를 마쳤다. 순리대로라면 장쩌민도 2년 후에 물러나야 한다는 것.

하지만 8기 주석인 그는 깔끔하게 물러선 선배들과는 달리 9기까지 해 먹는다. 이후 후진타오, 시진핑까지 으레 10년을 해 먹는 것도 여기에서 시작하는 것이고.

특히나 시진핑은 다음 계승자를 제거해 버리고 노골적으로 자신의 권력욕을 표현, 독재 체제로 가는 길을 갖추기까지 한다.

결국 또 장쩌민이 시작이었다.

순간 고민이 들어왔다.

어쩔까나? 욕망에 드라이브를 걸어 줘?

그 전에 일단 현황을 살펴보자.

'결론적으로 중국의 부흥은 막을 길이 없다. 이 큰 덩치에서 나오는 엄청난 자원, 싼 인력은 자본주의가 좋아하는 모든 장점을 갖췄으니까. 즉 장쩌민이든 아니든 누군가는 그 열매를 따 먹을 테고 세계를 아우르는 거대 국가가 된다는 것에는 이견이 없다. 그래서 기고만장하여 내로남불 개차반 짓에 미국도 자극할 테고…… 물론 20년쯤 뒤의 얘기이나 이쯤에서 조금 더 적극적으로 들러붙는 건 어떨까? 그 시기를 조금 더 앞당긴다면 어떤 일이 벌어질까?'

그 속에서 한국을 봤다. 이 나라를 어찌해야 옳을까?

중국이 불안하면 한국도 타격을 입는다. 제대로 된 자주 국방력을 갖추지 않은 상태에서의 중국이란 불안 요소는 확실히 여러모로 좋지 않았다.

'하지만…….'

하고 싶었다.

저 끝 모를 탐욕을 너~무너무너무 자극하고 싶었다.

어디까지 가든 평탄한 길은 아니겠지만.

치밀하게 계획되지도 않고 전혀 의도치 않은 곳에서 나온 가능성이겠지만.

역시나 하고 싶었다. 너무나 하고 싶다.

"제 얘기를 한번 들어 보시겠습니까? 아주 먼 옛날, 진(秦)이란 나라에 시황제(始皇帝)란 분이 살고 계셨답니다……."

◇ ◆ ◇

차이나 모바일 창립식은 무난하게 치러졌다.

외신과 중국 관영 매체 앞에서 장쩌민은 중국이 알을 깨고 세계로 나왔음을 선포했고 그 공을 나에게 돌리는 성의를 보였다.

이후 긴밀하게 인사하고 싶다는 의사에 장쩌민은 자기의 측근이란 측근은 죄다 불러 파티를 열었다.

아직 덩샤오핑이 살아 있고 세력이 그리 강하지 않은 관계로 상하이와 북경 인근의 핵심 인력 십여 명만이 모인 자리에서 나는 너희들이 무엇을 좋아할지 몰라 선물을 고르지 않았다고 말했다. 대신 잘 포장한 상자를 하나씩 줬다.

죄다 스위스산 카드.

장쩌민 10억 달러, 리룽 3억 달러, 기타 등등 1억 달러씩.

필요한 게 있으면 그 돈으로 사라 했다.

무릇 정치는 돈.

돈 있는 곳에 사람이 모이고 사람이 모이는 곳에 권력이 생긴다.

나는 그들 앞에서 공동의 협력체를 제안했다. 차이나 모바일에서 나오는 자금을 독식하지 않겠다고.

장쩌민과 일당들은 대번에 무슨 뜻인지 알아듣고 나를 추켜세웠다.

축배를 들었고 장밋빛 미래를 점쳤다.

거처로 돌아왔지만.

이번엔 리룽이 나를 가만히 놔두지 않았다. 며칠 잘 참더니 내일 돌아갈 채비를 하자 기어코 터져 버린 모양.

"이게 어떻게 된 일이오? 어째서 장쩌민을 밀어준단 말이오. 그놈은 내 걸 채 간 놈이란 걸 잊었소?! 나와의 약속을 잊었냐 말이오?!"

"모르시겠습니까?"

"뭘 모른단 말이오?!"

"이게 총리님께 드리는 저의 첫 번째 기회란 걸."

"이게 어떻게 기회란 말……."

무언가 떠올랐는지 바로 말을 멈추는 리룽에게 한 걸음 더 다가섰다.

"그럼 제가 묻지요. 제가 장쩌민을 거부한다면 상황을 바꿀 수 있으십니까?"

"……."

없다.

"그렇다면 혹시 다음 대 주석으로 내정되신 겁니까?"

"……."

아니다.

"그나마 우산이 되어 주던 덩샤오핑이 곧 죽습니다. 중앙에서 물러나시면 대책은 있고요?"

"……."

없다.

"현재 총리님께 목숨과 명예보다 더 중요한 것이 있습니까?"

"……."

"없군요. 그런데 어째서 제게 화를 내시는 거죠? 이 시점 장쩌민을 거부해서 어쩌라는 건지 모르겠네요."

"……."

"더 말씀드려야 합니까?"

"……."

"……."

"……."

"……."

"……미안하오. 내가 흥분했소."

"사과는 받아들일게요. 부디 두 번째 기회는 제대로 받아들이시기 바랍니다."

설득의 논리는 간단했다.

리룽은 모른다. 덩샤오핑의 이상을 눈치챘다지만 장쩌민이 재집권하는 것도, 그 아래에서 자신의 경력을 인정받아 다음 대 상무위원이 된다는 것도 모른다.

또 모르는 게 있다.

차이나 모바일 혹은 DG 인베스트를 앞세운 '나'라는 돈줄과 긴밀한 관계를 맺은 자신을 장쩌민이 쳐 낼 리 없다는 것도 말이다.

다 모른다는 것.

모르는 것과 아는 것의 차이는 이토록 광대하였다.

물론 리룽이 아는 것도 있었다.

원망의 대상 덩샤오핑이 죽는 순간 끈 떨어진 연 신세가 된다는 것 정도?

그렇기에 '나'라는 동아줄을 잡기에 여념이 없었고 세 번이라는 기회를 부여받기에 이르렀다.

본디 죽은 정승보다 산 정승 집 개가 더 대우받는 게 세상 인심이라면. 이런 상황에서 수명이 늘어나는 게 어떤 의미인지 리룽이 모를까?

안다. 그래서 더 갑질이 가능했다.

"원래 총리님의 것이라고 내도록 말씀은 하시나 본디 무언가를 준다는 건 주인 마음이지 않겠습니까? 안 그렇습니까?"

너에게 유산을 물려주지 않은 건 덩샤오핑의 마음이다.

"……그렇소."

대답하면서도 입술을 깨문다.

이미 지나간 버스.

"덩샤오핑의 유산은 이미 장쩌민에게 넘어갔고 되돌릴 방법은 없습니다. 그나마 하나 가능성이 있다면 쿠데타인데 군부를 덩샤오핑이 쥐고 있죠. 실행 가능하십니까?"

"아니오."

당연하다.

리룽은 전형적인 관료이지 혁명가가 아니니까.

"이런 상황에서 저는 최선을 찾을 수밖에 없었죠. 결론은 총리님의 건재인데 전 이 하나를 위해 30억 달러를 투자했습니다. 거기엔 총리님도 포함돼 있지요. 더구나 중국 건국 사상 최대의 프로젝트를 건네줬습니다. 무엇이 불만인 거죠?"

"……."

"……."

"……."

"……."

"……알겠소. 이해했소. 분명 기회를 준 게 맞소. 내가 미안하오."

"인정해 주시니 저도 마음이 놓이는군요. 전 앞으로 총리님과 아주 긴밀하고도 밀접한 관계를 이어 나가길 원합니다. 한두 번 만나다 헤어질 그런 만남이 아닌."

"……!"

놀란 눈으로 나를 본다.

그 눈엔 '장쩌민이 아니고?'란 의미도 들어 있었다.

"정말…… 나와 같이 가고 싶은 거요?"

"장쩌민이 왜 아니냐고 물으시는 거라면 그가 너무 공격적이기 때문입니다. 또 그런 것에 휩쓸릴 만큼 제가 어리석지 않기도 하고요. 한국엔 조강지처 버렸다간 큰일 난다는 속담이 있습니다. 다만 총리님의 의중이 문제인데…… 혹여나 저를 배신하실 생각을 하고 있으십니까?"

"무슨 말이오. 나는 절대로 그런 생각이 없소이다."

펄쩍 뛴다. 이 순간 진심임이 분명해 보이나 조석 간에도 열두 번씩 바뀌는 게 진심이라는 놈이다.

나도 진심이긴 했다. 무슨 영광을 더 보자고 또 앞으로 이 중국에 무슨 일이 벌어질지도 모르는데 장쩌민과 붙어먹을까. 이렇게 순하고 간절한 사람을 놔두고.

남의 나라였다.

깊게 관여돼 봤자 원망만 받고 적만 늘어날 것이다. 적당히 먹을 건 먹고 버릴 건 버리는 게 상책.

리롱은 나의 말이 흡족했는지 미소를 되찾았다.

"미안하오. 내가 너무 조급했소. 이렇게나 나를 생각해 주는 줄도 모르고 화만 냈소."

"알아주시니 저도 마음이 풀리는군요."

"나를 용서해 주시겠소?"

"물론입니다. 식구끼리 할 말 못할 말이 어디 있겠습니까? 속으로 쌓아 두는 것보단 훨씬 낫지요."

"내가 식구……요?"

"이미 공동체 아닙니까? 서로 가족까지 다 본 사이인데 뭘 더 가립니까."

"그렇소? 하하하하하하하하, 그렇소. 그렇소. 내가 정말 소인배처럼 굴었소. 진심으로 미안하오."

"괜찮습니다. 대신 앞으로 하실 일이 더 많아지실 겁니다."

"그런 거야 얼마든지 시키시오. 우린 식구, 형제가 아니오. 하하하하하하."

"받아 주시니 감사드립니다."

"아니, 우리 이럴 게 아니라 의형제를 맺읍시다. 죽어도 같이 죽고 살아도 같이 사는."

"의형제요?"

"같은 곳을 보고 같은 곳에서 밥 먹고 같은 곳을 향해 일하는데 이것이 형제가 아니고 뭐겠소. 형제 합시다."

"정말 괜찮겠습니까? 나이 차이도 많은데."

"사해가 동도라. 그깟 나이가 무슨 대수겠소. 사내끼리 의기를 합쳤으면 된 거지. 나는 추호도 후회하지 않겠소."

묘하게 선을 넘어 버린 것 같지만, 거절은 불가능했다.

다시 인맥을 형성할 게 아니라면 약간의 머뭇거림마저 결렬의 기미일 테니 즉시 그 손을 잡았다.

"이런…… 제가 늦었군요. 형님으로 모시겠습니다. 형님."

"하오. 하오. 나도 자네를 동생으로 맞게 되어 참으로 기쁘네. 마치 천하를 얻은 기분이야. 하하하하하하하하. 아니, 우리 이럴 게 아니라 축배를 들어야 하는 게 아닌가."

"당연히 그래야죠. 제가 모시겠습니다."

"아닐세. 여긴 우리 집이 아닌가. 이젠 동생의 집이기도 하지. 집밥으로 함세."

"형님의 뜻에 따르겠습니다."

"하하하하하하, 내 오늘 하늘이 무너져도 동생을 술독에 빠뜨리고 말 것이네. 조심하시게."

"기대하겠습니다. 형님."

"가세."

느닷없이 술판이 시작되었다.

이런 일이 잦은지 주방은 익숙하게 돌아갔고 온갖 진미에 명주가 올라왔다.

리룽은 그야말로 호걸처럼 웃어 댔고 마구 들이켰다.

누가 보면 주석이라도 된 것처럼 보였다.

한 잔 한 잔 넘어갈 때마다 자신을 제갈량을 얻은 유비에

빗댔고 앞으로 무슨 일이 있어도 나의 말을 경청하겠다고 맹세했다.

그렇게 한 시간쯤 됐나?

술판이 꺾여 갈 때 그가 술기운을 빌어 넌지시 물어 왔다.

"도대체 장쩌민에게 무엇을 적어 준 건가?"

"무엇을 말이시죠?"

"그때 말일세. 진의 시황제 얘기를 하면서 그랬잖는가. 통일된 중국의 힘. 그것이 세계를 아우를 거라고. 오롯이 황제가 된 업적 말일세."

그러긴 했다.

중국의 영광 앞에 계파 따위가 어디에 소용 있겠냐고.

"아아, 예, 제가 분명 그리 말했죠."

"말미에 메모를 해서 전해 줬잖나. 그것이야말로 중국의 갈 길이라고. 내가 알아도 되는 일인가?"

묻는 형식을 취하지만 알고 싶다는 것.

무조건 알아야겠다는 것.

이도 당연히 멈칫해선 안 된다.

"똑같이 적어 드릴까요?"

"그래도 되는가?"

"장쩌민도 형님이 알고 있을 거라 생각하고 있을 겁니다."

"그런가? 으음, 그렇겠지. 동생이 굳이 비밀을 언급하진 않았으니. 그 자리에 나도 있었고."

고개를 끄덕이는 그를 두고 종이에 적어 고이 접어 줬다.

건네준 종이를 펴 본 리룽은 고개를 갸웃댔다.

"일대일로(一帶一路)? 하나의 띠? 하나의 길? 이게 무슨 뜻인가?"

"앞으로 형님의 역할이 무척 중요해질 거란 얘깁니다."

"어째서인가?"

"일대일로의 해석을 형님이 담당하실 테니까요."

"……!"

"장쩌민은 앞으로 형님을 의지하게 될 겁니다."

일대일로는 중국이 서부 지역 진출을 위해 제시한 신(新) 실크 로드 전략 구상으로 국가급 정층 전략(國家及頂層戰略) 정책을 말했다.

중화 인민 공화국 12기 주석으로 선출된 시진핑이 처음 언급한 개념으로 동남아시아·중앙아시아·서아시아·아프리카·유럽을 육해공으로 잇는 무역·금융·문화 교류의 큰 벨트를 구상하고 대놓고 펼쳐 놓은 야심작.

형식은 간단했다. 취지와 명분 또한 너무나도 좋았다.

고대 동서양의 교통로인 실크 로드를 현대판으로 재구축해, 중국과 주변국과의 합작 확대의 길을 연다는 프로젝트이니 반대할 이유가 없었다.

다만 그것의 본색이 포괄하는 나라만 62개국에 추진 기간 또한 150년에 달하는 제국주의적 대외 국책 사업이라는 게 문제일 뿐.

내가 이 시기 일대일로를 꺼낸 이유는 간명했다.

중국의 굴기는 시대적 요구이자 막을 수 없는 당위성이니까.

지난 몇 달간 페이트라는 영향력으로 세계적 거대 흐름을 잠깐 흔들었다고는 하나 그야말로 임시방편이었고 영원히 뒤트는 건 불가능했다. 즉 뒤틀지 못한다면 내게 남은 선택지는 하나밖에 없었다.

편승.

다만 편승도 속성이 아주 중요한데.

합류인지 협잡인지 왕도인지 분열인지 이익인지 분배인지 집약인지 배포인지…….

나는 그중에서도 '가속'을 제1의 목표로 삼았다.

어차피 부흥할 나라라면 더 빨리 더 강력하게 솟아오르게 하겠다.

물론 그에 관한 후유증은 내가 신경 쓸 일이 아니다.

"정책적 소통과 인프라의 연결, 무역의 확대, 자금의 조달, 민심의 상통까지 전부 형님의 손아귀에서 놀게 될 겁니다."

"……!"

"일대일로의 골자는 경제 영토의 확장이죠. 육상 3개로, 해상 2개의 노선으로 추진될 거대 벨트. 이 프로젝트가 성공할 경우 유럽과 아시아를 잇는 인구 44억의 거대한 시장이 탄생하게 됩니다. 그 중심엔 당연히 중국이 있을 테고요."

"……!!!"

"상상이 되십니까? 세계 GDP의 최소 30%에 달하는 시장이 만들어지는 겁니다. 성장 잠재력은 지구상 어떤 곳과 비교해도 최강일 테고요. 그 권력을, 그 컨트롤러를, 형님이 쥐게 된다는 거죠. 이게 기회가 아니면 뭐겠습니까?"

"……."

설명에 설명을 거듭할수록 리룽의 입은 벌어져만 갔다.

놀라는 것도 한두 번이라고 나중엔 지쳐서 못 듣겠다는 듯 그는 쪼그라졌고 결국 탄식을 내뱉었다.

"제갈량이 아니었어. 아니, 제갈량 따위가 감히 붙일 이름이 아니었어……."

"……."

"동생…… 어찌 이런 걸 내게 말해 주는가?"

"형님이 하실 업적이니까요."

"허어……. 이런 걸…… 내가 할 수 있을까?"

"하실 수 있습니다."

"아니야. 나는 나를 잘 아네. 내 역량으로는 실행시키는 건 물론 꿈꾸는 것도 절대 할 수 없네. 하늘을 가지려 하였건만 내가 겨우 이 정도였구먼. 그렇군. 나는 나를 잘 몰랐던 거네. 맞아. 어쩌면 덩샤오핑은 이미 꿰뚫고 있었을지도 모르겠어."

고개를 도리도리.

갑자기 10년은 더 늙어 버리는 리룽이었다.

할 수 없이 힘을 보태 줬다. 주저앉으면 곤란하니까.

"무엇이 그리 걱정이십니까. 이 동생이 있는데."

"아아…… 그렇군. 동생이 있었어. 자네가 있었어. 맞아. 유비도 제갈량을 만나 삶이 달라졌다지?"

"천천히 한 걸음씩 진행하시면 됩니다."

"하나만 물어봄세."

"예."

"장쩌민은 가능하겠나?"

돌직구였다.

"솔직함을 원하십니까?"

"그렇다네."

"제가 본 장쩌민은 기회만 주어진다면 대륙을 집어삼켜도 부족할 정도였습니다."

"……그렇군. 그 차이였군."

"욕망의 크기가 다를 뿐입니다. 욕망이란 본디 행동의 원동력. 그러나 형님이 굳이 말이 될 필요는 없습니다. 마부로서 채찍질하면 되겠지요."

"……!"

"단계를 밟는다면 얼마든지 가능합니다."

"……."

적막이 흘렀다. 리룽은 생각에 들었고 나는 기다렸다.

잠시 후 눈을 바로 뜬 리룽은 내게 다시 물었다.

"하나만 더 물어봐도 되겠나?"

"얼마든지요."

"동생은 언제부터 이런 걸 계획한 건가?"

"계획이요? 글쎄요. 초청장 받고 시작했던가? 중국 진출의 문이 열렸으니 뭐라도 도움이 될 만한 게 없나 머리 돌리다

난 결론이라 딱히 염두에 두지 않아서 잘 모르겠습니다."

"허어……. 이런 걸 고작 열흘도 안 돼 그려 냈다고?"

"뭐, 그런 셈이죠."

"한 세기에 나타날까 말까 한 대천재라더니. 내가 눈앞에 두고도 몰라봤구나. 내가 몰라봤어. 동생을 내 식으로 판단하려 했구나."

"……."

"알았네. 그렇다면 장쩌민이 물러나선 곤란해지겠군."

그래도 늙은 생강이라 핵심을 짚을 줄 안다.

맞다. 이 계획은 장쩌민이 있어야 드라이브가 걸린다. 후진타오는 부족하고 시진핑은 너무 음흉하고.

하지만 나도 이쯤에서 선을 그어 줘야 했다.

의도치 않게 형제의 연을 맺게 됐으나 나는 중국인이 아니다.

"제 나라 운명은 아니지요."

멈칫.

그러나 이도 곧 수긍한다.

"으음, 그것도 맞군. 일대일로는 중국의 영광일 테니."

"한국도 편승하게 될 테지만 극히 일부에 불과하겠죠."

"인정하네. 나도 중국인이지만 중국은 남과 무엇을 나누는 걸 싫어해."

"나중에 저를 생각하셔서 너무 섭섭하게만 안 하시면 됩니다."

"그건 내가 보증하겠네. 내가 있는 한 한국은 최우선 우방국이 될 걸세."

"감사합니다."

"마지막으로 하나."

"예."

"무엇으로 칼을 삼아야 좋겠나?"

정적 제거 얘기였다. 혹은 장쩌민의 뒤를 이을 후계자들의 일체 말살. 그것을 이행할 명분.

이도 간단했다.

들릴 듯 말 듯 아주 작게 말해 줬다.

"좋은 게 있지요. 이미 겪지 않으셨습니까?"

"이미 겪었다고?"

"세계화."

"세계화?"

"세계화에 걸맞은 부패 척결."

"하오!"

리룽이 자기 무릎을 탁 쳤다.

Chapter 105

Chapter 105

모든 게 다 된 것처럼 분위기가 치솟아 올랐으나 실상은 아직 아무것도 없었다.

이제 겨우 말이나 오가는 단계란 걸 우리 두 사람도 모르지 않았다. 애틋한 눈빛으로 다음을 기약했고 리룽도 더는 칭얼대지 않았다.

어찌 됐든 일대일로는 중국이 할 사업이니까.

돌아온 나는 늘 그렇듯 96년 상반기 결산에 들어갔다.

1집 10만.

2집 0.

3집 0.

4집 10만.

5집 0.

6집 0.

7집 50만.

8집 100만.

9집 1,000만.

판매고 1,170만.

매출 1억 500만 달러.

"9집의 약진이 지속되고 있습니다. 하반기 매출까지 기대해 볼 정도로 하강 속도가 느립니다."

"전 8집이 더 재밌는데요."

"그건 순전히 Macarena 때문이죠. 1년 넘게 유행이 지속될 줄은 몰랐습니다."

"느린 성장의 특성상 8집은 하반기 매출이 상반기를 뛰어넘을 것 같은데요."

"그렇습니까?"

"그런 예감이 들어요. 뭐, 과하게 뛰어넘는 건 아니고요. 약간. 귀엽게요."

"그런가요? 하하하하, 귀엽죠."

"자, 이제 끝낼까요?"

"공부에 들어가십니까?"

"한 자라도 더 봐 두는 게 좋을 것 같아서요. 내년이 시험이잖아요."

"알겠습니다. 그럼 저는 물러나겠습니다."

방학은 아직 끝나지 않았고 별다른 일이 없는 한 하반기는 고시 공부에만 열중할 생각이라 다른 계획은 잡지 않았다.

고로 내 일상은 아침에 나와 간략히 할 일만 마치고 점심때 들어가길 반복, 그 시간 동안 사료와 판결문을 익히며 응용력을 키웠고 깊이를 요구하는 대목에서는 법철학도 따로 공부하는 열정도 보였다.

결국 법이라는 것도 계기는 그에 기반한 철학에 있었으니 어떤 의도를 중점으로 뒀냐에 따라 집행이나 대응의 방식도 달라지게 마련이었다. 그런 의미에서 법철학은 선택 과목이 아니더라도 법의 필수 코스였다.

"재밌네."

회귀 후 순수하게 무언가를 이 정도까지 공부해 본 건 처음이었다.

새록새록 알아가는 지식이 탐스러웠고 그 기쁨이 너무나 나를 즐겁게 했다. 보람차기도 하고.

의외의 곳에서 또 의외로 누리는 재미라니.

그 흥겨움에 톡톡히 빠져들고 있을 때쯤 옆구리에서 삐삐가 울렸다.

핸드폰 번호가 찍혀 있다.

96년도에 핸드폰이라. 누구지?

전화했더니 한태국이었다.

하아…… 이 자식은 정말 얼리어답터인가?

[뭐 하냐? 나와라.]

"어딘데?"

[어디긴 근처지.]

몇 달 만에 본 한태국은 몸이 더 커져 있었다.

그나마 있던 젖살도 사라지고 우람함과 강인함만이 물씬.

"학교 가서도 열심인가 보네. 몸이 좋아졌어."

"그러냐?"

"문제없이 잘 다녔냐?"

"내가 무슨 문제 일으키는 사람이냐. 그냥 다니는 거지. 나 수석 입학자라고."

"문제가 있었구나."

"……."

"누굴 속여? 귀찮으면 얘기 안 해도 된다."

그제야 한태국도 소매를 탁탁 털며 털어놓았다.

"별거 아니다. 학기 초에 말도 안 되는 짓거리로 군기 잡으려길래 다 때려눕혀 준 거 외엔 얌전히 다녔다."

"선배들을?"

"그럼 교수님을 때려눕혔겠냐?"

"일은 안 커졌고?"

"처맞은 놈들이 무슨 낯짝으로 까불겠냐. 구두 경고만 먹고 조용히 넘어갔다."

"호오……. 꽤 유망주인가 보네. 하극상을 다 봐주고."

"기합 주는 자리에서 다섯 명을 때려눕혔거든. 그걸 보고 달려오던 놈들까지 죄다 눕혔지. 돌아보니 열 명이 누워 있더라. 새끼들. 아주 온몸이 빈틈투성이야. 그런 실력으로 감히 누구한테 엉기고 말이야. 눕히면서도 네 생각이 간절하더라. 어이없지 않냐? 그따위 허약한 놈들이 유도 대표 선수 되겠다고 깝죽대고. 죽을라고."

"쿠쿠쿡, 몸이 또 근질근질하냐?"

"어떻게 실력은 안 죽었냐?"

"모르겠다. 운동 놓은 지 꽤 돼서."

"하긴 법대 범생이가 격하게 움직이는 거랑은 거리가 멀지."

어설픈 도발은…….

바로 체육관으로 갔다.

자세를 탁 갖추는데. 조금의 빈틈도 허용하지 않는 한태국을 보면서 본능적으로 어렵겠구나 느꼈다.

집중력을 가다듬었다. 상대는 헤비급. 잠시 못 보는 사이 파워도 악력도 노련미도 달라져 있다. 제대로 수련한 강자.

그러나 나도 쉽지 않다.

오히려 드라이브를 걸며 체력 싸움으로 밀고 나갔다.

유도는 3분 운동.

물론 상대가 스파링에 익숙한 한태국이란 게 문제라지만 본래 몸무게에서 근육만 10kg 이상 커진 건 장점임과 동시에 단점이 될 수 있었다.

쉬이 지친다는 것.

그렇다고 쉽다는 얘기는 전혀 아니었다.

몸이 커진 만큼 쫀쫀해진 내구력과 한 방 파워가 달라졌다. 잘못 맞으면 난생처음으로 다운당하게 될 판이라 주먹 소리가 섬뜩하게 들렸다. 그렇다고 레슬링이 통하는 것도 아니고 여러모로 파고들 방법이 보이지 않았다. 이래서 체급을 나누는 건가?

"허억, 헉헉헉."

"헉헉, 허어억, 끄어어어."

한참을 엎치락뒤치락.

잡으려는 자와 잡히지 않으려는 자.

빈틈을 노리는 자와 빈틈을 주지 않는 자 사이에서 엄청난 체력과 심력이 소모됐다. 그럼에도 우리 두 사람은 조금의 티도 내지 않고 일진일퇴의 공방을 계속했다.

한계가 빨리 왔다.

나나 한태국이나 그로기가 될 정도로 지쳤고 이대로는 승부가 나지 않는 걸 서로 잘 알았다.

마지막 일격에 모든 걸 걸자.

눈빛이 교환됐고. 주먹을 꽉 쥐었을 때.

"그만!"

지켜보던 관장님이 흐뭇한 표정으로 스톱을 외쳤다.

끝이라고?

아쉬움과는 달리 관장님은 한태국의 패배를 선언했다.

"왜요?"

"외견상 호각이었으나 이 게임은 진 거나 마찬가지다. 태국아, 왜 그런지 알지?"

"……예."

저 승부욕의 화신이 순순히 수긍한다. 뭐지?

"그나저나 대운이 너는 정말 대단하다."

"제가요?"

"따로 훈련하는 건 아니지?"

"그럼요. 학교 다니고 출장 다니고 요새는 고시 공부하느라 정신없어요."

"뭐? 고시 공부해?"

한태국이 눈썹을 올리며 반응했다.

"응, 사법 고시."

"사법 고시 준비한다고? 검사, 판사 되려고?"

"아니."

"사법 고시는 검사, 판사, 변호사 되려고 보는 거 아니야?"

"그렇긴 한데. 최종 합격하면 학점을 45점 인정해 준대서."

"……!"

"너 설마 학점 때문에 사법 고시 본다는 거야?"

"그럼 내가 변호사라도 할까 싶었냐?"

"허어……."

"하아……."

부자가 동시에 한숨을 내뱉는다.

그나마 사회생활을 더 했다는 관장님이 정신을 먼저 차렸는데 한태국의 가슴을 툭 쳤다.

"거봐라. 대운이는 괴물이라니까."

"그러네. 이 쉐끼 이기려고 기를 쓰고 운동한 게 다 헛짓으로 느껴져. 아빠, 대운이는 앞으로도 어렵겠지?"

"우린 그냥 아시안 게임이나 준비하자. 대운이는 노는 물이 달라."

"아무래도 그래야겠어."

고개를 끄덕이는 한태국을 두고 관장님이 내 어깨를 툭 쳤다.

"이번에는 꼭 이기려고 했거든. 결과는 무승부지만 사실상 무승부가 아니지. 슈퍼 헤비급에 미들급을 붙여 놓은 거니까."

"에이, 우리가 언제 그런 거 따졌어요. 무승부죠. 태국이 엄청 강해졌어요. 빈틈이 보이지 않아요."

"내가 좀 강하지."

"근데 아저씨, 아시안 게임 준비해요?"

"학교가 좋게 봤는지 헤비급 간판으로 키울 생각인가 봐. 후배 놈이 우리 집까지 찾아왔더라고."

"우리 담당 교수님이 아빠 후배야."

"그래? 태국이 정도면 바로 금메달 따겠는데요. 이 큰 몸에 이런 유연성과 스피드를 갖기 힘들잖아요. 유도는 찰나의 스포츠인데."

"다들 그렇게 생각하더라고. 이참에 유도 100kg이상급에서도 올림픽 금메달을 따 보자고."

아들이 자랑스러운지 관장님의 시선이 잠시 움직였다.

"축하드려요."

"뭘……."

"축하한 김에 고기나 먹으러 갈까요? 힘을 쫙 빼고 났더니 상쾌도 하고 노곤노곤한 게 몸에서 단백질을 원하네요."

"나는 소고기다."

"알았다. 가자. 가요."

"나도?"

"축하 자리잖아요. 오늘은 제가 모실게요."

"으음…… 그럴까?"

한 덩치 하는 남자 셋이 모여 한우 가든으로 향했다.

먹성이 심상찮을 거란 예상은 했지만 150만 원이 나왔다. 관장님은 중간에 더는 못 먹겠다며 자리를 비켜 주었고 그때부턴 우리끼리 소주도 한 잔씩 곁들였다.

주거니 받거니 옛날얘기나 하며 그때 참 어쨌다느니 별꼴을 다 봤다느니 웃고 떠들었다. 그러던 중 맥주잔에 소주를 가득 붓고는 단번에 비워 버리는 녀석이었다.

자못 심각하길래 나도 허리를 펴고 자세를 바로 했다.

"나…… 이제 결단 내려고."

"……."

"응원해 달라는 얘기는 안 하겠다. 오늘 이거 얘기하려고 너 불렀다. ……맞아. 가타부타 결론 내고 운동으로 올인할지 결정 보려고."

"마음을 잡으려는 거구나."

"널 보며 다시 깨달았다. 내가 우유부단했다는 걸. 대운이 넌 항상 멀리 내다보고 걸어가더라. 그것도 졸라 굳건하게……. 에이씨, 나도 이젠 네가 다른 종류의 인간이란 걸 인정하련다. 무슨 말인지 알겠냐?"

"……."

"너만큼은 안 되겠지만 나도 내가 있는 곳에서 어떻게든 결과를 내보려고 한다. 그러기 전에 연주부터 정리해야겠다."

"……차일 거로 생각하는구나."

"쿠쿠쿡, 내가 강아지 새끼도 아니고 그런 것도 모르겠냐? 연주 눈엔 내가 없어. 그래서 대차게 차이려고. 차여서 정 떼려고…… 씨벌."

다시 한 잔을 크게 들이킨다.

할 수 없이 나도 맥주컵에다 소주를 부어 마셨다.

"그 부분에선 나도 문제가 있어."

"그래, 인마. 네가 다른 건 신경도 안 쓰니까 연주도 너를 못 놓는 거잖아. 솔직히 말해 나는 연주 마음이 십분 이해 간다. 이 나쁜 놈아."

"미안하다."

"네가 미안할 게 뭐가 있겠냐? 나라랑도 저 미국이랑도 대차게 싸우는 놈이. 이번엔 중국 놈들도 조지고 왔다고? 씨벌, 뭐라도 보여야 엉겨 보기라도 할 텐데. 그 어렵다는 고시 공부 중에 붙었는데도 못 꺾었어. 이러니 내가 더 할 맛이 나겠냐?"

"그건 내 잘못이 아니지 자식아."

"그러니까 더 열 받지. 졸라 열심히 살고 졸라 어렵게 사는 거 내가 다 아니까 더 열 받는 거라고 씨벌놈아. 널 미워할 수 없으니까."

"……."

"에휴~ 씨벌, 이런 말 하려고 널 부른 건 아닌데. 후우……. 아니다. 차라리 잘됐다. 묵혀 둬 봤자 앙금만 생기지. 하등 도움이 안 되는 찌꺼기 마음이니까. 여튼 그렇다고. 나도 정신 차리고 매진하려고. 그거 알려 주려고 왔다."

"……."

"……."

"……."

"……너는 뭐 계획 없냐?"

"나야 뭐. 계획이 있으니 고시 공부에 들었지. 그냥 생각난 김에 조기 졸업이나 하려고."

"서울대도 조기 졸업이 있어?"

"있더라."

"참 나……."

"군대도 요새 고민이다. 어떻게 할까 고민된다."

"군대? 너 면제 아니냐?"

"그렇긴 한데…… 갈까 말까 고민이야."

"뭔 고민을 그렇게 사서 하냐. 남들은 안 가려고 난리인 게 군대인데."

"나는 안 두렵거든."

해 봤으니까. 그것도 최전방 GOP에서 81mm 박격포 들고.

"그러냐?"

"공인으로서 사회적 의무감 같은 것도 있고. 군대를 다녀오는 게 더 좋지 않겠냐는 마음도 있다."

"근데 나는 좀 이상하다."

"뭐가?"

"조기 졸업 한다면서 군대는 간다고 그러고. 도대체 어느 장단에 맞춰야 하냐?"

"으응? 뭐가?"

"그렇잖아. 조기 졸업 하려는 이유라 봤자 사회에 빨리 나가려는 거잖아. 근데 26개월을 또 군대에서 썩겠다고? 월에 9,900원 받으면서? 나는 당최 뭔 소린지 모르겠네."

"그런가?"

"가끔가다 보면 넌 생각이 너무 앞서가는 경향이 있어. 적당히 해도 돼 인마. 누가 지금 너한테 뭐라 하겠냐? 너보다 훌륭하게 사는 놈이 또 어딨다고."

"……내가 훌륭해 보이냐?"

"훌륭하지. 졸라 자랑스럽지. 내가 살며 애든 어른이든 어떤 새끼든 다 겪어 봤는데 너보다 훌륭한 새끼는 못 봤다. 그래서 자격지심을 가졌는데 이제는 그것도 지웠다. 너랑 나랑은 사람이 다르니까."

"……."

"에휴~ 내가 너한테 무슨 소릴 하는 건지. 야! 술이나 마시자. 오늘 여기 술이랑 고기 내가 다 치워 버릴 거다."

저녁에서 시작해 새벽까지 이어진 술자리였다.

1차, 2차, 3차…… 내가 다 냈지만, 한태국은 전혀 미안해하는 기색 없이 원래 이런 자리는 돈 많은 놈이 내는 거라며 당당히 굴었다.

아무렴.

많은 얘기를 나눴고 또다시 붙어 보자느니 호기도 부리며 함께 시간을 즐겼다.

우리도 알았다. 녀석이나 나나 술자리에서 몇 마디 나눴다고 인생이 달라지지 않는다는 걸.

하지만 나에게는 꽤 깊은 울림이 있는 시간이었다.

뭔가 인정받은 것 같기도 하고 뭔가 생각이 정리되는 것 같기도 하고.

며칠을 기다려 보기도 했다.

결과가 어떻게 났는지 궁금해서.

한다면 하는 놈인데 소식이 없다.

나는 이걸 최연주와의 마지막일지도 모를 순간을 위한 준비라고 판단해 더는 신경 쓰지 않았다.

결론이 나면 울든 웃든 알아서 찾아오겠지.

못다 한 공부에 열중했고 고딩 생활 때와는 달리 길고 긴 방학도 공부만 하다 끝났다.

물론 공부가 마무리된 건 아니었다.

2학기도 18학점이라 거의 교양이었고 고시 공부는 SML의 HonT가 토토즐에서 성공적으로 데뷔한 것과 상관없이 계속

되었다.

그러다 도서관에서 10월 11일 OECD가 회원국 만장일치로 한국의 가입을 승인하였다는 소식을 들었다.

서민들은 피부에 와닿지도 않은 내용을 정부와 언론이 합심하여 대대적으로 홍보하였다. 우리도 선진국이 됐다고. 하하하하하 라고. 젠장.

나한테 와 봤자 좋은 소리는 못 들을 걸 알았는지 이번엔 찾아오는 기자도 한 놈 없었다. 나우현만 전화로 상황 보고만 하고.

한심했지만 또 한편으로는 이해 가기도 했다.

길이길이 남을 대통령이 되고 싶겠지.

주변의 기대와 아첨이 가뜩이나 명예욕이 큰 사람을 엉뚱한 방향으로 성장시켰고 그는 지금 이 순간도 자신의 선택이 역사적 당위성을 가지고 있다고 믿고 있을 것이다. 아집과 독선의 정화가 되었는지도 모르고.

차라리 그게 나았다. 그렇지 않다면 더 슬플 것 같았다. 천하의 암군을 대통령으로 삼은 것이니.

"……."

그렇게 또 얼마간 지나자 바람이 달라진 걸 느낄 수 있었다.

슬슬 시선을 돌릴 때가 다가오고 있음이라.

김영산과의 선거에서 패배하고 정계 은퇴를 선언, 미국으로 날아간 남자가 얼마 전 귀국하여 활동을 시작했다는 소식을 들었다.

무수한 은퇴와 은퇴 번복.

보통 사람 같았으면 양치기 소년이냐며 질타받았을 행동임에도 그라는 이름으로 사람들은 아무런 지적도 하지 않았고 호남은 무조건적으로 지지하기 바빴다.

나는 잘 모르겠다.

과거와 구습의 끝자락으로서 하나 남은 그를 올려야 마땅한지, 그것이 정말 잘 가는 길인지 판단이 서지 않았다.

내가 끼어들어 이인젠의 탈당을 막는 순간 어떻게 될까?

반대로 이회찬을 물고 늘어진다면?

웃긴 건 두 선택지 모두 삶이 지겨운 염세만 자극할 뿐 흡족한 것이 없다는 점이다.

"모르겠어. 어느 쪽으로 가든 문제만 보여. 그 나물에 그 밥이라는 건가? 통째로 갈아 버려? 그런들 달라지는 게 있을까? 똑같은 놈들로 채워질 텐데. ……결국 똑같네. 그렇다면 이대로 지켜 나가는 것도 나쁘지 않겠어. 적어도 하나는 확실하잖아. 내 손아귀에서 벗어나는 일은 없을 테니."

풍성한 한가위가 지나가고 이어진 국군의 날과 개천절이 지나가며 어느새 일반 일로 격하된 한글날을 맞이하고 있을 때 뜻밖에 영국에서 귀한 손님이 찾아왔다.

다이애라 왕세자비가 철스 왕세자 없이 아들 둘만 데리고 방한한 것이다.

깜짝 놀랐다.

의전을 위해 급히 소경복궁에 의뢰하고 그렇게 맞이한 그녀는 금방이라도 터질 것 같은 시한폭탄의 눈빛을 하고 있었다.

'…….'

직감했다. 인내심이 한계에 다다른 것이다.

찾아온 이유도 또한 너무도 복합적일 것 같았다.

이것이 조언해 준 사람에 대한 성의일지, 마지막 결정을 위한 환기 혹은 자기 얘기를 들어 줄 사람이 간절히 필요했던 것인지…….

"야위셨군요."

"……예."

"결국 결심을 하신 겁니까?"

"……."

겉으로 드러나는 화려함과는 달리 다이애나는 원래 소극적이고 수줍은 성격의 여인이었다.

소녀.

그런 성향의 사람은 보통 폭발적인 언론의 관심과 세간의 평가를 견뎌 내지 못한다.

조용한 곳에서 사색을 즐기며 평안을 추구하기 마련인데.

집안인들 편안했을까?

왕가 특유의 차가운 시선과 시선, 노골적인 따돌림 사이에서 그녀가 의지할 버팀목은 남편도 아닌 오직 두 아들뿐이었다.

세상 아무도 그녀를 돌봐 주지 않았다.

'다른 사람인데.'

왕실에서 왕자로 태어나 어려서부터 언론이 당연해진 누군가와는 종류가 달랐다. 게다가 남편은 하필 다른 여인을 사랑하였고 다이애라의 고통을 이해하려 들지도 않았다.

사면초가, 백척간두, 풍전등화.

이런 말들이 현재 다이애라를 표현하기에 가장 적합할 것이다.

"질투와 불신, 대중 앞에서의 가식적인 연기까지 너무도 고통이었나 봅니다."

"……예. 흐흐흑."

단 한마디에 무너질 정도로 그녀는 절망하고 있었다.

주저앉아 흐느끼는 모습 어디에도 당당한 왕세자비는 없었고 단지 사랑을 갈구하는 소녀만 존재했다.

자기 얼굴을 가리면서 드러난 소매 속 팔목엔 몇 개의 빗금도 그어져 있었다.

'자살의 흔적.'

몇 번이나 손목을 긋고 계단 아래로 몸을 던졌으며 폭식과 구토를 반복하였다는 기사를 그녀의 사후 읽은 기억이 있었다.

그게 전부 사실이었던 모양.

'…….'

이런 상황에서도 그녀는 왕세자비로서 의무만 강요받았다.

속으로는 곪으면서 웃는 낯으로 대외 활동에 행사 참관까지.

주변엔 냉혈한만 있던가?

누가 보든 말든 그녀를 안아 일으켰다.

그 손을 잡아 벤치에 앉혔다. 저 멀리 한복을 입은 두 왕자가 뛰어노는 게 보인다.

"아프면 아프다 말해요. 감추면 아무도 몰라요."

"맞아요. 아파요. 너무 아파서 죽고 싶어요. 흐흐흑."

그러나 난 들어 줄 수는 있지만 받아 줄 자격은 없었다.

대놓고 물었다.

"두 왕자를 어떤 사람으로 키우고 싶나요?"

"예?! 그건……."

울던 다이애라가 멀리 뛰어노는 두 왕자를 본다.

"저 바다 건너 아주 멀리 보이는 이상한 전통과 고집에 휘둘리지 않는 강건한 사람으로 키우고 싶지 않았나요?"

"……예, 맞아요. 그렇게 키우고 싶어요."

"이대로라면 두 왕자는 거의 99% 어머니를 잃게 되겠죠."

"……."

"이제까지 당신이 이뤄 놓은 모든 것이 되돌려질 겁니다. 저 아까운 두 왕자조차 아집과 완고와 독선에 길든 사람이 되겠죠."

"안 돼요! ……하지만……."

"알아요. 너무 아프죠. 이 삶 자체가 죽음보다 더한 고통으로 느껴질 만큼."

"맞아요. 더는 버틸 수가 없어요. 하루빨리 벗어나고 싶어요."

"그래도 안 돼요."

"어째서 안 된다는 거죠? 당신이 이 고통을 알기나 하……
미안해요. 당신에게 화내려던 것이 아니었어요."

"이해해요. 지금은 누군가의 심정을 살필 여유가 없겠죠."

"더는 견딜 수가 없어요. 제가 어째서 이런 삶을 살아야 하는 거죠? 당신은 어째서 내게 이런 삶을 강요하는 건가요?"

간절한 부르짖음이었다.

처참한 외침. 그러나 이도 받아 줄 자격이 없다.

"전 일곱 살 때부터 삶이 전쟁이었습니다."

"……예?"

"절 바라보는 모든 편견과 싸워야 했죠. 당신처럼 차가운 시선과 시선, 노골적인 따돌림에 버텨 내야 했죠."

"페이트……가요?"

"저는 제 운명을 변화시키기 위해 가진 모든 걸 걸고 싸워야 했습니다. 부모님까지도요. 단지 일곱 살에 말이죠."

"……!"

"그래서 지금 제 앞에 있는 당신이 무척이나 자랑스럽습니다."

"예?!"

나를 본다.

여전히 눈물이 그렁그렁 맺혀 있지만 내 눈을 직시하며 나의 진심을 보려 했다. 영국의 누군가가 이 정도로만 눈을 맞춰 줬어도 이렇게까지 몰리지 않았을 텐데.

당연히 어설픈 위로는 필요 없었다.

"전 당신이 왕실을 변화시킬 거라 믿는 사람입니다."

"내가……요?"

"미운 오리 새끼는 오리가 아니기에 미움받죠. 맞아요. 당신은 오리가 아니에요."

"오리……."

"그러니 당신 삶을 사세요. 오리처럼 구겨지지 말고."

그녀는 오리가 아니다.

조류 주제에 날지도 못하고…… 좁은 집터에서 꽥꽥 소리 지르며 뛰어다닐 필요가 없는 사람이었다.

보다 넓은 세상으로 날아갈 사람.

"훨훨 날아오르세요. 좁디좁은 궁전에 갇혀 울지만 마시고. 온 세상이 내 영역인 것처럼 다니세요. 그러면 왕실도 남편도 개미처럼 보일 겁니다."

"내가…… 제가 그렇게 할 수 있다 생각하시나요?"

"사실 전 부군을 불쌍하게 생각하는 사람이기도 합니다."

"그이를요?"

말도 안 된다는 표정이 나온다.

이것만큼은 절대로 이해할 수 없다는 듯 단호했다.

하지만 이것 역시 받아 줄 자격이 없다.

"왕자로 태어났으나 왕이 될 운명을 타고나지 못했으니까요."

"예?"

"왕이 되지 못합니다."

"그게 무슨 말씀이세요?"

"어머니가 너~무 오래 살아요. 아들이 백발이 되어 할아버지가 될 때도 왕 노릇을 하고 싶어 하시죠."

"……!!!"

그제야 뭔가 이해되는 눈빛이 되었다.

그녀가 겪은 시어머니도 내가 말한 것과 다르지 않을 테니.

실제 내가 회귀하기 전까지도 그녀는 왕성한 활동을 이어 나갔다. 아들이 호호백발이 되어도 아랑곳없이 영광과 권세를 누리며 왕위를 물려줄 생각 자체를 안 했다.

검지를 들어 올렸다.

"또 하나."

"……?"

"당신이 이대로 떠난다면 당신의 부군은 기어코 그 여자를 궁으로 들일 겁니다."

"예?!"

이것도 말도 안 된다는 표정을 짓다가 멈춘다.

경청하겠다는 듯.

"당분간은 잠자코 있겠죠. 하지만 그는 어찌 됐든 자기가 하고픈 일을 하게 될 겁니다. 당신이 쓰던 물품과 지나다니는 모든 곳에 다른 사람의 향기가 젖어 들게 하겠죠."

"……."

입을 떡.

"부디 전투력을 높이십시오. 가련한 여주인공은 결코 아름다운 결말을 맞이할 수 없습니다. 왕이 되지 못한 비운의 왕세자는 어떻게든 자기 비틀린 욕망을 풀 테니까요."

"아……."

처음 만났을 때만 하더라도 꺼질 듯 위태로웠던 빛이 다시 힘을 발하기 시작했다.

여전히 불안하지만, 다시 의욕을 찾았다는 것에 만족해 본다.

물론 거기에 휘발유를 부어 주는 것도 잊지 않았다.

"천년만년 살 게 아니라면 결국 왕작은 누군가에게 물려주게 될 테고 정통은 곧 저 두 왕자 중 한 사람에게 돌아갈 겁니다. 이런 상황에…… 또 정상적이지 않은 곳에서 정상적임을 유지하려면 어머니가 강할 수밖에 없습니다. 아들을 위해 이겨 내세요."

"……."

"……."

"……."

"……."

"……당신은 어떻게 이런 것을 알 수 있죠?"

"무엇을요?"

"자식을 키우는 어머니에 대한 얘기요. 경험이 없잖아요."

"사실 특별할 건 없습니다."

"예? 어떻게요? 이게 어떻게 특별하지 않을 수 있죠?"

이해 안 간다는 표정이다.

"한국식 육아법이 대체로 이렇기 때문입니다. 이 땅의 어머니들은 거의 모두가 이런 식으로 가르치죠. 아닌 분들도 분명하게 있지만, 기본적으로 아무리 귀하디귀한 자식이라도 가르칠 때만큼은 공정함과 정정당당을 앞세우시죠. 약한 사람을 도우라. 거짓말하면 안 된다. 나쁜 짓을 하면 벌 받는다. 착하고 귀하고 훌륭한 사람이 되거라."

"……!"

"아이는 어머니가 필요합니다. 특히나 어릴 때는 절대적이라 할 수 있죠. 정서적으로 독립하여 세상으로 향할 때는 아버지의 경험과 이성과 해법이 필요하겠지만, 그 전까지는 어머니의 영역이죠. 사랑으로 품어야 합니다. 올바른 것을 전해 줘야 합니다. 이게 바로 인류가 현재까지 삶을 지탱해 온 힘의 원천이니까요."

"아아……."

자기도 모르게 고개를 끄덕인다.

"그러니 더욱 힘을 내셔야 합니다. 영~ 보기 역겹다면 피죽도 못 먹고 사는 아이들을 만나러 가십시오. 조그만 궁에 갇힌 이들은 절대 볼 수 없는 것을 보세요. 그곳으로 가 느끼고 경험하십시오. 그 깨달음을 두 왕자에게 전해 주세요. 세상은 혼자 사는 게 아니라는 걸요. 그게 당신의 역할입니다."

이 만남이 그녀의 삶에 얼마나 보탬이 됐는지는 모르겠다.

더 솔직히 말해 그녀에게 보탬이 되고자 한 건지도 잘 모르겠다.

그녀의 위태함이 나의 안정을 건드린 건 분명했고 더욱이 나는 그녀의 살얼음을 걷는 듯한 아슬아슬함이 싫었다. 그래서 반사적으로 튀어 나간…… 단지 미래를 아는 것에서 출발한 논리로 고통을 찍어 누른 걸 수도 있기 때문에 '그녀를 위해서'이다 자신하지 못했다.

왜냐하면, 그녀는 나의 식구가 아니니까.

냉정하게 보면 그럴 수도 있다는 것을 말하는 것이다. 내 삶에 크게 의미를 둘 필요가 없는 만남이라는 것도 한몫했고.

측은지심 정도?

그렇잖나.

몇 년 만에 나타난 그녀는 처마 밑 비 맞고 덜덜덜 떠는 강아지보다 더 처량했고 그걸 보고 가만히 있을 한국인은 많지 않을 것이다. 단정하여 말하기가 어려운 건 그래서였다. 설사 이것이 일방적인 관계가 될지라도 말이다.

물론 이런 차분한 분석과는 달리 나는 끝까지 그녀의 편이 돼 주었다.

"날아다니다 지치면 언제든 오세요. 이곳을 집처럼 여기셔도 됩니다. 기꺼이 안식처가 돼 드리겠습니다."

◇ ◆ ◇

온 세상이 바쁘게 돌아가는 와중에도 혹은 미국 대선에서 클린턴이 재선에 성공할 때도 나는 차근차근 대한민국이란 나라가 거쳐 온 법과 판례와 법 적용에 대한 내공을 쌓아 갔다.

꾸준히 침착히 아주 단단하게.

이쯤이면 되었다 싶었을 즈음엔 어느새 거리는 캐럴이 울려 퍼졌고 송년회로 밤이 짧다 하며 불타오르고 있었다.

내 눈엔 마지막 축배로 보였지만 사람들은 즐거워했고 나날이 늘어만 가는 살림에 행복해했다.

"……."

아무렴 어떤가. 저들의 잘못은 아닐진대.

주식 시장도 참으로 좋았다.

거래량 2,317만 주, 거래 대금 4,360억 원, 상승곡선인 869.98P로 마감하며 내년의 성장을 기대하였고 나도 편승해 알토란 같은 회사들을 쓸어 담았다.

고려아연 같은 기업들 있잖나.

지금 17,000원 하는 기업이 나중엔 40만 원을 주고도 못 산다. 오성전자야 말할 것도 없고 현도 정공(나중에 현도 모비스로 불릴 녀석)도 지금은 16,000원 한다. 농심도 24,000원이면 사고 부림산업이 12,000원, 유일양행이 40,000원 등등 물 반 고기 반이다.

물론 한국 전력같이 2020년보다 오히려 더 비싼 경우도 있었다. 얘들은 그동안 뭘 했는지.

그런 주식들은 과감히 킵하고 앞으로 나올 카카온, NABER, 셀트리오, NB 소프트, 스튜디오와이번 같은 회사들을 기대했다.

그놈들은 나오자마자 쓸어버릴 테니. 아닌가? 나올 즈음 날름 삼킬까?

"재밌어. 주식 시장이 훤하게 보이니 이처럼 재밌을 수가 없네."

전에는 도무지 알 수 없었던 시장의 흐름이 어째서 이리도 잘 보이는지 모르겠다.

제아무리 기업과 경영자의 역량이 뛰어나도 성장성 없는 업종에서는 별다른 수 없다는 것도 보이고 업종 내 1등 기업과 그렇지 않은 기업이 어째서 주가 차이가 크게 나는지도 다 눈에 들어왔다.

"어떤 기업도 내일을 장담할 수 없다지만 적어도 나는 아니지. 미래를 장담할 주식만 쓸어 모아도 한세상 걱정 없겠네."

공부도 끝난 판에 모처럼 주식 쇼핑에 신났다.

며칠간 오로지 그 재미만 느끼며 살았다.

물론 내 할 일도 잊지 않았다.

슬슬 김영산의 더듬이를 건드릴 때.

나우현을 불렀다.

"부르셨습니까?"

"해 줄 일이 있어요."

"말씀해 주십시오."

"정부를 까 주세요."

"정부를……요?"

"어렵겠어요?"

"아닙니다. 아닙니다. 무엇이든 하겠습니다."

"심각한 문제에요. 나라가 망할지도 모르는."

"그……렇습니까?"

침을 꼴깍 삼키는 그에게 필요한 내용을 말해 줬다.

나우현은 믿기지 않는다는 표정이면서도 성실하게 메모했다. 그리고 물었다.

"정말 이들이 문제가 될 거란 말씀이십니까?"

"예."

"정부는 이들을 외화벌이의 선봉장이라고 내세우고 있습니다."

"그러니 정부를 까야죠. 헛짓으로 국가와 국민을 위기로 내몰고 있는데요."

"일단 시키시니 하겠지만, 후폭풍이 만만치 않겠는데요."

"후폭풍은 클수록 좋아요. 그래야 국민도 알게 되겠죠."

"그걸 노리시는 거군요. 알겠습니다. 제가 작심하고 기획기사로 내겠습니다."

"심부를 콱 찔러 주세요. 너무 아파서 도저히 참을 수 없게."

"알겠습니다. 모른다면 모를까, 알면서 안 건들 수는 없는 일이죠. 맡겨 주십시오."

나우현은 나갔고 며칠이 안 돼 중간일보 단독 특종이 떴다.

【페이트의 경고. 한국 종금사 이대로 놔두면 안 된다】

현재까지의 외채 차입 규모와 그것의 성질을 분석한 내용이 뜨자 다음 날로 몇몇 신문사가 이에 동조해 정부를 향한 자극적인 기사를 실었다.

【무분별한 돈놀이에 빠진 종금사, 정부는 과연 대책이 있나?】

【종금사의 동남아 러시. 그 시발점은 어디에 있는가?】

【벌써 200억 달러에 가까운 외채가 흘러들어 갔다. 동남아는 과연 안전한 시장인가?】

【자본금 2,000달러짜리 종금사가 3억 달러 외채 차입에 성공. 이게 정부의 보증 없이 가능한 일인가?】

【페이트의 경고. 종금사의 무분별한 돈놀이는 곧 비수가 되어 날아올 것이다】

한 일주일 중간일보를 필두로 언론사들이 종금사만 파고들자 정부도 더는 버틸 수 없었는지 기자 회견을 마련했다.

내용은 300억 달러 이상의 외환 보유고를 설명하며 무리가 없다는 것과 우리나라는 수출도 좋고 경제도 튼튼하여 신용평가사 기준 AA등급을 받은 상태라는 것을 강조, 호황기 때 어느 정도 공격적인 투자는 용인해 주는 게 맞으니 섣부른 억측은 분위기를 해치는 길이라 하였다.

다들 고개를 끄덕끄덕.

나도 일을 벌이면서 대다수가 이 같은 정부의 말을 믿을 줄 알고 있었다.

실제로 1996년은 아무런 문제 없이 흘러갔고 조금쯤은 즐

겨도 될 만큼 풍족하였으니 왜 이런 분란을 일으키냐는 듯 되레 나에게 공격이 들어왔다.

우르르 찾아온 기자들이 질문을 날렸다.

"한국의 성장은 세계에서도 유례가 없을 만큼 손꼽히는 업적입니다. 어째서 지금 자중해야 한다고 말씀하신 건지 이유에 대해 말씀해 주십시오."

"정부 발표를 들으셨겠지만 300억 달러나 되는 외환 보유고도 있고 신용 평가사들도 우리나라의 재정 건전도를 안전하다고 판단하였는데 무엇이 그렇게 위기를 부른다는 겁니까?"

"단기 외채가 많이 늘어났긴 하나 종금사는 동남아에서 달러를 벌어들이고 있습니다. 위기에 대비한 달러가 필요하다면 오히려 장려해야 할 일이 아닙니까?"

"정부는 모두가 '예스'할 때 '노'할 수 있는 용기는 알겠으나 모두가 열심히 일할 때 찬물을 퍼부은 격이라고 하였는데 혹시 자신을 되돌아볼 생각은 없으십니까?"

"지금 어느 곳에도 암울의 흔적은 보이지 않고 있습니다. 무슨 근거로 조심해야 한다고 하셨는지 설명해 주십시오."

신났다.

융단 폭격과 같은 질문 세례를 받다 보니 반발보단 이런 생각이 먼저 들었다.

분명 내가 의도한 상황이긴 한데.

내가 왜 굳이 이런 진흙탕 판에 끼어들려 했을까?

가만히 잠자코 숨어 있다가 떨어지는 감이나 주워 먹으면 편할 텐데.

누군가를 설득하는 작업을 해 본 사람은 알 것이다.

마음이 흐르는 방향성을 바꾸려면 아주 큰 힘이 든다. 특히나 대척점에 있는 사람은 설득하기 거의 불가능하다.

지금 기자들이 그랬다. 날 보는 시선이 그랬다.

워낙에 독한 놈이라 언제 물릴지 몰라 조심은 하고 있으나 이들 대다수는 나라를 걱정하기는커녕 심중에 본때를 보여 주겠다는 심보를 품고 있었다. 네가 언젠가 이렇게 걸릴 줄은 알았다는 듯이.

하지만 난 페이트. 그것도 수십 년의 정보를 품은 회귀자다.

적당한 놈을 골라 찍었다.

"거기 기자님은 기세가 아주 등등하시네요. 그러다 진짜로 위기가 오면 어떡하시려고 이러시나요? 내 앞에서 마음대로 떠들다가 일 터져 박살 난 기자가 한둘이 아닌 걸 못 봤나요?"

"그게 무슨 말씀입니까? 지금 국민을 상대로 협박하시는 겁니까?!"

꼴에 자존심은 있다는 건가?

데스크에 의해, 정권에 의해, 돈줄에 의해 펜대를 마구 꺾는 놈 주제에.

"참으로 웃기군요. 당신이 국민을 대표할 수 있다고 생각합니까? 주제를 아셔야죠. 나는 국민이 아니라 당신을 상대로 협박하는 거예요. 같잖은 소리 말라고요."

"이, 이익, 그러니까 그런 발언을 하신 증거를 대라는 게 아닙니까. 모두가 납득할 수 있게.”

“당신이 ‘납득할 수 있게’가 아니고요?”

“저는 국민의 의문을 풀어 드릴 의무가 있습니다.”

“국민의 의무는 굳이 당신이 아니더라도 풀어 줄 사람이 많습니다. 다른 기자분들은 안 보이시나요?”

“그건…….”

한 놈의 기세를 꺾자마자 기자들을 둘러봤다.

“여러분들은 마치 제가 국민적 불안감을 일으키려는 의도가 있는 것처럼 몰아대시네요. 잊지 마세요. 지금 인터뷰하는 것부터 기사 전부가 자료로 축적되고 있다는 걸.”

“…….”

“…….”

“…….”

소송 걸린다는 얘기였다.

대다수는 알아들었는지 조용했다.

수천억 뜯겨 본 기억이 겨우 2, 3년 만에 사라진다면 그게 바로 붕어 대가리일 테니까.

하지만 언론사는 인터넷 매체가 한창일 때는 1년에 수십 개씩 세워질 때도 있었다.

지금 나서는 놈도 그랬다. 잃을 게 없다는 것처럼 앞장섰다.

“그건 아니고요. 이 일은 아주 중대한…….”

“당신은 뭔데 자꾸 나서죠? 누구한테 사주받았나요?”

“그게 무슨 말씀이십니까?”

"재밌네요. 언론이야말로 국민을 불안케 하는 일들을 하는 직종이 아닌가요? 제가 여태 한 행동은 말 몇 마디와 업적뿐이었죠. 언론은 도대체 무엇을 했는데 이리도 당당하죠? 5공 때 뭐 하셨어요? 남들 피 흘릴 때 뭐 했는지 자료를 들춰 볼까요? ……기가 막히네요. 뭐 묻은 개가 겨 묻은 개한테 뭐라는 것도 여분수지. 이러니 자꾸 주제를 가르쳐 주고 싶어지잖아요."

"뭐, 뭐요?"

"여기 누구도 언론이 공정하다는 걸 믿는 사람이 없어요. 차라리 미국처럼 노골적으로 자기 정체성을 밝히든가. 이게 뭡니까? 자기기만도 정도껏 해야지. 내 말이 틀려요? 여기 모인 기자분들이 더 잘 알 거잖아요. 그러니까 되지도 않은 명분 따위는 들이밀지 마시고 본론으로 들어가세요. 여기 왜 온 거예요?"

"아니, 이 사람이……."

발끈하여 일어나나 나는 백은호를 봤다.

"저 사람과 저 사람의 언론사는 앞으로 영원히 인터뷰장에 들어오지 못하게 하세요."

"예, 알겠습니다."

경호원 다섯 명이 우르르 다가가자 흠칫한 기자는 언론을 탄압하냐며 고래고래 고함쳤지만 나는 다른 기자들을 봤다.

"같이 나가고 싶으신 분 또 계시나요?"

"……."

"……."

"……."

조용하였다. 소리 지르는 건 한 놈뿐.

그놈마저 사라지자 인터뷰 장소는 그야말로 적막이 흘렀다.

맞다. 이게 이들과 나와의 격차.

겨우 판이 마련된 것 같아 나도 슬슬 입을 뗐다.

"정부가 무슨 말을 했다고 쪼르르 달려오다니 우리 기자님들도 공부를 많이 하셔야겠습니다. 어떻게 정부가 불러 주는 걸 그대로 앵무새처럼 읽을 수 있죠? 정부의 자료가 맞는지 그 자료에 다른 목적이 들어가 있는 건 아닌지 살펴보신 분 계신가요? 이 중요한 시기에 언론이 언론으로서 제 역할을 못 하니 나라에 우환이 들어도 아무도 모르는 게 아닙니까."

"……."

"……."

"……."

"답답하네요. 그냥 불러 드릴게요. 제가 지적하는 몇 가지만 찾아보세요. 시대 의식이 있는 분이시라면 위험이 느껴지실 테니."

천천히 준비한 유인물을 나눠 줬다.

거기에는 세 가지 문제점이 적혀 있었다.

첫 번째로 외환 보유고.

정부가 발표한 외환 보유고 규모는 맞다 치고 그럼 가용량을 살펴본 자 있는지 손들라 해 보았다.

아무도 없다.

다 좋고 300억 달러 있고 그걸 다 쓸 수 있다고 치자. 지금 한국 정부가 쓸 수 있는 가용량? 내 보기엔 50억 달러도 안 될 것이다.

영국은 1천억 달러가 넘는 가용량으로도 검은 수요일을 맛봤다.

두 번째는 기업의 부실이었다.

무분별한 확장에 확장으로 평균 부채율이 400%가 넘어간다. 어떤 놈들은 1,000%가 넘는다.

왜 이런 일이 벌어지냐고? 분식 회계가 판치니까. 위기 한 방이면 와르르 무너질 기업이 열 손가락으로도 다 못 셀 거라 말해 줬다.

세 번째는 동남아 시장의 불안정성을 들었다.

그 이유에 대해 말하려는데 기자 하나가 손들었다.

"예, 말씀하세요."

"두 번째까지는 이해하겠는데 동남아 시장이 불안정하다는 말씀에 대해서는 의문이 생깁니다."

"무엇이죠?"

"느리긴 하나 보유한 자원을 토대로 탄탄한 성장을 이루고 있습니다. 여기 어디에 불안성이 있다는 건가요? 미국, 일본과 함께 경제 협력을 이루는 국가들인데요."

저런 역량이니 제 옷에 묻은 검댕이조차 모르는 거지.

그러나 이곳은 진지한 장소.

웃음이 났으나 속으로 삭였다.

"도리어 제가 묻고 싶군요. 동남아 어디가 탄탄하다는 거죠? 국민의 교육 수준, 사회적 인프라, 정치 상황, 어느 것도 만만한 게 없는데."

"그야……."

"더 치명적인 건 금융을 모른다는 겁니다. 물론 이건 우리나라도 마찬가지죠. 정부가 금융을 너무 몰라요. 금융을 안다면 이런 식으로 태평세월을 보내진 않을 텐데 말이죠."

"예?"

"92년에 영국이, 95년에 멕시코가 박살 났어요. 그들이 못나서 무너졌을까요? 설마 우리 한국이 영국보다 형편이 더 낫다는 말씀은 아니시죠?"

내년 98년엔 러시아가 박살 난다. 잘살고 있다가 느닷없이.

IMF 사태는 나라에 돈이 없어서 생긴 게 아니다.

수중에 가진 달러가 부족해서 생겼다.

90년대에 들며 서양은 신자유주의의 물결과 함께 자본주의라는 이름에 걸맞은…… 물건을 팔아 돈을 버는 방식이 아닌 금융이라는 시스템을 이용, 돈으로 돈을 버는 방향으로 선회하고 있었다.

이런 세태에 대한민국은 국제 금융에 대해 무지하였고 세상 돌아가는 것도 모르고 흥청망청, 축배를 들기에 여념이 없었다.

IMF 사태란 결국 영화 타짜와 비슷했다.

순진한 갑부를 꼬드겨 빚을 지게 하고 그가 가진 땅과 재산을 헐값에 갈취하는.

엇! 하는 순간 탈탈 털려 길바닥으로 쫓겨나는 거다.

"정부는 금융 지식이 부족하고 이를 비판해야 할 언론은 부화뇌동이나 해 대고 기업은 자기 죽을 날이 언제인지도 모르고 설쳐 댑니다. 이 얼마나 답답한 시국입니까. 환율 전쟁이 오고 있어요. 지금부터라도 허리띠를 조르고 외환 관리를 철저히 하지 않으면 그 대가는 오롯이 국민이 져야 할 겁니다. 명심하십시오. 정치는 결과에 대해 책임을 지지 않습니다."

신나게 떠들고는 있지만.

나는 정부가 말을 듣지 않을 것도 알고 있었다.

지금 한국 경제는 세계 여느 곳과 비교해도 탄탄했으니까.

영미권이자 자원 부국인 호주보다 낮은 GDP 대비 순외채 비율도 그렇고 1인당 외채 부담율마저 세계 최대 채무국인 미국과 거의 같은 수준에, 영국의 신용 평가 기관인 피치IBCA는 1996년 말 한국의 대외 부채가 1,230억 달러로 연간 외환 거래량의 77%밖에 달하지 않는다며 신용 등급을 더 상향해야 한다고 말하기도 했다.

참고로 호주의 대외 부채는 1,800억 달러로 연간 외환 거래량에 대한 비율이 221%에 달했고 캐나다는 4,210억 달러로 177%에 이른다.

이뿐인가. 원금과 이자를 합쳐 1년간 외국 은행에 지불해야 할 돈도 상태가 좋았다.

한국은 전체 외환 거래액의 6%밖에 되지 않았고 캐나다는 16.7%, 오스트레일리아 12%나 됐다.

통계 또한 한국의 대외 채무 비율은 건전한 편이라 말해 주고 있었으니…… 같은 시기 한국과 같은 신용 등급에 있던 브라질의 293%에 비하면 말 다한 편.

말이 나온 김에 조금만 더 이때의 한국을 자랑하자면,

남미 나라들과는 비교도 할 수 없을 만큼 인플레이션 관리를 잘해 왔고 정부 예산도 균형을 이루었다. 엔화 하락으로 경상수지 적자가 커지고 있었지만, 외채를 갚지 못할 나라가 아니었다.

경제 부총리가 입버릇처럼 말했듯 한국의 경제 펀더멘털은 건강했고 1997년 여름 이전까지만 해도 이 의견에 이견을 달 외국인은 거의 없었다.

그러니까 내가 열 올리며 지적한 정부의 무지와 정신 못 차리는 대기업, 금융 기관의 단기 외채 증가도 따지고 보면 작은 우려로 치부해 버려도 될 일이었다.

물론 실책임은 틀림없었다.

문제는 그 실책을 실책이라고 한 번도 경고해 주지 않은 국제 금융 시스템이 개새끼라는 거고, 그걸 이용해 남의 재산을 갈취한 나쁜 놈들이 개자식들이라는 점이다. 조용히 돈만 대주다가 갑자기 빤스런하는 행태는 뭐라 변명할 여지가 없는 극렬한 도덕적 해이였으니.

그렇지 않나?

자금 시장에서 제아무리 채권자가 왕이라지만,

채무자를 순식간에 지급 불능 상태로 몰아 버리는 건 어떻게 바라보더라도 무조건 채권자 잘못이다.

고작 몇 달 전 사건이라면 여러 변수에 의해 상황 판단이 어렵겠지만 20년이 지나도 똑같다는 건 결국 이익을 본 놈들이 나쁜 놈이라는 얘기가 아니겠나?

"훗, 봄날 실바람 같네."

열변을 토했으나 보람도 없이 세상은 한 이틀 기사로 때리다 잠잠해졌다. 천천히 잊어 갈 모양.

정부가 움직인 건지 기업이 움직인 건지 종금사가 움직인 건지 아님, 전부 다 움직인 건지 알 도리가 없었고 알고 싶지도 않았다.

사회는 다시 희망찬 비전만 내보냈고 국민은 그걸 믿고 스스로 안온하며 풍요로운 미래를 꿈꿨다. 저 멀리 따뜻한 서남쪽에서 북풍한설이 피어나고 있음을 알지 못하고.

정홍식에게 전화를 걸었다.

"헤지 펀드들의 움직임을 감시하세요."

[동남아입니까?]

"불길은 아시아 전체로 번질 거예요."

[알겠습니다. 더 필요한 건 없으십니까?]

"일본이요."

[일본…….]

"한국과 일본의 경제 유착. 이를 벗어날 방법을 강구해 보세요."

[알겠습니다. 진행시키겠습니다.]

Chapter 106

Chapter 106

1집 0.

2집 0.

3집 0.

4집 0.

5집 0.

6집 0.

7집 0.

8집 150만.

9집 700만.

판매고 850만 장.

7,600만 달러.

96년 하반기 결산.

"우와~."

"결국 이런 숫자를 보게 됐습니다."

더 무슨 얘기가 필요할까.

보고서에 적힌 이유 같은 건 눈에 들어오지도 않았다.

'0'의 행렬.

질기던 생명력을 발휘하던 7집도 결국 '0'을 찍어 버렸다.

나는 이 숫자로 비로소 내 80년대의 해가 졌음을 깨달았다. 받아들였다. 화려한 불꽃들도 결국 이렇게 꺼지는구나.

"감회가 새롭네요."

"감회인가요?"

김연이 의외라는 표정을 짓는다.

웃어 줬다.

"세상만사 흥망성쇠에서 벗어날 길이 있던가요? 때가 되면 다 땅으로 돌아가잖아요."

"으음……."

"이제 스케줄에 대해 검토해 볼까요?"

97년이 밝았다.

김영산이 신년사에서 1997년을 '일류 국가 도전과 화합의 해'라고 강조하는 걸 봤다. 국무 회의에서 OECD 한국 대표부 설치를 결의하며 뻘짓을 벌이는 걸 구경하였고 통계청이 당년도 신정 기준 한국 인구가 총 4,575만 7천 명이라고 발표하는 것도 봤다.

4,500만이란 귀중한 세상을 두고 오만하고도 멍청한 짓을 하다니.

또 하나 안 좋은 소식. 저 멀리 클린턴이 1월 20일에 열린 미국 대통령 재선 취임식에 나를 부르지 않았다.

"……."

모든 정보가 하나로 뭉쳐 위기감을 증폭시켰으나 절대 내색하지 않았다.

한보 부도 같은 뉴스가 없음에도(이미 망해 버렸으니) 피부에 닿는 찬바람이 아프게 느껴졌지만 이도 내색하지 않았다.

주변이 온통 폭풍 직전의 고요처럼 공기가 무겁고 진득하여도 또한 이를 내색하지 않았다.

HonT의 '캔디'가 1위를 찍고 들뜬 이순만 사장이 한걸음에 달려와 인사를 건넸음에도 눈에 들어오지 않을 만큼 나는 상황에 집중해 있었다.

"해외 일정을 잡기 전에 먼저 이것부터 보셔야겠습니다. 1997년도 시험 시행 계획 공고가 나왔습니다."

"아, 그런가요?"

"여기 보십시오."

김연이 어디에서 구해 왔는지 포스터를 내놨다.

돌돌 말린 걸 펴 보니.

"이런……."

"뭐가 잘못됐습니까?"

"응시 자격이야 충분하고 시험 과목도 다르지 않은데 제일 중요한 시험 일정이 문제네요.”

“예?”

“여기 보세요.”

접수 기간이랑 시험 시행 일정을 짚어 주었다.

김연은 천천히 읽었다.

“접수 기간은 13일부터니 충분하고요. 시험 일자도 충분한…… 어! 아아~ 행정 고시랑 외무 고시랑 같은 날짜에 있군요.”

“맞아요. 작년엔 다 다른 날짜에 봤는데 올해는 행정이랑 외무가 같은 날짜네요. 왜 이런 거죠?”

“…….”

“…….”

“…….”

“스케줄을 수정해야겠군요.”

“후우, 아깝네요. 올해 다 끝내려 했는데.”

안타깝다. 너무나 안타깝다.

이런 내 표정을 봤는지 김연이 조심스레 입을 열었다.

“……이런 말씀드리기 참 무안하긴 한데, 지금 우리나라에서 세 가지를 한 번에 패스하겠다는 분은 총괄님밖에 없을 겁니다.”

“그에 맞춰 공부했으니 패스하는 게 좋잖아요.”

“그렇긴 한데…… 총괄님과 대화하다 보면 고시가 무슨 쪽지 시험같이 느껴져서 말입니다.”

“저도 열심히 준비했어요.”

"압니다. 진지하게 임한 걸. 좋게 보시죠. 그래도 다행인 건 사법 시험이 섞이지 않은 건데…… 물론 총괄님에게는 전혀 위로가 되지 않겠죠?"

"맞아요. 어차피 벌어진 일. 결정부터 하는 게 좋겠어요. 뭐부터 볼까요?"

"글쎄요. 이미 결정된 걸 왈가왈부해 봤자 달라질 게 없는 건 알겠는데 또 결정하는 건 전혀 다른 문제네요."

옳은 말이라 고개를 끄덕인 나는 행정 고시와 외무 고시 일정을 자세히 살폈다.

1차 시험은 3월 9일로 동일하나 2차부터 날짜가 달라졌다. 행정 고시는 6월 26일부터이고 외무 고시는 6월 18일에 최종 합격자까지 끝난다.

반면 사법 시험은 1차가 4월 13일에 시작해서 최종 합격자가 12월 18일에 발표된다.

1년 내내 시험 본다.

그런 면에서 11월 5일 최종 합격자가 발표되는 행정 고시가 사법 시험과 가장 닮아 있었다.

"으흠, 둘 중 하나네요. 올해 어려운 걸 다 끝내고 내년에 조금 가볍게 가든가. 반년이면 끝나는 외무 고시를 응해서 사법 시험에 대한 부담을 줄이든가."

결론은 났다.

"올해 사법이랑 행정부터 끝내고 내년에 외무를 끝내죠."

"그렇습니까?"

“질질 끄는 건 질색이에요. 올해는 어쩔 수 없다 해도 내년은 반년만 희생하면 되잖아요. 굳이 행정을 내년으로 끌고 가 2년을 전부 희생할 순 없죠.”

“아, 예.”

“이건 이렇게 결정하고 움직이죠.”

“……예.”

일이 결정됐으니 서류 준비를 해야 했다.

올해 아메리칸 뮤직 어워드가 1월 27일, 사법 시험 접수가 29일부터이고.

김연과 함께 서울 시청 교부처로 가 사법과 행정의 응시 원서를 받고 반명함판 사진도 찍었다. 주의 사항에 합격 후 동일한 사진이 필요하므로 사진 원판을 보관하라 해서 그것도 챙겼다. 물론 사진관 아저씨가 알아서 해 주는 바람에 딱히 신경 쓸 게 없었지만.

서류를 완성해 놓은 나는 날짜가 먼저 다가온 행정 고시 접수를 위해 한국 방송 통신 대학으로 갔다.

북적북적. 응시하러 오는 사람들이 꽤 많았다. 삼삼오오 모여 이야기를 나누고 있든가 상기된 표정으로 접수하러 온 이들의 표정엔 비슷한 긴장감이 흘렀다.

반면 매너리즘에 빠진 여자 공무원은 내 얼굴도 확인하지 않고 필요한 서류가 다 들었는지만 살피고 사무적으로 수험 번호가 적힌 수험표를 내줬다.

한마디 말도 없이 슥슥슥 하더니 끝.

살짝 허무한 감도 들었지만, 수험표를 받아 본 나는 왠지 기분이 묘하면서 설레기까지 하였다.

재밌었다. 이도 나한테는 새로운 것이려나?

주변을 돌아보았다. 공부 좀 한 것 같은 티가 나는 사람들이 여전히 널리고 널렸다.

'이들 중에 고위 공무원도 나오겠지?'

아무렴. 괜히 자극됐다.

한 번 더 총정리를 해 볼까 같은 의욕도 샘솟고.

"가 볼까?"

◇ ◆ ◇

사법 시험 접수에 대한 건은 김연에게 맡기고 LA로 날아갔다.

슈라인 오디토리엄에서 열리는 아메리칸 뮤직 어워드에 참석했고 늘 하듯 마지막 피날레를 장식했다.

여전히 휘트니에 대한 인터뷰가 나를 쫓아다녔으나 이젠 사람들도 휘트니 스캔들을 피곤해하였다. 기자들 사이에서도 이제 좀 그만하자는 얘기가 나돌 정도로 지쳐 했다.

나는 계속 경고하였다.

의도적이고 악의적인 가짜 뉴스에 관해서는 일말의 용서가 없을 것이고 그에 대한 대가를 반드시 치르게 할 거라고.

언론은 또 이걸 이용해 페이트 vs 언론이라는 형국을 만들었으나 이젠 누구도 크게 신경 쓰지 않았다. 오히려 민들레들의 항의를 받으며 해당 언론사 본부 앞 시위대 규모만 늘렸을 뿐.

"슬슬 반전이 오려는 것 같습니다. 고소장을 접수할까요?"

"아니요. 지금 나서면 미국이 나의 저의에 대해 의심할 거예요."

"으음…… 언제까지 참아야 할까요?"

"계기가 있어야 해요. 모두가 인정할 만한 명분이요."

"결정적 증거가 있어야 한다는 얘기군요."

"맞아요. 이대로 나갔다간 도리어 역공에 당할 거예요. 이들이 이 사회에 뿌리내린 힘은 아직 우리가 건들 만한 수준이 아니에요."

"……그렇군요. 알겠습니다. 다음 일정을 준비할까요?"

"예."

청출어람, 날마다 하루가 다르게 성장 중인 마이크로소프트에 찾아갔다. 그래픽 칩셋의 개발을 완료해 가는 엔디비아도 가서 만나 치하해 주고 미국을 거의 독식하다시피 하고 요즘엔 캐나다 시장도 노리는 스타벅스에도 갔다.

기세가 오른 하워드 슐츤은 두려운 것이 없는지 환한 빛을 발하고 있었다.

나는 만난 김에 그에게 스타벅스의 한국 진출을 제안했다. 내년 중순쯤이 어떻겠냐고? 한국엔 이미 스타벅스를 위한 건물 수백 채가 기다리고 있다고.

하워드 슐츤은 무조건 오케이였다.

이참에 자기가 기획하는 디자인을 한국에 시험해 봐도 되겠냐고 적극성을 발했고 나는 기꺼이 허락하며 한국에 들어와 살피라고 하였다.

그러던 중 정홍식이 어딘가로부터 전화를 받았다.

"그래? 알았다. 곧 스탠퍼드로 넘어가지."

"……?"

"스탠퍼드의 두 꼬맹이들이 완성을 본 모양입니다."

"……무엇을요?"

"알고리즘 말입니다. 웹 페이지에 순위를 매기는 그것."

눈이 번쩍.

"아! 그거 말이에요?"

"바로 출발할까요?"

"당연하죠."

시애틀에서 산타클라라로 슝.

넓디넓은 스탠퍼드 대학교에 도착했다.

그러고 보면 온다 온다 해 놓고 처음 와 본다.

"무슨 리조트 같네요."

"아~ 맞습니다. 제가 올 때마다 어딘가를 닮았다 했는데 휴양지 리조트였군요."

"스페인 어딘가 있을 법한 수도원 느낌도 있고요."

"아아~ 그것도 맞습니다. 아주 딱 떨어집니다. 하하하하하."

"그나저나 정갈하고 예쁘네요. 세계 최고의 두뇌들이 이런 곳에서 공부한다는 거죠?"

"……그렇습니다."

"색감하며 분위기하며 여유하며 우리가 배울 게 아직도 많네요."

"한눈에 보이십니까?"

"돈질에서 벗어난 격이 느껴져요. 과연 세계 최고의 대학답습니다."

정홍식도 인정하는지 고개를 끄덕끄덕. 내가 그를 끌었다.

"자, 이젠 우리 DG 인베스트의 미래를 만나러 갈까요?"

"우리의 미래까지 됩니까?"

"아마도 그렇게 될 거예요. 우리 DG 인베스트가 두 사람으로 인해 더욱더 높은 곳에 오를 거란 확신이요."

"흐음, 왠지 마음이 기쁘군요."

아주 좋아한다. 이도 칭찬해 줬다.

"저는 오히려 대표님의 그릇이 크다는 것이 더 반가운데요."

"그런가요? 하지만 총괄님에 비해서는 반딧불일 뿐이죠. 저 하늘의 태양이 보이지 않으십니까? 하하하하하하하."

잘 받아쳤다는 듯 만족하며 충만한 미소를 보이지만.

내 생각은 달랐다.

"천만에요. 이렇게 큰 반딧불도 있나요? 미국을 집어삼키고 세계마저 좁다 하는데. 대표님은 이미 세계인이세요. 저랑 비교할 필요 없으세요."

"아닙니다. 제가 한 게 뭐가 있나요. 다 총괄님의 가이드라인을 따라 달려온 것뿐이죠."

"……얼마 전에 누가 제게 이런 말을 하더라고요."

"예?"

"줘도 못 먹냐?"

"……?"

"줘도 못 먹는 이들이 천지라는 겁니다. 그래서 무엇을 줘도 다 먹을 수 있는 이들이 대단하다는 거죠. 그중 대표님은 세계 최상위에 랭크돼 있어요. 대표님과 자웅을 겨룰 자는 몇 안 될 겁니다."

"허어……. 그렇습니까? 허허허, 허허허허허허."

인정한다는 건지 여전히 모르겠다는 건지 모를 오묘한 웃음을 터트리지만, 굳이 부정하지 않으니 나도 더 들어가지는 않았다.

걸음은 곧 만남의 장소로 이끌었고 우릴 기다리는 두 엔지니어는 벌떡 일어나며 환대하였다.

그들의 미소는 싱그러웠고 무엇보다 나의 칭찬에 목말라 있었다.

"그러니까 웹 페이지에 랭크 개념을 입히는 데 성공했다는 거네요."

"맞습니다. 중요한 페이지는 다른 페이지들로부터 많이 링크되어 있을 거라는 생각에서 출발한 아이디어인데 마침내 성공했습니다."

"초반 개념을 잘 잡았네요."

"아아, 감사합니다."

"어디 보자. 웹페이지에 링크된 숫자를 분석하고 서열을

매기는 작업은 분명 훨씬 더 정확한 결과값을 보여 줄 거예요. 이걸 발전시키면 검색 엔진이 되겠죠?"

"맞습니다. 저희도 검색 엔진 개발을 목표로 연구에 들어간 겁니다. 총괄님의 예상이 맞습니다."

"가능성이 보여서 좋네요."

"그렇습니까?"

입이 찢어진다.

"다만 한 가지."

"예?"

"검색 엔진만 바라보기에는 아깝다는 생각이 드는데, 모르겠나요?"

"……?"

"……?"

세르게이 브린과 래리 페이지 둘 다 무슨 소린지 몰라 고개를 갸웃댔다.

그렇다면 일단 스킵.

"그것도 그것이지만 우선 이름부터 지어야겠군요. 이 개념을 누가 최초로 제안했나요? 웬만하면 그 사람의 이름으로 지을까 하는데."

말이 떨어지기가 무섭게 세르게이 브린이 말했다.

"래리가 했습니다."

"아니야. 너도 했잖아."

"네가 먼저 꺼냈어."

"아니야. 너도 했어."

"래리, 이건 네 아이디어야."

아웅다웅. 보기 좋았으나 스톱.

"그럼 래리의 성을 따서 이름을 짓죠. 그렇지 않아도 웹 페이지에 순위를 매기는 알고리즘인데 더 잘됐네요. 페이지랭크. 어때요?"

"페이지랭크!"

"우와~ 좋습니다. 딱 어울립니다."

"우린 페이지랭크가 기본으로 탑재된 검색 엔진을 만들 거예요. 그러려면 회사를 세워야겠죠?"

"정말이십니까?! 정말 회사를 세워 주실 겁니까?"

"래리, 빅보스가 하신댔잖아. 우리가 해낸 거야!"

애초 약속이 그랬다.

결과물을 보이면 회사를 세워 주고 5%씩 지분을 주기로.

물론 그 전에 정식 입사로 높은 연봉과 아이디어값으로 50만 달러씩을 받았으니 출발은 산뜻했지만, 이들의 욕망하는 종착역은 아니었다.

"회사 이름을 구글로 정하죠."

"구글……."

"아아…… 이거 왠지 무한대를 뜻하는 구골과 닮은 것 같은데……요."

뭐래.

"구글이란 이름으로 회사를 설립하고 구글의 이름으로 페이지랭크 특허를 낼 생각이에요. 전 세계에. 동의합니까?"

"도, 동의합니다."

"저도 동의합니다."

목이 부러져라 끄덕끄덕. 나는 정홍식을 봤다.

"이 근처로 부지를 알아봐 주세요."

"자본금은 얼마만큼 설정하실 겁니까?"

"우선 1천만 달러로 하죠."

"그렇다면 확장력도 봐야겠습니다."

"맞아요. 되도록 넓게 잡아 주세요."

"예, 알겠습니다. 너희도 들었지? 이걸 다 처리하려면 필요한 자료가 꽤 많은데 준비할 수 있지?"

"할 수 있습니다."

"뭐든 하겠습니다."

"좋아. 그건 빅보스와의 미팅이 끝난 후 다시 얘기해 보자."

정홍식이 눈치도 좋게 뒤로 빠지자 나는 곧바로 내가 원하는 바를 꺼냈다.

"현재로서도 물론 충분하겠지만, 내 보기에 페이지랭크엔 치명적인 약점이 있어요."

"예?!"

"……!!!"

"과도한 링크가 걸리면 부적절하거나 관련이 없거나 주제에서 벗어난 결과가 상위에 등재될 가능성이 높아 보이네요. 현재의 페이지랭크는 앞으로 펼쳐질 인터넷 시대의 위력을 전혀 감안하지 않고 있으니까요. 즉 안전장치가 없다는 거예요. 이 부분도 연구에 들어가야 합니다."

구글 폭탄이란 게 있었다.

같은 스탠퍼드 대학교의 컴퓨터 공학도였던 애덤 매스로 인해 2001년 4월 6일 처음 등장한 개념.

물론 그 이전에 발생한…… 'more evil than Satan himself(사탄보다 더한 악마)'를 검색하면 마이크로소프트가 최상위로 올랐던 일도 있긴 했다.

이런 종류는 검색 엔진의 신뢰도에 상당한 타격이었으니 초장에 손보는 게 좋았다.

"……그렇습니까?"

"으음……."

완벽하다 생각하여 내놓았는데 느닷없는 지적질이라.

적잖이 당황한…… 아직까지 사안의 심각성을 인지 못 하는 얼굴이라 자극을 더 강하게 줬다.

"반드시 악용하는 자들이 생길 거예요. 구글은 세계를 대표하는 검색 엔진이 될 테니."

"예?!"

"세계를 대표하는 검색 엔진이라고요?!"

"왜들 놀라죠? 본인들의 실력과 내 힘을 못 믿으시나요?"

"아, 아니, 그건 아니지만."

"하아……. 그런 일이 정말로 생기면 좋겠습니다."

"그러려면 안전장치부터 마련하세요."

"알겠습니다."

"최선을 다해 경우의 수를 잡겠습니다."

"그리고 하나 더."

"또…… 요?"

"말씀하십시오."

"난 페이지랭크를 보면서 자연스레 쇼핑몰이 떠오르던데. 여러분은 어떠세요?"

"쇼핑몰이요?"

"……?"

갸웃갸웃.

이도 이해할 만했다. 지금 쇼핑몰이라고 하면 오프라인 매장들만 떠오를 테니.

"인터넷 쇼핑몰이요."

"인터넷에서 물건을 판다고요?"

"왜 놀라세요? 설마 인터넷이 정보만으로 끝난다고 생각하는 건 아니겠죠? 나는 삶에 관한 한 모든 것이 포함될 거로 보는데."

"……."

"……."

"이제부터가 진짜입니다. 애써 찾아온 고객을 쉽게 보낼 순 없겠죠? 찾아온 고객의 성향을 분석하고 그에 따라 추천하는 알고리즘을 만들어 주세요. 어느 쇼핑몰에라도 적용할 수 있게. 그것만 완성되면 구글은 세계 최상위로서 군림하게 될 겁니다.”

“…….”

“…….”

“…….”

“…….”

샤라라라라라라라라.

하늘에서 빛이 쏟아진다.

세르게이 브린과 래리 페이지의 앞에도 빛이 쏟아져 내린다.

나는 그 입에다 각 1백만 달러라는 축하금도 던져 줬고 또다시 좌르르 쏟아지는 지폐의 향연에 두 사람의 눈에는 욕망이라는 의욕이 차올랐다. 그것도 부족해 너희는 앞으로 억만장자 클럽에서 부와 명예를 누리게 될 거라는 기름으로 세례를 주었다.

번쩍번쩍. 황금과 미녀와 사회적 떠받듦을 받는 미래.

합법적이고도 존경받는 미래라.

이걸 두고 젊은 혈기에 못 할 게 있을까?

페이지랭크와 브린쇼퍼였다.

브린쇼퍼는 앞으로 만들어질 쇼핑몰 전용 알고리즘. 세르게이 브린의 이름과 쇼퍼의 합성어다.

내가 알아서 공평하게 각기 이름을 하나씩 부여해 주노니 은혜에 감복한 어린 양들은 찬양하기에 주저함이 없었다.

찰싹. 엉덩이에 채찍질을 가해 줬다.

“가세요. 가서 결과물을 만들어 오세요.”

“옙!”

"명령에 따르겠습니다! 충성!"

일이 너무도 잘 돌아간다.

정홍식은 즉시 메간과 라일리를 불러 구글을 창립케 하고 그와 관련된 업무 제반을 맡게끔 업무 분장을 시켰다.

여기에서 또 라일리의 능력이 제대로 발휘됐는데.

야후 건으로 경험이 쌓인 라일리는 가히 아우토반이었다. 먼 훗날 세계 제패한 구글을 상상하며 환경을 조성하라 명령 받자마자 자기만의 날개를 펴고는 사용 부지부터 체계, 규약 등을 세세히 나열하며 세르게이 브린, 래리 페이지 같은 괴짜들도 혀를 내두를 만큼 날아다녔다.

더욱 할 일이 없어진 정홍식과 나는 성장한 일꾼들에게 모든 걸 맡기고 이곳저곳을 돌아다니며 구경이나 했다.

"오늘 점심은 햄버거로 할까요?"

"좋습니다."

이때 저녁은 거한 한식이 예정돼 있으니 점심만큼은 간단히 먹자는 취지로 잘 가는 햄버거집에 도착, 담백 짭짤하면서도 풍성하게 차려진 세트를 구입해 한 입 딱 깨무는데.

"으응?"

"예?"

"저기 보세요."

뉴스가 나오고 있었다.

중국의 덩샤오핑이 죽었다고 그와 관련된 이야기가 속보로 마구마구 흘러나왔다.

"거인이 죽었군요."

"그렇습니까?"

정홍식마저 '거인'이라는 표현에 의문을 품을 정도로 덩샤오핑에 관한 세계의 평가는 아주 박했다.

하지만 중국 내에서의 그의 영향력은 어땠을까?

가히 절대적이라고 해도 과언이 아니었으니 어쩌면 중국 공산당의 아버지 마오쩌둥과도 어깨를 나란히 할 만큼 강력할지도 모르겠다.

장쩌민과 리룽이 웃는 모습이 동시에 떠올랐다.

"슬슬 움직이겠네요."

"혹시 그 일대일로를 말씀하시는 겁니까?"

정홍식도 일대일로를 들었다.

"차근차근 진행시키겠죠. 덩샤오핑 눈치 때문에 주저하던 것들이 꽤 많았을 테니 말이에요."

"아아…… 피를 보겠군요."

그제야 정홍식의 표정이 굳었다.

맞다. 이후 1년이 장쩌민과 리룽의 일생을 좌우할 것이다.

"걱정되나요?"

"너무 급격한 변화는 수용하기 어렵지 않겠습니까?"

"하지만 그들은 그렇게 생각하지 않을 거예요. 천기가 왔다고 느끼겠죠."

"으음, 부정할 순 없군요. 하지만 덩샤오핑의 세력도 만만치는 않을 겁니다."

"그렇겠죠. 20년 넘게 중국을 지배해 온 걸물들일 테니. 하지만 그들은 늙었고 장쩌민과 리퉁의 합작이면 덩샤오핑의 수족과 원로원은 힘을 못 쓸 겁니다. 차례로 손발이 잘려 나가며 죽거나 아무도 모르는 곳에 갇히겠죠."

"으음…… 그러면 우리 사업에도 영향이 미치는 게 아닙니까?"

"그래서 돈을 먹였잖아요. 돈이 있어야 사람이 모이고 우리가 돈줄임을 인식한 이상 우리에게 피해 올 일은 없을 겁니다. 도리어 먹잇감을 들고 와 우리에게 넘기겠죠. 그 돈을 위해서."

"사실 그 부분은 저도 좀 놀랐습니다."

"뭐가요?"

"여태 누구에게도 돈을 준 적이 없었잖습니까? 하다못해 미국 대통령 선거에서조차 정치 후원금을 내지 않았는데 그 많은 돈을 쓰시길래 말이죠."

"경험이 없을 때 후려친 것뿐이에요. 국가 간 경제 원조도 기업의 사업 투자도 큰 덩어리라고 해 봤자 20~30억 달러 수준에 불과할 때 우린 50억 달러를 투자했고 그 절반 이상의 금액을 떡값으로 넣었죠. 제 손이 상당히 큰 걸 각인하게끔요. 장쩌민과 리퉁의 표정 보셨잖아요. 그들이 있는 한, 또 그 수족들이 집권하는 한 우린 흔들리지 않을 겁니다."

"그만큼 중국이 불안하다는 거겠죠?"

"맞아요. 미국 채권을 담보로 잡았다고 하나 서로 잘 지내는 건 전혀 다른 문제니까요."

"전적으로 옳습니다. 어딜 가나 결국 사람 문제이니 초장에 잘 푸신 것 같습니다."

"자, 이제 덩샤오핑이 죽었어요. 중국이 움직일 겁니다. 우린 그런 중국의 맥을 짚어 줄기만 잘 캐치하면 돼요. 준비하고 있으세요. 머잖아 거대한 시장에서 큰 흐름을 형성할 먹거리들이 줄줄이 딸려 올 거예요."

"명심하겠습니다. 이참에 중국의 기간산업과 관련된 모든 것을 훑어보죠. 총괄님 말씀대로 그들이 들고 오면 바로 낚아챌 수 있게요."

"물론이죠. 제가 원하는 바가 바로 그겁니다. 아 참, 한 가지 잊지 말아야 한 건 기간산업에서만큼은 결코 우리가 먼저 움직여선 안 됩니다. 떡값도 또한 그에 걸맞아야 하겠고요."

"가이드라인을 제시해 주셨으니 그것도 걱정 마십시오. 마음껏 날뛰어 보겠습니다."

"좋아요. 한번 제대로 가 보죠."

불붙어 버린 괴물들이었다.

들끓는 욕망을 가로막던 덩샤오핑이라는 쇠창살이 사라졌다.

무슨 일이 벌어질는지…….

물론 우리가 할 일은 그다지 없었다. 그저 남 일처럼 저들이 자기 말대로 얼마나 중국을 위하는지 관찰 좀 해 주고 그 와중에 떨어지는 덩어리들을 집어삼키면 된다. 돈에 허덕이며 찾아올 테니.

'도대체 얼마나 올는지 모르겠어. 다 먹을 수나 있으려나?'

몰라서 기쁜 건 회귀 후 오늘이 처음인 것 같다.

◇ ◆ ◇

2월 26일 열리는 그래미 어워드도 무사히 치렀다.

오래간만에 뉴욕에서 화려한 무대를 펼쳤다. 그것도 매디슨 스퀘어 가든이라 얼마나 신선했는지.

수상도 작년에 전부 받은 바람에 마음을 비웠고 참석하는 데만 의의를 두었다. 시상도 해야 하고 겸사겸사 겸손한 모습만 보이려 하였는데.

웬걸 Song of the Year으로 8집의 Macarena가 뽑혔다. 남미에서부터 치솟은 인기가 세계로 퍼져 나간 것만도 감사할 진대 상까지 받을 줄이야.

놀란 건 Macarena만이 아니었다. 뒤이어 Record of the Year마저 원래 노라 존스가 부르고 나윤설이 차지한 9집 Don't Know Why가 뽑혔다.

연거푸 두 개의 상을 타 버리자 나도 놀라고 세상도 놀라고.

그래도 다행인 건 Album of the Year에는 다른 가수의 이름이 올라와 덜 민망하게 해 줬다는 건데.

Celine Dion의 Falling into You였다.

1996년 3월 발매한 이 앨범도 어마어마한 기록을 냈다. 작년 미국 빌보드 앨범 차트 1위를 차지했고 2001년 기준으로 미국에서만 1,100만 장, 전 세계적으로 3,200만 장의 판매고를 찍는다.

다음 대 트로피를 넘겨주자 셀린 디온은 감격스러운 표정으로 나와 포옹했고 나에 대한 감사를 표했다. 사실 이때만 해도 그녀와 내가 다시 만나게 될 줄은 몰랐다.

이후 늘 하듯 인터뷰에 응했고 또다시 휘트니에 대해 언급하는 기자가 나왔으나 담담한 표정으로 경고나 해 줬다. 때가 다가오고 있음을, 때가 이르면 어두운 골목에서 배회하는 오염된 영혼들에 철퇴가 내려질 거라는 의미심장한 말을 남겼고 언론이 지랄하든 말든 클린턴의 백악관 초청마저 거절해 준 다음에야 한국으로 돌아왔다.

뒤늦게 초청이야, 자식이.

이제 내가 너랑 만날 날이 있을까?

어쨌든 나는 개학 준비도 하고 시험도 쳐야 한다.

"하하하하, 잘 지냈어? 이야~ 예뻐졌는데."

"그래? 내가 오늘 좀 꾸몄지. 예뻐?"

"예뻐. 배고픈데 밥이나 먹으러 가자."

"밥은 무슨. 오랜만에 만났는데 술 먹어야지."

"대낮부터?"

"쫄았냐?"

"역시 나를 실망시키지 않는군. 덤벼. 고고고."

그래미 수상은 이슈랄 것도 없었다. 이제 한국에선 으레 받는 것처럼 인식됐고 언론도 비중 있게 다루지 않았다.

살짝 억울했지만.

나는 새 학기의 싱그러움을 채 느낄 새도 없이 행정 고시 마지막 총정리를 위해 도서관에 처박혀야 했고 간혹 뉴스만 살피며 시간을 보냈다.

≪한국은행은 한국의 외환 보유액이 298억 불로 20개월 만에 최저로 기록됐다고 밝혔다. 페이트의 경고가 떠오른 시점이라 이에 금융 당국은…….≫

잘 돌아간다. 잘 돌아간다.

시간도, 세상도, 내 볼펜도 잘 돌아간다.

공고인지 상고인지 모를 학교가 시험 장소로 정해졌다고 하였다. 일요일 아침부터 바짝 정신 차리고 시험 장소에 도착, 나는 일반 행정을 지원했기에 헌법, 영어, 한국사, 행정법, 행정학을 1차 시험으로 보았다.

오후쯤 나왔더니 대기하고 있던 백은호가 곧장 태워 집으로 슝.

수고한 손자를 위하는 할머니들의 지극정성 보살핌을 받으며 하루를 잘 쉬었다.

≪외환 당국은 1996년 말 국내 총외채를 1,110억 달러로 추산하였다. 이도 작년 논란을 일으킨 페이트의 경고가 하나도 틀리지 않음을…….≫

"2차는 언제고?"

"6월 26일부터예요."

"1차는 잘된 것 같나?"

"그럼요. 누구 손자인데."

1차는 답안지를 내면서부터 패스란 걸 알았다.

2차는 할머니에게 대답한 대로 6월 26일부터 시작.

시간 여유가 있으니 이제는 사법 시험 1차를 준비해야 한다.

4월 8일에 시험 장소가 공고되고 4월 13일에 시험 실시.

약 한 달 남았나?

고로 얘도 총정리다.

도서관에 콕 박혀 한창 공부의 재미를 느끼는 와중 어느 날인가 누가 찾아왔다.

이형준이었다. 오필승 테크의 대표. 그가 결재 서류를 들고 있었다.

"이건 뭔가요?"

"투자 합의서입니다."

"투자 합의요?"

뜬금없었다.

"총괄님의 지시 아래 작년부터 스타트업 기업 발굴에 나섰지 않습니까?"

"그렇죠."

고려대 한민호 교수를 만난 후 그리 지시했다.

어딘가에 숨어 있는 인재를 찾아 지원해 주라. 가능하면 상생으로 하고 어려우면 입사시키라.

이 정도면 대답이 됐지 않냐는 표정의 이형준이었다.

그런가?

넘겨준 결재 서류를 봤다. 몇 개 회사가 있었다. 못 들어 본 회사가 나열되다가 가장 마지막에 으응?

"어! NB 소프트요?"

"아, NB 소프트요? 창립한 지 일주일밖에 되지 않은 회사이긴 한데 내용이 건실하여 지원할까 해서 넣은 겁니다."

"허어……."

이 큰 덩어리가 또 이런 식으로 내게 오나?

그런데.

"으응? 인터넷에 기반을 둔 기업용 소프트웨어 개발이요? 이 회사가요?"

게임이 아니라? 이름만 같은 다른 회사인가?

"그렇습니다. HTML 에디터 같은 소프트웨어나 기업 납품용 그룹웨어를 주력으로 삼고 있습니다. PC 통신 아시죠? 지금 한창 PC 통신 플랫폼을 개발하고 있더라고요. 이름이 넷츠고라고 적혀 있을 겁니다."

PC 통신 넷츠고라. 이거 선영 그룹 것이 아니었나?

그럼 이걸 NB 소프트가 만들어 선영 그룹에 납품한 건가? 되게 헷갈리네.

"다른 건 개발 안 한대요?"

"어떤……?"

"혹시 게임 같은 거요."

"아~~ 아니, 그걸 어떻게 아셨습니까? 아직 개요만 있는 단계고 확실한 게 없는 터라 보고서에는 뺐는데."

그럼 그렇지.

"아니, 그냥…… 그게 인터넷이 활성화됨에 따라 게임 산업도 변화될 거라 예측하고 있었거든요. 게임 산업이 유망할 것 같아서 기다리고 있었죠. 마침 소프트웨어도 개발한다길래 비슷한 것 같기도 하고."

"맞습니다. 뭐랬더라? 무슨 롤~ 뭐시기라고 했는데 하여튼 게임을 만들 생각이라 했습니다."

"그거 혹시 롤플레잉인가요?"

"아아, 맞습니다. NB 소프트는 브리핑 때 기업용 소프트웨어보다 그걸 더 중점적으로 밀었습니다."

"게임으로 가겠다는 거네요. 사장 이름이 뭔가요?"

"김택준이라고. 맞습니다. 그 사람도 서울대 출신입니다."

"으음, 한번 만나 봐야겠네요. 자리를 만들어 주세요."

"시험 공부 중인데 괜찮겠습니까?"

"하루 짼다고 달라질 건 없어요."

"이거 제가 괜히 공부를 방해한 건 아닌지……."

무척 조심스러워한다.

"괜찮아요. 때로는 환기도 공부에 도움됩니다."

"아아, 그렇다면 알겠습니다. 준비되는 대로 알려 드리겠습니다."

"예, 부탁해요."

일을 시켰으니 나도 자리로 돌아가 공부하려 했다.

하루 이틀 기다리면 만남이 성사될 테고 쿨하게 헤어지며 몸을 돌리려는데 문득 이런 생각이 들었다.

그래서 그 사람을 만나서 더 뭘 어쩌려고?

"……잠깐만요."

다시 생각해 봐도 그랬다. 만나서 달리 할 것도 없고 해 봤자 지분이나 더 얻어 가는 것이 전부일 것이다.

넥슨에서 바람의 나라를 출시하자 자극받아 아이네트에서 원게임을 개발 중이던 송재견 팀 전체를 인수해 리니지를 완성하는 건 알았다. IMF 시기라 투자받는 데 애로사항이 있었으나 PC방 열풍으로 대박이 난 것도.

그러니까 내가 들어가서 딱히 변화될 만한 게 없었다. 비록 NB 소프트가 상당한 비전을 말하고 덩어리 또한 무시 못할 크기로 성장한다고 해도 이 시점 내가 반드시 주목해야 할 큰 흐름은 아니었으니.

"다른 분부가 있으십니까?"

"하나 물어보려고요. 그 넷츠고란 건 어떻게 수주받은 거래요? 창업한 지 얼마 되지도 않은 기업한테 일감을 주는 기업은 없을 텐데."

"하청의 하청을 받은 거랍니다. 평소 실력을 알고 있던 선배의 추천으로 소개받고 또 받아서요. 실제 구조는 이런 거죠. NB 소프트에서 프로그램을 짜고 영업은 다른 곳에서 하고. IT 바닥이 원체 좁아 이런 식으로 일이 성사되는 경우가 많습니다."

대충 그림이 그려졌다. 인정.

"그럴 수도 있겠네요."

"더 하실 말씀 있으십니까?"

"아까 만난다는 거요."

"예."

"그건 보류할게요."

"아, 보류요. 혹시 무슨 문제라도……?"

"없고요. 대신 대표님이 잘 구슬려서 우호적인 기업이 되게 해 주세요. 30% 정도면 괜찮지 않을까요?"

"투자할 기업 대부분이 그렇게 진행될 겁니다. 우호적 지분으로요. 더 마음이 가신다면 지분율을 상승시켜도 될 겁니다."

"최대한 우호적으로 보이게 해 주시면 어떻게든 상관없어요."

"알겠습니다. 무슨 뜻인지."

"그럼 부탁해요."

오필승과 손잡았으니 NB 소프트는 승승장구할 것이다.

간단히 넘긴 나는 다시 공부에 열중했고 매일 반복하며 내공을 쌓아 갔다. 하지만 이런 내 모습이 학과 친구들의 이목을 끌게 될 줄은 몰랐다.

몇몇한테 걸리기도 했고 말을 걸기 시작한 이들이 하나둘 늘어나더니 어느새 소문이 돌았다.

-장대운이, 페이트가 사법 고시 준비 중이다.

소문은 바람처럼 일어 법대 전체에 퍼졌고 교수들도 나를 주목하게 됐다.

비밀로 하길 원했는데. 아쉽게도 법대 이벤트가 되었고 동문들마저 살피는 지경에 이르렀다.

그렇지 않나?

수능 만점, 전국 1등, 서울대 전체 수석의 영예를 거머쥔 내가 사법 고시는 과연 어떻게 헤쳐 나갈까?

궁금할 테고 그만큼 이슈가 되었다.

커피나 한잔할까 나가면.

"장대운 파이팅!"

"넌 해낼 수 있을 거야. 공부 잘해."

밥 좀 먹을까 나서면.

"무조건 패스. 장대운!"

"야! 대운이 공부 방해하지 마."

"나는 그냥 응원하려고."

"시끄럽고. 지금 한창 예민할 때잖아."

"알았어. 알았어. 우린 먼저 피해 주자."

지들끼리 파이팅하고 말리고 시시덕거리고.

그런 중 어떤 남자가 모두의 시선을 받으며 서울대 도서관으로 들어왔다.

서울대생이 아니면 들어올 수 없는 공간임에도 어슬렁어

슬렁 두리번대며 누군가를 찾다가 내 앞에 섰다.

"헤이, 페이트."

"으응?"

"나야. 찾아오라고 해서 한국까지 왔어."

"넌……."

"맞아. JAY-ZIN이야."

하이파이브하자고 손을 드는데 얼떨결에 하이파이브하고 말았다.

얼른 검지를 입으로.

"쉿."

"으응?"

"여긴 공부하는 데야. 소란 피우면 안 돼. 어서 나가자."

"알았어."

아직은 쌀쌀한 공기가 피부를 자극하는 벤치로 그를 안내했다.

제이진은 나가면서도 사방을 두리번거리며 무척 신기해했다.

"여기가 한국의 대학교구나. 엄청 넓어."

"넓은 편이지. 산 하나를 끼고 있으니까."

"근데 페이트는 공부도 해? 아까 보니까 책이 이만큼 두껍던데."

"응, 국가시험을 준비 중이거든."

"국가시험?"

"검사나 판사, 변호사 뽑는 시험."

"검사……하게?"

"아니."

"그럼 왜?"

"그냥, 심심해서."

"……."

도저히 이해 안 간다는 표정이다.

하긴 세계인이 생각하는 페이트란 이미지는 작업실 혹은 녹음실에서 헤드폰이나 끼고 리듬에 몸을 맡기는 장면일 것이다. 이렇게 케케묵은 도서관에서 두꺼운 법전과 씨름할 줄은 몰랐겠지.

그러고 보면 나도 보통 놈은 아니었다. 조기 졸업이라는 목표가 있다 하나 세 가지 국가 고시를 한 번에 다 패스할 생각을 하다니.

또라이인가? 화제를 돌렸다.

"별 기대는 안 했는데 왔네. 뉴욕에서 떠나지 않을 사람처럼 보이더니."

"아아, 일이 좀 있었어."

"일이?"

묻는데 품에서 CD 플레이어를 하나 꺼낸다.

"먼저 들어 볼래?"

"앨범 냈냐?"

"응."

"좋지."

선뜻 응했더니 좋아한다.

이어폰 꼽고 가만히 들어 보았다.

Can't Knock the Hustle(feat. Mary J. Blige)였다.

제이진의 데뷔 앨범 Reasonable Doubt의 수록곡.

CD 케이스엔 1996년 6월로 발매가 적혀 있었다.

1년 된 앨범.

"이거 좋네. 발표한 거야?"

"응."

"많이 발전했어. 좋은 평가를 받았을 것 같은데."

"어떻게 알았어?"

"전에 봤던 네 랩보다 훨씬 더 리듬감이 좋아. 내용도 충실하고."

"하하하하하, 그럴 줄 알았어. 페이트라면 알아줄 줄 알았어."

아주 좋아한다.

"갱스터 마피오소 스타일이라. 거칠고 강렬해. 반응도 꽤 얻었겠는데."

"맞아. 150만 장이나 팔렸어. 데뷔 앨범인데."

"좋았겠어."

"에이, 나왔다 하면 몇천만 장씩 팔리는 페이트와 같을까. 이제 겨우 시작이잖아."

"이 정도 앨범 만들 실력이면 굳이 나를 찾아오지 않아도 될 텐데 어째서 한국까지 오게 된 거야?"

이게 핵심이었다.

Reasonable Doubt는 소스지에서 마이크 5개를 받고 2020년 롤링 스톤스가 선정한 500대 명반에 67위로 포함되는 등 클래식으로 찬사받는 명반이다.

현재 드러난 성과만으로도 제이진이 달릴 동력은 충분하다는 것.

"실은 문제가 있어."

"뭔데?"

"돈."

"돈?"

"무슨 일이 있었냐면……."

트럭에서 CD 팔던 친구들과 Roc-A-Fella라는 레코드 회사를 설립했다고 한다. 다행히 Reasonable Doubt가 성공했고 그때까진 모두가 좋았다고. 그런데 이게 돈이 벌리기 시작하자 문제가 됐단다.

수익 배분 때문에 하루도 편할 날이 없었다고.

돈이 보이니 본색이 드러났다나 뭐라나.

"진절머리가 나서 회사를 나왔는데 마침 퍼프 대디가 날 잘 봤는지 데프잼으로 오라고 하더라고. 안 그래도 작업 중인 앨범이 있어 거기로 갈까 하다가 네 생각이 나서 먼저 이리로 온 거야."

"퍼프 대디면 꽤 하는 친구인데. 좋은 기회잖아."

"그렇지? 안 그래도 솔깃하더라고. 상업성 하면 퍼프 대디니까."

"거기도 좋아. 가면 너도 성공할 거야."

"그래?"

"지금 실력을 보니까 어디 가서 정체성 흔들릴 일은 없을 것 같고. 방향성은 잘 잡아 가고 있어."

"아아, 이런 말을 듣고 싶었어. 정말 좋아. 내가 여기 한국에 먼저 온 건 신의 한 수야."

"내가 어떻게 해 주길 원하는데?"

"작업한 거 전부 가지고 왔거든. 조언 좀 해 줄 수 있어?"

이러면 내가 프로듀싱한 것이 된다.

기분 안 나쁘게 거절했다.

"아니야. 굳이 내 색채가 들어갈 필요가 없을 것 같아."

"으응? 왜?"

"니가 원하는 대로 한번 만들어 봐. 그게 더 중요한 거 아니겠어?"

"그렇긴 하지……."

"대신 네가 원한다면 나중에 네 앨범에 들어갈 곡을 선물로 줄게. 어때?"

"정말? 나야 무조건 좋지. 근데 정말 퍼프 대디랑 손잡아도 괜찮겠어? 누군가는 거기 갔다간 내 랩의 질이 떨어질 수 있다고 조언해 줬거든."

"어디 가서나 적응할 시간이 필요하겠지. 결국 네 문제 아냐?"

"아아, 맞아. 그게 옳아. 내가 쓸데없는 걱정을 했어."

"그래, 네 재능을 믿어."

"오케이, 고마워. 친구."

"이제 가자."

"어딜?"

"밥 먹어야지."

"식사? 좋지. 어디 근사한 레스토랑 있어?"

"있지. 한정식집이라고."

어디 한번 죽어 봐라.

촤르르르 깔리는 수십 첩 한정식 한 상.

동서양을 융화시킨 헬레니즘 문명에 필적하는 대병합이 제이진의 머릿속에서 터져 나갔다.

딥 임팩트.

제이진은 1분도 안 돼 헤어 나올 수 없는 한정식 반찬의 수렁에 갇혔고 나에게 Help me를 외쳤다. 이날의 경험이 미국 대중문화사상 한국 음식을 소개한 첫 번째 음악이 될 줄은 이때의 나도 제이진도 몰랐다.

아무튼 그랬다는 것이다. 잘 먹고 잘 놀다 갔다고.

결국 제이진은 퍼프 대디가 이끄는 데프잼으로 이적했고 11월에 2집 In My Lifetime, Vol. 1을 낸다.

나도 여세를 몰아 무난하게 사법 시험장에 입장했고 보자마자 1차 패스를 예감했으니 둘 다 윈윈이었다.

무엇이 도움 됐는지 모르겠지만 어쨌든.

Chapter 107

Chapter 107

1997년은 기념비적인 해였다.

그냥 넘기기엔 너무도 많은 국가적 사건·사고가 일어났던 해.

그리고 그중 백미는 IMF였다.

1997년 3월 19일, 재계 순위 26위 삼미그룹이 부도났다.

1997년 4월 21일, 진로그룹이 부도났다. 진로그룹에 대한 부도 유예 협약이 채택된다.

1997년 4월 27일, 진로그룹 6개 계열사 부도 유예 협약의 첫 번째 대상으로 지정.

1997년 5월 2일, 외국인 주식 투자 한도가 확대된다. 20%에서 23%로.

1997년 5월 15일, 국내 최대 제빵 업체 삼립식품이 부도난다. 수원 지방 법원에 법정 관리를 신청한 것이 대대적으로 보도.

1997년 5월 19일, 대농그룹이 부도 유예 협약에 든다.

1997년 5월 30일, 한신공영그룹이 법정 관리 신청을 하였다.

1997년 5월 31일, 한신공영그룹은 결국 부도난다.

한보가 빠졌어도 신나게 부도나는 중이다.

삼미니 진로니 삼립이니 대농이니 한신공영이니 하는 것들은 본디 내실만 충실히 다져 놨어도 IMF를 모르게 지나갔을 알짜 기업들이었다.

결국 모두 경영자가 개지랄하다가 말아먹게 된 것이고 그 폐해는 또 전부 국민의 몫이 됐다.

이 와중에 나는 행정 고시 2차 시험에 들었다.

일반 행정을 선택하였으므로 필수 과목은 행정법, 행정학, 경제학, 정치학이었고 선택 두 과목은 민법과 국제법으로 정했다.

한창 패스를 예감하며 시험 마치고 나왔더니 태국 바트화가 폭락했다는 뉴스가 전 세계를 때리고 있었다.

시작된 것.

정신 차릴 새도 없이 7월 9일이 왔고 나는 2차 사법 시험 시행되는 장소로 갔다.

헌법, 행정법, 상법, 민법, 민사 소송법, 형법, 형사 소송법을 포괄하는 논문형 시험지가 주는 상상 이상의 압박에 살짝 당황했으나 티 내지 않고 차근차근 사례와 법철학, 판례를 근거로 설계를 짜 나갔다.

이것도 물론 패스를 예감하며 마쳤다.

할머니들의 보살핌 아래 며칠 쉬면서 회복하는 사이 재계 순위 8위 기아그룹이 부도 유예 협약을 체결했다는 소식이 전국을 때렸다.

사실상 부도.

항간에서 돌던 10대 재벌도 안심할 수 없다는 소문이 사실로 드러나자 청와대에서 급히 확대 경제 장관 회의를 열었다는 뉴스가 나의 더듬이를 건드렸다.

'조용히 살고 싶었는데.'

세상이 자꾸 나에게 움직이라 명령한다.

알려 줘야 한다고.

나우현을 불렀다.

기자 회견을 열자.

우르르 몰려든 기자 앞에서 내가 한 말은 딱 하나였다.

-태국발 외환 위기가 오고 있다. 우리나라는 지금 이 위기를 막아 낼 달러가 없다. 지금이라도 시장 평균 환율 제도를 버리고 자유 변동 환율 제도를 도입해야 한다. 정부, 기업, 금융사, 개인 모두가 나의 경고를 잊지 말고 이 사태에 주목하라.

환율 제도라도 바꾸자.

전일 시장에서 거래된 원화 가치에 따른 평균 환율을 오늘 환율로 정하는 시장 평균 환율 제도가 아닌, 정부는 끼어들지 말고 전날 나온 최고점 혹은 최저점의 환율을 그대로 적용하는 자유 변동 환율 제도를 입혀야 한다. 얼마 되지도 않은 달러로 어설피 개입하지 말고.

당연히 즉각적인 반박 성명이 떨어졌다.

약 10분간 조목조목 한국의 현재가 어쩌고저쩌고 떠들어대며 분위기를 만들더니 내 논리를 짓밟았다. 요지는 전이나 지금이나 늘 같았다.

-대한민국의 경제 펜더멘털은 단단하고 견고하므로 아무 걱정 없다. 더 이상 사회 불안을 야기하는 선동은 그만하라.

웃어 주었다.

또 우르르 달려온 기자들에게 '나는 분명 경고했습니다. 이후 책임은 정부가 져야 할 겁니다'라고만 답하고 모든 질문을 일축했다.

나도 할 만큼 했으니 정부와 기업, 국민에 대한 경고는 이 정도쯤에서 끝내련다.

때는 왔고 나도 이제 나만의 계획을 발동시켜야 하겠으니.

미국에 전화했다.

[누구세요?]

"잊었어? 나야, 조지."

[으응? 누구?]

"나야 나. 페이트."

[페이트, 너구나…….]

딱히 반기는 목소리는 아니지만.

그러든 말든.

"하나 묻고 싶은 게 있어서."

[말해.]

"너 아직도 대통령 되고 싶어?"

[…….]

"대통령 되고 싶음, 당장 한국으로 날아와. 일주일 줄게."

일주일은커녕 채 이틀이 걸리지 않아 조지 W. 부시는 내 앞으로 왔다.

언론은 조지 W. 부시의 방한을 두고 이러쿵저러쿵 말들이 많았는데.

아무렴.

어지간히 대통령이 되고 싶은 모양이었다.

그래도 차마 내 앞에서만큼은 노골적일 순 없었는지 점잔을 빼며 찻잔만 도리도리 잡는다.

내숭은 거기까지.

"왜 그래? 여기까지 와 놓고."

"커흠흠."

"꺼내기 민망해?"

"……맞아."

가만히 앉아 답만 하는 조지와 나 사이에는 우리 아버지와 나만큼의 격차가 있었다.

깍듯이 모셔야 할 나이 차.

그러나 시작이 동등해서인지 반말하는 게 어렵지 않았다.

부시 시니어와의 만남 때부터였으니…… 당시 그가 소개해 준 아들들은 이름값이 높지 않았고 친구 삼는 데도 허들은 없었다. 미국이 편한 점이었다. 시작만 합당하다면 세대 간 분리가 최소화된다는 것.

보라. 조지도 나와의 이런 대화가 어색하지 않아 했다.

"약속을 지킬 때가 와서 불렀어."

"……."

"왜 말이 없어? 믿기지 않아?"

"아니, 그러기엔 우릴 너무 박살 내 놔서."

"그렇다고 공화당이 죽은 건 아니잖아."

"아니지."

"여전히 힘도 세잖아. 안 그래?"

"그렇긴 해."

대답하면서도 도무지 이해 안 간다는 표정이었다.

왜 이 시점 자기를 불렀는지.

그것도 하필 클린턴이 재선에 성공해 민주당의 기세가 하늘을 찌를 때 말이다.

"왜 그래? 여기까지 와서 뚱하고."

"넌 민주당 쪽으로 돌아서지 않았어?"

깜짝 놀랐다.

동시에 지금까지 보인 미적미적한 태도가 전부 이해되었다.

"너 아버지에게 아무것도 못 들었구나."

"으응?"

"아버지가 아무 말도 안 해 준 거지?"

"그야……. 너한테 가면 다 알게 될 거라고는 하셨지."

부시 시니어의 의도였구나.

어느 정도는 알고 있을 거라 봤는데 지금까지 아들에게도 숨겨 둔 것이다.

어설프게 끼어들지 않을 거란 건가?

둘이서 잘해 보라는 것도 있겠고.

"여전히 현명하시네."

"응?"

"아버지를 참 잘 뒀다고. 너 그거 알아?"

"뭘?"

"네 아버지가 너의 당선과 재선을 위해 본인 재선을 포기한 거."

"뭐?!"

들썩.

당시 상황을 얘기해 주었다.

부시 시니어가 그린 비전과는 달리 공화당 내부에서 나에 대한 어떤 공작이 있었고 그게 심대한 타격으로 이어졌음을.

"그럼, 네가 클린턴과 만난 게 다 그 때문이란 얘기야?!"

"안 그래도 바쁜 내가 저 멀리 아칸소에까지 찾아가 이름도 없는 주지사를 만날 이유가 뭘까? 물론 지금 클린턴은 자기가 잘나서 대통령이 된 건 줄 알고 있겠지만."

"……!"

"이제 좀 이해가 가?"

"……이걸 아버지와 약속했다고?"

"당장에 전화해서 물어봐. 내가 말한 것에 하나라도 틀린 게 있는지."

"허어……."

조지 W. 부시는 하루 전 아버지와의 통화를 떠올렸다.

비웃으며 소식을 알렸다.

페이트에게 대통령 되고 싶음 당장 한국으로 들어오란 전화가 왔다고.

그 말을 하자마자 아버지는 허허허 웃었다. '정말 약속을 철석같이 지키는군.'이라며 혼잣말하더니 당장에 모든 일정을 미루고 한국부터 가라고 하였다.

'이런 거래가 숨겨져 있었을 줄이야.'

두근두근.

조지 W. 부시의 눈에 빛이 들어왔다.

"진지하게 물어볼게."

"얼마든지."

"나를 대통령 만들어 줄 수 있어?"

"응."

"……."

"고민이 더 필요해?"

"아니."

"좋아."

"……."

1차 회담은 여기에서 끝냈다.

연극으로 치면 '발단-전개'가 이에 해당할지도 모르겠다.

더는 아무런 말도 없이 그 손을 잡아 일으켰고 밖으로 나가 한정식의 위대함과 소주의 깔끔함을 조지에게 보여 준 뒤 2차 회담을 위해 다시 우리 집 내 방으로 데려왔다. 도청 방해 장치 스위치도 올리고.

조지는 내 방을 둘러보고는 깜짝 놀랐다.

"이 좁은 곳에서 사는 거야?"

"왜?"

"너 부자 아니야?"

"맞아."

"그런데 왜?"

"추억이 담긴 장소라서."

"그렇다 해도 이건 너무 심한데."

"걱정 마라. 조금 있으면 오필승 타운이 완성된다. 거기로 다 옮길 거야."

조형만이 눈에 불을 켜고 매봉산 일대를 뒤집고 있었다.

오필승 그룹의 식구 중 입주할 이들도 이미 신청받아 놓았고 완공되기만을 기다리는 중.

"그래?"

"그때까지 즐기는 거야. 내 어린 시절과."

"으흠, 여기가 그런 곳이란 말이지? 확실히 어린애들용 물품이 많네."

그럼그럼 국민학생 때부터 써 온 소중한 방인데.

"하나도 안 버렸어."

"그러네. 낡은 공책도 있고 장난감도 오래된 거네. 사실 우리 집도 그래. 내가 쓰던 방이 그대로 있어."

"공통점이야?"

"왠지 더 친숙해진 것 같네."

"지금부터 친하게 지내자고. 오해가 있으면 풀고."

"아니, 이제 오해 없어. 모든 것이 다 아버지와 약속된 거라며. 날 대통령 만들기 위해."

"상황의 전부는 아냐. 겸사겸사지."

"뭐 어쨌든."

경계심이 사라진 조지는 우리 집을 너무나 편히 여겼다. '이게 한국식 문화라며?' 하며 바닥에 털썩 앉기도 하고 히죽 웃기도 하고.

나도 편하게 다가갔다.

텍사스 주지사는 할 만하냐부터 요새 무엇이 가장 애로 사항이냐. 애들은 잘 크냐? 나는 요새 고위 공무원 시험을 준비 중이고 조기 졸업이 목표다 같은 얘기로 분위기를 서서히 끌어올렸다.

슬슬 용건을 꺼낼 때가 왔다.
"네가 해 줄 일이 있어."
"해 줄 일?"
"응."
"뭔데?"
"공화당 내에 아직도 나를 지속적으로 까는 세력이 있더라고."
"뭐?!"
"휘트니 휴슨턴. 너도 들어 봤지?"
"그야……!!!"
입을 떡.
몰랐다는 것.
실망이라는 표정을 지어 줬다.
"그 건이 자꾸 너를 향한 나의 마음을 갉아먹고 있어. 공화당 놈들 밀어줘 봤자 미래에 하등 도움이 되겠냐고."
조지의 표정이 급격히 굳어졌다.
"그거 진짜야?"
"이제부터 네가 알아봐야지."
"증거가 없구나."
"심증만."
"……."
"……."
"……."
"……."

"……."

"……."

"……이거 잘못하면 역풍 맞을 수도 있어."

"겁나?"

"설마."

"그럼 됐네. 물론 네가 안 도와준대도 널 대통령으로 만들 계획은 진행시킬 거야. 그건 걱정 마라. 난 약속은 지켜."

"깔끔하네."

"대신 나를 도와준다면 러닝메이트가 돼 줄게."

"뭐?!"

"후원금도 넉넉히 넣어 주고."

"잠깐잠깐잠깐, 너 분명 러닝메이트가 돼 준다고 했다."

약속의 무게감이 달라졌다.

클린턴과 같이 찍은 사진 한 방에 민주당 대통령 후보가 바뀌었고 민주당의 취지에 걸맞은 행동과 말을 하고 돌아다닌 거로 공화당은 씨가 마를 정도로 타격을 입었다.

그런 파괴력을 가진 페이트가 러닝메이트로 뛴다?

민주당으로선 날벼락이 될 것이다. 다른 부가효과는 말하는 게 입이 아플 정도고.

"증거를 가져와. 나도 이번은 장난이 아니야."

"알았어."

"약속하는 거다."

"그럼, 대통령이 걸린 일인데. 아버지 네트워크를 전부 활용해서라도 싹 다 까발려 줄게. 어떤 놈인지 모르겠지만, 계열 전체를 솎아 내는 한이 있더라도 씨를 말려 버릴 거야. 이젠 나도 너한테 다 걸겠어."

"마음에 드는 대답이네."

"걱정 마. 모르면 몰랐지 알면 당하지 않아."

흡족한 대답이라 나도 모르게 지갑이 열렸다.

"선물도 하나 줄게."

"선물?"

"머지않아 DG 인베스트에서 텍사스 투자 계획을 발표할 거야."

"으응?"

"여기까지 왔는데 구체적인 성과도 가져가야지."

"아……."

무슨 말인지 알아들었다는 표정.

언론에 썰을 풀 거리는 있어야 하니까.

"50억 달러쯤 쓸 생각인데 돈 넣을 데가 있어?"

"뭐?! 50억 달러?"

"그 정도는 해 줘야 네 체면이 살잖아. 어때?"

"그야……."

대답을 못 한다.

눈알을 굴릴수록 텍사스의 열악한 환경만 떠오를 뿐이었다.

텍사스에서 내세울 만한 게 원유 말고 있던가?

미국의 주 중 가장 큰 면적을 가지고 있음에도 특유의 메마

름과 황량함으로 가득한 대지.

결국 있는 건 넓은 땅밖에 없었다.

"퍼미언 분지 땅이나 팔아라."

"퍼미언 분지라면…… 거긴 원유 생산지라서 안 돼."

"누가 원유 산지를 팔래? 미들랜드까진 원래 하던 대로 하고 반만 딱 잘라 팔아. 와하부터 뉴멕시코로 넘어간 부분까지 협의해서 말이야."

"그래도 돼?"

괜찮냐는 물음이나 본질은 시큰둥이었다.

고작 땅이냐고.

뉴멕시코랑 나눠 먹어서 기분 나쁜 건지, 그쪽 지대에 대한 지식이 있는 건지 헷갈릴 정도라 다른 미끼를 던졌다. 아님, 그만할 생각으로.

"그러고 남은 돈이 있다면 뭐, 텍사스 레인저스나 살까?"

"뭐?!"

반색한다.

"왜 이렇게 좋아해?"

"페이트가 텍사스 구단주가 되면 텍사스 주민이 좋아하지. 엄청 반길 거야."

"DG 인베스트가 살 건데?"

"더 좋지. 당장에 빅 마켓이 형성되잖아. 각 잡고 리빌딩만 해 줘도 지지율이 팡팡 올라갈걸."

"그래?"

내가 꺼내 놓고도 당황스럽긴 했다.

땅 파는 것보다 야구를 더 좋아하다니.

텍사스 레인저스 대표를 해 본 경험이 있어서 그런가? 내 알기로 유망주들을 신나게 내다 팔아다 흑자를 냈다고 들었는데…… 애착이 있었나?

"좋은 거야?"

"나야 땡큐지."

"그럼 부탁해. 내가 원래 이렇게까진 안 하려고 했는데 공화당에 똥물 퍼부은 것도 있고 해서 참으려 했거든. 근데 점점 더 도를 넘어서잖아. 이렇게 되면 너를 도와주기도 껄끄러워지는 것도 있고 해서 말이야."

"그건 걱정 마. 아버지 전화 한 통이면 달려올 의원이 빵빵이 돌리고도 수백 명이 남아돌아. 금세 끝날 거야. 아 참, 투자 발표는 잠시 미뤄 주라."

"왜?"

"뉴멕시코랑 협의해 봐야지. 텍사스 구단주한테 운도 띄워야 하고."

"그거야 뭐, 알았어. 다 끝내고 DG 인베스트에 연락해. 처리해 놓도록 할게."

"고마워."

"뭘, 서로 돕는 거지."

"걱정 말라고. 내가 이번에 말끔히 정리해 줄게."

조지 W. 부시는 신나서 텍사스로 돌아갔고 이런 조지를 두고 언론이 왈가왈부할 때 나는 지도를 살피면서 나에게 떨어질 퍼미언 분지 절반을 생각하며 기쁨을 감추지 못했다.

미국은 아직 셰일가스가 얼마나 대단한 자원인지 모른다. 알아도 그리 관심이 없다. 빨대만 꽂으면 쭉쭉 올라오는 원유와는 달리 여러 공정이 복합적으로 들어가는 바람에 생산 단가가 높아 채산성이 낮기 때문이었다.

하지만 와하 지역, 앞으로 울프캠프 지구로 불릴 장소에는 200억 배럴에 달하는 셰일 원유가 묻혀 있었다. (2007년에는 85만 배럴이라 발표하지만 2014년이 되어 200억 배럴로 바뀐다.) 세계 최초의 셰일 천연가스정도 1998년에나 개발된다.

아직 아무것도 없다는 것.

앞으로 텍사스는 이발사도 연봉 10만 달러가 넘어갈 시대가 도래할지니 새로 생성될 280만 개의 일자리는 곧 지지율이라고 봐야 옳았다. 채산성이 낮은 만큼 유가가 떨어지면 치명적이긴 하겠지만 크게 걱정은 없었다.

내가 셰일 가스를 생산할 일이 없잖나.

설사 생산한다 하더라도 전작 소설에서 자세히 다룬 만큼 어디에서 뿜어지는지 잘 알고 있었다. 찾느라 수백 개씩 시추할 필요가 없으므로 원유 시추 수준으로 뽑아내는 게 가능했다.

"으흠, 자원 생산까지라. 나도 점점 괴물이 되어 가는 건가?"

내가 이렇게 포춘 쿠키를 날리며 호탕한 웃음을 지을 때도 아시아 금융 위기는 꾸준히 동남아 지역을 잠식하고 있었다.

영끌하여 버티고 버티던 태국은 결국 외세 침략에 무릎 꿇고

항복을 외쳤고 태국의 무너짐에 세계가 놀랄 즈음 이미 준비하고 있었다는 듯 인도네시아의 루피화가 폭락하기 시작했다.

이럴진대도 한국 재경원은 부실 종금사에 외화 자금 긴급 지원을 검토하고 있었다.

멍청한 건 약도 없다더니…….

그 와중 5월 19일 부도 유예 협약에 든 대농그룹이 4개사 가운데 미도파만 회생시키고 나머지는 매각하기로 결정 봤다는 소식이 전국을 때렸다. 대농그룹이 사실상 공중분해되었고 환율은 옳다구나 하며 900원을 돌파했다.

그 시점, 미국에서 홀연히 전세기 한 대가 떠 알래스카를 거쳐 한국으로 날아왔다.

전세기에서 내린 사람은 로엔 라이트, 파라마운트 소속 영화 타이타닉 제작 총괄이었다.

그녀는 곧장 나에게로 와 공손한 자세로 일정을 브리핑했다.

"출발하실 시간입니다."

"준비는요?"

"100여 곡 준비했습니다."

"다 됐군요."

"제가 모시겠습니다."

그녀는 단지 음악 감독을 데리러 한국까지 온 게 아니었다.

나는 영화 타이타닉의 28% 지분을 가진 대주주.

그에 걸맞은 의전이었고 전세기까지 대동할 정도로 이번 영화에 대한 나의 비중이 높다는 얘기였다.

"새로운 맛이네요."

"편안하십니까?"

"에어포스원 아류보단 못하지만, 마음에 들어요."

"에어포스원 아류라면……?"

"에어포스원 기동 불능 시 사용하는 대체 비행기요. 그걸 타 봤거든요."

"아아……."

"출발할까요?"

"바로 준비하겠습니다."

할리우드로 고고씽.

워너와 디즈니를 경험한 나로서는 파라마운트의 의전이 그리 낯설지 않았다.

오로지 나를 위해 마련된 컨테이너로 들어가 후보곡들을 만끽하며 선별하였고 꼬박 하루 푹 휴식을 취한 다음 날이 되어서야 연주자와 날 도와줄 서브 감독, 제임스 카메룬 감독을 만났다.

영화는 이미 엔딩 작업까지 마친 상태였고 개봉도 11월이 목표였다. 석 달 정도 남은 것.

"이제 My heart will go on을 부를 가수만 도착하면 되겠네요."

로엔 라이트의 말이 끝나기가 무섭게 셀린 디온이 나타났고 그래미에서 서로의 등을 토닥인 사이답게 반가운 얼굴로 맞았다.

이제 우리만의 시사회를 시작해 볼까?

음악도 효과음도 없는 영상과 대사만 줄곧 나오는 영화 시사회였다. 러닝 타임만 장장 240분이 넘는 초대서사시를 비좁은 장소에 앉아 바라보기만 했다.

너무너무너무 지겨웠다.

혹시라도 소리 끄고 PC게임을 해 본 적 있다면 이런 내 마음에 동의할 것이다. 그 재밌는 게임도 효과음이나 BGM이 없다면 밋밋하고 싱겁기 이를 데 없는데.

이것은 영화였다. 그것도 보는 내내 과거의 사실이 나열되거나 혹은 로맨스거나가 뒤섞여 정체성을 잡지 못한 망작.

"어떠신가요?"

다들 말을 아끼는 가운데 로엔 라이트가 물어 왔다.

솔직하게 가자.

"지겹네요. 지루해서 혼났어요."

"예?!"

다들 놀라 제임스 카메룬을 슬쩍 본다.

참담한 표정을 짓는 제임스 카메룬.

그러든 말든 난 대주주다.

"이것도 저것도 아니고 영화의 정체성을 확실하게 해 주셨으면 좋겠네요. 다큐멘터리로 가실 건지 로맨스로 가실 건지."

"그 말씀은……."

"고증과 사실적 사건에 집착해 스토리의 본질을 잊은 게 아닌지 의심스럽네요."

"……!"

"제가 알기로 이 영화는 어떤 할머니가 수십 년간 간직한 사랑의 추억을 그린 거잖아요. 어째서 사실적 디테일에 역량을 죄다 쏟은 거죠? 칼리든이 나와 두 사람을 방해하는 시점도 어색하고 특히나 로즈가 다이아몬드를 바다에 버릴 때 어째서 말리는 신을 넣은 건지 모르겠어요. 할머니 혼자서 수십 년 간직해 온 과거를 정리하는 장면이잖아요. 몰입도가 왕창 깨져요."

"……."

"본질을 다시 봐 주셨으면 좋겠네요. 역사적 사실은 최소한으로 줄이는 게 좋겠고요. 작은 디테일로 찾아내는 즐거움 정도로 초점 맞추면 훨씬 낫겠네요. 이건 잭과 로즈의 사랑 이야기잖아요. 선수에 올라 'I'm the king of the world!'라 외친 마당에 누가 그런 걸 신경 쓴답니까. 더 설명해서 무엇을 얻으려는 건지. 저 두 사람에게는 신분도 명예도 부귀도 아무것도 중요하지 않게 됐잖아요. 안 그런가요? 계속 이런 식이라면 아무리 좋은 음악을 넣어도 불협화음이 날 겁니다."

"……."

"……."

"……."

"……."

"……."

"……."

적막이 흘렀다.

반박이 없는 걸 보니 다들 내 의견에 동의한다는 것이다.
그랬다. 이 건은 객관적으로 봐도 제임스 카메룬의 욕심이 과했다. 이걸 인정하지 않으면 앞으로 나아가는 건 불가능했다.
그건 그렇고.
나는 얼어 있는 셀린 디온에게 손짓했다.
"우린 가죠. 메인 테마 녹음해야죠."
"예? 아, 예."
엉거주춤 일어나는 그녀를 데리고 녹음실로 갔다.
시간에 맞춰 준비 중인 연주자들이 우리를 조금은 긴장된 표정으로 맞았고 시작.
미리 협의한 내용에 의해 My heart will go on은 패틴 김이 아닌 셀린 디온이 맡았다. 보디가드의 I Will Always Love You와 비슷한 케이스였는데 가타부타 한마디도 않고 나도 동의하였다.
그녀의 돌직구 보컬이 녹음실에 울려 퍼졌다.
나와 녹음한다는 사실에 준비를 많이 해 왔던지 셀린 디온은 곡의 해석, 감정에서 손댈 만한 게 없었고 1시간도 안 돼 끝마치는 기염을 토했다.
곧장 다른 테마 작업에 들어가는 나를 보고 그녀도 휘트니와 같이 자리를 떠나지 못했고 뒤에서 구경하였다.
하루가 이렇게 끝났다.
다음 날이 되자 로엔 라이트가 찾아왔다.
"어제는 녹음 중이시라 알려 드리지 못했는데 어제 그 자리에서 제임스 카메룬 감독과 로맨스 쪽으로 키워드를 맞추기로 협의 봤습니다."

"그렇게 가야 맞아요."

"저도 사실 너무 난해하고 지루한 장면이 자꾸만 등장하여 몰입감이 깨졌는데 시원하게 말씀해 주셔서 교통정리하기 편했습니다."

"잘됐으면 된 거죠. 얼마나 걸릴까요?"

"한 일주일 정도 시간을 더 주셔야 할 것 같습니다. 제임스로서도 피 같은 필름을 덜어 내는 거라 고민이 많을 겁니다."

"그래 봤자 따개비 같은 거예요. 미련 둘 필요 없어요."

"따……개비요?"

"고래에도 그렇고 오래 정박한 배에도 그렇고 겉에 덕지덕지 붙어 있는 모습 본 적 없나요?"

"그야…… 있죠."

"그런 따개비가 우리 영화에 엄청 붙은 거예요. 다 떼어 내야 본연의 모습을 찾을 수 있을 만큼."

"아……."

"혹시 몰라 같은 생각을 버리라고 전해 주세요. 그래야 전체가 살아요. 디테일에 함몰됐다간 산 전체를 태워 먹을 수도 있어요."

"아, 예. 확실하게 전하겠……."

똑똑똑.

누가 트레일러에 노크했다.

문을 열고 들어오는 이는 셀린 디온이었다.

먼저 든 생각은 '녹음 끝났는데 왜 왔지?'였다.

"두 분이 같이 계셨네요."

"예."

잠시 머뭇대던 셀린 디온은 결심했다는 표정으로 용건을 꺼냈다.

"페이트에게 부탁이 있어 찾아왔어요."

"부탁이요?"

"The Power of Love를 저도 부르고 싶어요."

"그건 제니퍼 러쉬의 곡인데요."

굳이 나한테 말할 필요 없다는 얘기를 하려는데.

"페이트의 버전으로요."

"으음…… 그것도 부르려면 원곡자 제니퍼 러쉬의 허락을 받아야 합니다."

"페이트만 허락해 주시면 그녀의 허락은 제가 받을게요."

진짜 부르고 싶은 모양.

셀린 디온이 간다면 제니퍼 러쉬는 쉽게 허락할 것이다.

1999년까지 전성기를 달릴 디바니까.

"그렇다면 저는 괜찮습니다. 부르세요."

"정말이요?"

"그럼요. 어제 My heart will go on을 부를 때 알았어요. The Power of Love도 잘 어울리는 걸요."

"고마워요. 저 사실 The Power of Love를 무척 좋아하거든요. 물론 페이트 버전으로요."

다가와 나를 안아 준다. 기뻐하는 마음으로.

그녀가 기뻐하니 나도 왠지 마음이 한결 편해졌다.

결국 이런들 저런들 주인에게 돌아가나 싶었다.

원래 My heart will go on, The Power of Love는 셀린 디온에서 꽃피우는 노래잖나.

다시 일주일이 지났다.

제임스 카메룬은 로맨스에 충실한 타이타닉을 다시 조각해 냈고 나는 197분에 달하는 역시나 만만치 않은 러닝타임임에도 그의 노고를 위로하기 위해 일어나 박수를 쳐 줬다. 내가 '브라보'를 외치자 모두가 활짝 웃었고 제임스 카메룬은 눈시울마저 붉혔다. 그 영상으로 나는 하루 만에 음악 작업을 완료, 모두를 놀라게 했다.

"이번 앨범은 더블 앨범으로 가야겠어요. 아무래도 영화 상영 시간이 시간인 만큼 곡이 많이 들어가네요."

"물론입니다. 그에 걸맞게 패키지를 준비하겠습니다."

남은 건 음향 편집과 믹싱이라.

더 할 일이 없어 한국으로 돌아가려는데 정홍식으로부터 연락이 왔다.

우리 괴짜들이 성공했다고.

그 얘기를 듣자마자 실리콘밸리에 마련된 임시 거점으로 이동, 래리 페이지와 세르게이 브린을 만났다.

방방 뜬다.

뭐라고 신나서 떠들어 대는데 태반이 알아듣지 못하는 내용이라 적당한 선에서 맞장구 쳐 주느라 혼났다.

어쨌든 완성.

브린쇼퍼에 대해서도 각 50만 달러씩 성과금을 주었다.

페이지랭크는 이미 세계 전역으로 우선 특허 심사에 들어갔고 브린쇼퍼도 그러할 것이라는 얘기도 해 주며 뿌듯해하는 그들을 보다 정홍식에게로 시선을 돌렸다.

"페이지랭크는 보강된 알고리즘을 재첨부해 주세요."

"옙."

"브린쇼퍼도 이와 비슷한 계열을 전부 감싸는 포괄적인 개념으로 접근해야 합니다."

"걱정 마십시오. 아직 온라인 쇼핑몰 개념이 약할 때라 선점하기 쉽습니다. 더욱이 브린쇼퍼는 페이지랭크에 기반을 둔 기술이기 때문에 권리 보호를 위해서라도 더더욱 세심히 잡을 겁니다."

"좋아요. 이것만 제대로 특허가 들어가면 우린 앞으로 온라인 계통에서는 누구도 따를 수 없는 절대 강자가 될 거예요."

"그렇습니까? 하하하하하하, 이거 생각만 해도 즐겁군요."

"사옥은 잘 지어지고 있나요?"

"부지는 확보했으나 사세가 아직 크지 않아 보류 중입니다. 당분간은 이곳 주변을 사용하다가 때가 되면 옮길 생각인데 어떠십니까?"

"나쁘지 않은 선택이에요. 알았어요. 그렇게 알고 있을게요."

"……돌아가시게요?"

"개강한 지 벌써 일주일이 지났어요."

"아아, 개강이군요."

언제쯤 학교의 굴레에서 벗어날 거냐는 표정이다.

"곧 벗어나겠죠. 그래도 전 군대는 안 가도 되잖아요."

"아이고, 군대도 있었군요. 요새는 26개월이라죠?"

"예."

"총괄님은 4주 훈련이면 되는 건가요?"

"그렇게 될 거예요."

"다행입니다. 총괄님 같은 분을 9,900원에 빵이 돌라는 건 정말 말도 안 되는 효율이 아닙니까?"

"효율을 따지면 가장 먼저 사라질 조직이 군대죠. 돈 잡아먹는 하마. 그러나 강한 국방력 없이 평화가 있겠어요? 그쪽은 효율이 아닌 명쾌한 결론이 더 중요하겠죠."

"옳습니다. 알겠습니다. 그럼 이 두 친구는 제가 케어할 테니 걱정 말고 돌아가십시오."

"부탁드릴게요."

"하하하하, 저 정홍식입니다."

"옙."

한국으로 슝.

한국은 여전히 헛발질에 여념이 없었다.

위기가 오고 있음을 인정하면 깨끗해질 것을 자꾸만 감추려다 호미로 막을 걸 포크레인으로도 못 막는 지경을 자초, 무디스가 방한하는 와중에도 산업은행은 15억 달러에 달하는 외환채권을 발행했고 진로 6개사에 대한 법정 관리 신청을 한지 얼마나 됐다고 쌍방울이 부도나고 태일정밀이 부도나며 엎친 데 덮친 격으로 IMF 조사단마저 한국을 방문하였다.

그러던 어느 날 대만이 외환 방어를 포기했다는 소식이 증권가를 때렸다.

우리 정부는 이 같은 상황에도 돌부처의 환생인지 꿈쩍도 안 했다. 자기랑 상관없는 일인 것처럼.

낭보도 있긴 있었다.

오필승 테크가 미래로 나아갈 신호탄을 쐈다는 건데.

두 가지였다.

하나는 복기-3의 완성.

앞으로 WSDMA라 불릴…… 3세대 이동 통신 서비스가 세상에 나왔다.

3G.

세계에서도 이미 최첨단이라 불리는 SDMA 방식마저 따라올 수 없을 만큼 거대한 대역폭에 데이터 전송 속도는 말하는 게 입이 아플 정도의 스피드라.

복기-3의 탄생으로 세상은 이제 단지 무선 통화만의 휴대폰이 아닌 동영상, 음악 다운로드, 양방향 화상 통화 같은 멀티미디어 시대로 나아갈 기반을 얻었다.

이걸 우리 오필승만 안다는 게 아이러니지만.

"해냈군요."

"드디어 해냈습니다. 총괄님."

감격하는 정복기를 안아 주었다. 같이 동고동락한 연구원들을 안아 주었다.

"여러분들이 바로 세계의 비전입니다. WSDMA는 더 큰 세상을 위한 디딤돌이 될 것이며 온 세상을 하나의 문화권으로 이끌 가장 핵심적인 역량이 될 겁니다. 수고하셨습니다. 정말로 자랑스럽습니다. 여러분들이 진실로 애국자이십니다."

성과엔 마땅한 보상이 따르는 법.

연구에 관련한 모든 사람에게 100만 달러씩 쏴 줬다. 가지고 있으면 곧 두 배가 될 금액으로.

일체의 자료를 든 정복기가 미국으로 슝.

브린쇼퍼로 한창 바쁜 정홍식에게 일감을 투척.

정홍식은 폭발.

그래도 성공적.

다른 하나의 기쁜 소식은 복기-3를 완성한 정복기가 미국으로 떠나기 전 내게 뜬금없이 던진 말이었다.

"지난 3월부터 오성SDS에서 사내 벤처 공모가 있었다고 합니다."

"그런가요?"

"거기에서 무슨 검색 엔진을 하나 개발했다고 하던데요. 안 그래도 미국에서 검색 엔진을 개발하신다길래 도움이 될까 하여 살펴봤습니다."

"검색 엔진이요?"

왼쪽 눈썹이 스윽 올라갔다.

"예, 웹글라이서라고 하던데요. 오성SDS의 지원을 받아 설립한 회사인데 제가 알아보는 중에 오성SDS로부터 이런 말을 들었습니다. 인터넷 사업이 괜찮은 아이템인 것 같은데 자신들이 하기에는 너무 작은 시장 같다고요."

"예?! 그런 얘기를 들었다고요? 검색 엔진을 개발한 벤처기업을 키운 회사가요?"

"오성SDS가 보는 건 전혀 다른 곳이었습니다. 특히나 우리 오필승 테크와 긴밀한 협업을 원하던데 아무래도 우리 쪽 기가 스피드를 눈여겨보는 것 같더라고요."

"뭐 하는 회사인데 우리 기가 스피드를 눈여겨봐요?"

"오성그룹 전반에 대한 전산을 도맡아 하는 회사인데요. IT 서비스 쪽으로 특화된 회사입니다. 작년엔 PC 통신 '유니텔'을 런칭했고요."

"예?! PC 통신 '유니텔'을 런칭한 회사가 인터넷을 작은 시장이라 했다고요?"

더 이해 안 간다.

"예."

"멍청한 것에는 약도 없다더니."

훅하고 짜증이 올라왔다.

누군 구글 잡고 세계를 향해 아등바등하고 있는데 인터넷 시장이 작다고 기껏 개발한 검색 엔진을 쓰레기 취급하는 회사가 있다.

김이 팍 새 버리는 바람에 더 듣지 않으려 했다.

오성SDS든 뭐든 알 게 뭔가. 그따위 안목이라면 앞으로도 뻔할 텐데.

그러다 끝맺음에 검색 엔진 개발자나 물어보았다. 이런 환경에도 도전한 게 신통하니까.

"이해준이라는 사람입니다."

"예?!"

"아시는 분이십니까?"

"아, 아니요. 제가 너무 놀랐나요?"

"예."

옴마야, 이해준이란다. NABER 창립자.

NABER의 시작이 웹글라이서였나?

이런 변이 있나.

'이러면 또 얘기가 달라지지.'

Chapter 108

Chapter 108

"우리와 만나고 싶다는 얘기를 들었습니다."

"시간을 내주셔서 감사합니다. 이 자리에 오실 줄은 정말 몰랐습니다."

"아, 뭐. 동종 업계에 종사하는 사람끼리 교분을 나누는 건 좋은 일이죠."

"맞습니다. 예전부터 이런 기회를 갖고 싶었습니다. 오필승 테크는 살아 있는 전설 아닙니까."

설레발인 듯 진심인 듯 헷갈리는 화법에 오필승 테크 이형준 대표는 앞사람이 준 명함을 다시 살폈다. 황성진이라는 사람이었다. 오성SDS의 대표.

그룹 차원의 지시가 있었다고는 하지만 이 사람과의 만남까지는 시간이 꽤 걸린 면이 있었다.

자연스러워야 했고 무엇보다 저쪽이 매달리는 형국이 돼야 했기에 조심스럽게 문을 연 것처럼 행동하다 보니 이차저차 늦어진 것.

과정도 꽤 많이 거쳤다.

먼저 정복기 연구소장과 안면을 텄던 오성SDS 이선호 부장이라는 사람을 컨택, 그간 무슨 얘기가 오갔는지 들었고 기가 스피드 대표와의 스케줄 타진을 한 것이 어느새 이형준에게까지 오게 된 것이다.

결론부터 말하지만, 이 만남은 사실상 밸런스 붕괴였다.

황성진 대표가 앞서 겸손을 표했듯 오필승 테크와 오성SDS와의 격차는 자동차 제조 회사 사장과 3차 하청 업체의 사장만큼 차이가 컸으니 황송을 표현하는 것도 많이 모자랐다. 애초 이런 자리가 마련된 게 기적일 정도였고 더구나 현재 이형준의 위세는 오성전자의 사장이 와도 눈썹 하나 까딱 안 할 정도.

아주 이례적인 만남이라는 얘기였다.

황성진도 많이 놀라워했다. 오필승 그룹에서 그나마 파이가 작은 기가 스피드 사장과의 만남을 원했거늘 대뜸 오필승 테크의 대표가 나올 줄이야.

"그래, 우리 기가 스피드에 관심이 많다고요?"

"아, 예, 저희 오성SDS는 IT 서비스를 주로 기획하는 회사로서 앞으로 정보통신 분야의 중요성이 어떤 것인지 충분히 인지하고 있습니다. 기가 스피드는 이런 저희의 색깔과도 맞고 협업을 한다면 상당한 시너지를 일으킬 수 있을 거라 확신하여 기술 제휴 제안을 드리고 싶은 마음에 만남을 청했습니다."

"그래요?"

"이것이 전부입니다."

그러나 이형준의 생각은 달랐다.

언제 이런 일이 의욕이 넘친다고 성사되던가.

황성진을 유심히 바라보다 되물었다.

"하나 묻고 싶은 게 있는데."

"예, 말씀하십시오."

"황 대표님은 전권을 가지고 있나요?"

"예?"

"오필승 테크가 움직이려면 오성에서는 그룹 차원으로 가야 할 텐데 그만한 권한이 있느냐고 물었습니다."

"그건……."

"현재 기가 스피드의 자본금은 1천억 원. 오성SDS는 100억. 겉으로 본 차이만도 10배죠. 사업성을 볼까요? 1985년 창립, 1987년부터 한국 IBM과 합작, 1989년 9월에는 오성네트워크서비스(SNS)를 시작했더군요. 이후 오성 그룹 계열사 사업권을 하나하나 따 와 사세를 키우다 올 4월에 오성SDS로 상호를 변경했고요. 5월엔 미국법인 'SDSA' 및 합작 법인 'CSP' 설립을 추진했고 11월엔 마이크로소프트사와 '전략적 제휴 관계'를 맺는다죠?"

"아……."

입을 떡.

"내년엔 작년부터 작업한 유니텔 '유니원98' 서비스를 개시할 계획이고 미국 HP사, SGI사와의 전략적 제휴도 추진 중이네요."

"……!!!"

"자본금 증설부터 사세가 급격히 성장하는 추세이긴 하나 이 상태로는 한계도 명확하죠. 오성 그룹 차원의 회사니까요. 그런 회사가 기가 스피드의 ADSL를 원하는 건 즉 우리 오필승 테크와 손을 잡겠다는 얘기일 테고, 이유는 결국 전국적 유통망의 손쉬운 획득과 더불어 오성SDS란 회사의 대외 신뢰도 상승에 있겠죠. 다 좋습니다. 다 좋아요. 그래서 우린 무엇이 좋아지나요?"

"그야……."

말을 꺼내려다 급히 입을 꾹 다무는 황성진이었다.

상대는 자신의 패를 전부 알고 있었다. 이럴 때는 입을 열수록 손해.

하지만 대답을 미루는 것도 안 된다.

황성진은 마른침을 삼켰다. 첫마디부터 전권을 가졌는지 물은 이유도 결국 같은 맥락이었나? 그래서 너흰 뭘 줄 수 있는데?

"그건……."

"패를 꺼내 보세요. 아니면 이 시간은 맛있는 저녁 식사를 먹은 것으로 만족할 테니까."

"죄송합니다. 제가 너무 방방 뜬 것 같습니다."

"뭘요. 업무에 가슴 부푸는 직원이 있다는 건 회사로선 좋은 방향성이죠."

'직원'이라고 표현했다.

황성진은 더 머뭇댔다간 마지막 기회마저 날려 버릴 것을 직감했고 즉시 보따리를 풀어놓았다.

"현재로서 다른 비전의 공유는 크게 와닿지 않겠죠. 맞습니다. 주식 맞교환도 생각하고 있습니다. 오필승 테크에서 저희 오성SDS를 잘 봐주신다면 충분히 가능성이 있다고 봤습니다."

"으흠, 주식 교환까지 생각하고 있다고요? 그래서 교환비는요?"

"예, 기가 스피드와 오성SDS의 교환비는 1 대 2입니다."

"오성SDS가 2라……."

"……."

이형준이 생각하는 자세로 들어갔다.

황성진은 분부를 기다리는 머슴처럼 자세를 낮추고 결정을 기다렸으나, 이내 열린 이형준의 입에서는 그가 기대하는 대답은 전혀 나오지 않았다.

"황 대표님."

"예."

"지금 결정, 확고한 겁니까?"

"저는 기가 스피드만큼 오성SDS의 잠재력도 무궁무진하다고 판단하고 있습니다."

"그 얘기가 아니라요. 교환비 말씀입니다."

"예, 지금까지의 최종 결정입니다."

"그렇군요. 좋습니다. 거기까지는 일단 결정이 된 부분이라는 거지요?"

"예."

"오성SDS의 입장에선 무척 합리적이긴 하겠네요."

"……?"

"하지만 단순히 주식 교환을 하기에는 황 대표님은 아직도 우리가 오성SDS와 협업해서 좋아질 점을 전혀 설득하지 못하고 있어요. IT 서비스요? 그런 건 지금이라도 마음먹으면 얼마든지 진출할 수 있는 분야입니다. 그런데 교환비가 2 대 1이라고 하네요. 기가 스피드는 이미 전국적 유통망이 완성된 사업이에요. 1년 매출이 얼마나 나올지 확고한 사업이란 말입니다. 우리로선 오성SDS의 제안이 자부심을 넘어 교만으로 느껴질 정도로 좋지 않아 보이네요."

"……!"

"다른 게 없다면 이 상태론 결렬입니다. 오필승 테크는 이미 글로벌 기업이에요. 오성 그룹 전체와 만나도 하등 뒤질 게 없습니다. 더구나 오필승의 오너는 몇 세기에 한 명 나타날까 말까 한 대천재지요. 이런 자리에 CEO가 직접 나올 만큼 직원과 회사에 대한 유대와 애착도 강합니다. 다시 말씀드리지만 우린 열려 있습니다. 그러니 부디 다음에 오실 땐 그에 걸맞은 분이 걸맞은 제안을 들고 오셔야 할 겁니다. 이대로는 아무것도 이뤄질 수 없어요."

뭐든 쉽게 이뤄지는 법이 없다.

남녀 간 사귐도 그럴진대 기업 대 기업이라면…… 그 만남이 어떤 시대적 필요성이 있다 하더라도 결합하는 건 전혀 차원이 다른 얘기였다.

하늘의 별 따기.

그래서 적대적 M&A 같은 게 성행하게 되는데.

사실 이형준은 내 지시가 아니었다면 절대로 움직이지 않았을 것이다. 오성SDS에서 이런 제안이 왔고 자기 선에서 거절했다는 보고서 정도는 올렸겠지만.

나도 그랬다. 웹글라이서가 아니었다면 오성SDS는 내가 알아야 할 가치가 아니다.

밖으로 나온 이형준은 고개를 살짝 갸웃댔다.

'오성의 시장 분석력이 이 정도밖에 안 되나?'

분명 오필승 테크의 CEO가 나간다 했음에도 겨우 계열사 사장을 보냈다.

둘 중 하나였다.

황성진이 위로 보고 안 했든가, 그도 아니면.

'우리 오필승 테크를 무시했든가.'

살짝 웃어 준 이형준은 회사로 돌아왔다.

결재할 거 결재하고 잔무 좀 해결하고 총괄께 보고하러 갈 생각이었는데.

연구원 한 명이 처음 보는 사람과 자신을 기다리고 있었다.

뭐지?

"저는 황정한이라고 합니다."

또 황씨?

"저는 오필승 테크가 스타트업에 호의적이고 합리적인 조건으로 지원해 준다는 소문을 듣고 찾아왔습니다. 단도직입적으로 말씀드리겠습니다. 저에게 투자를 해 주실 순 없겠습니까?"

"투자요?"

"예."

"사업 계획서는 제출하셨나요?"

"제가 성격이 급해 직접 설명해 드리면 안 되겠습니까?"

"으흠……."

피곤하긴 하지만 잠시 시간 내 보는 것도 괜찮겠지.

기술에 관한 한 까다로울 정도로 예민한 오필승 테크의 연구원이 여기까지 데려왔다는 건 뭔가 있다는 얘기일 테니.

"10분 드릴게요."

"감사합니다."

조용히 눈 감고 들었다.

음반 시장에 관련한 것이었다.

과거 시장의 행태, 급격히 변화되는 시장 상황, 앞으로 음반 시장이 봐야 할 비전이 모두 망라된 발언이 이어졌다.

"그래서 제가 개발하고 싶은 건 디지털 음원 파일의 표준 형식입니다."

"……!"

"어! 알아보십니까?"

자기가 더 놀란다.

"잠시만 기다리세요."

이형준은 급히 과거의 기억을 떠올렸다.

그리 먼 과거도 아니다.

미국에서 돌아온 총괄이 앞으로의 음원 시장이 어떻게 변할 것이고 그에 관련한 조치가 필요함을 오필승 차트에 주문할 때 옆에서 들었다.

음원 쇼핑몰을 만들라고.

그것이 오필승 차트, OPS의 사세를 조 단위로 키워 줄 거라고. LP나 CD의 판매도 중요하지만, 앞으로는 디지털 음원이 대세를 이룰 테니 명심하고 디자인을 짜 보라고.

너무나 놀라웠다.

총괄이 어떤 사람인가?

수십 년을 내다보며 기획하는 사람이다.

그 총괄과 비슷한 결론을 내는 사람이 있다니.

이 사람도 천재 계열인가?

이형준은 혼자서 판단하면 안 되겠다 생각했다.

"나랑 같이 갈 데가 있는데 시간 괜찮습니까?"

"오늘 하루는 프리입니다."

"좋아요. 움직입시다."

오성SDS는 나가리 됐지만, 이 건은 뭔가 있어 보였다.

촉에 불과했어도 힌트는 다름 아닌 총괄이 뿌렸다.

이형준은 황정한을 데리고 오필승 본사 사옥으로 향했다.

그곳 꼭대기 층 오필승의 인도자 앞에 그를 앉혔다.

소개하기 전에 먼저 보고부터.

"오성SDS와는 진행하기 어려울 것 같습니다. 내부적으로 교환비를 2 대 1로 맞춘 것 같은데 이도 말도 안 되는 교환비고요. 공유할 비전도 딱히 없었습니다. 혹시라도 나중에 다시 만날 기회가 있다면 그에 걸맞은 무게감으로 오라는 말로 끝냈습니다."

"준비가 미흡했나 보군요."

"얼토당토않았죠. 제가 나간다는 말을 전했으면 적어도 오성전자 사장이나 그룹 부회장급은 나왔어야 했습니다."

"무슨 말씀이세요. 회장급이 나와도 만나 줄까 말까인데."

"절 너무 높게 봐주시는 거 아닙니까?"

씨익.

"이제 겨우 반도체 끄적대는 기업이잖아요. 자본 집약적이고 유망한 사업이긴 하나 현재로선 가전제품에서 압도적 우의를 잡은 것도 아니고 건설도 서비스도 모두 낙제점. 오성생명 하나로 연명하는 회사와 오필승 테크가 같나요?"

"알겠습니다. 그걸 마지노선으로 삼겠습니다."

"대표님은 빨라서 참 좋네요. 아 참, 우리가 보유한 오성전자 지분이 어떻게 되죠?"

"지난달 보고로는 7.8%라고 했으니 이번 달엔 8.5%까지 보고 있습니다."

"이럴진대 그따위 의전이었다면 오성SDS 대표가 독식하려고 보고를 안 했든지, 오성 그룹이 잘못했든지 둘 중 하나겠네요."

"저도 그렇게 생각하고 있습니다."

"이거 큰일 났네요. 오필승 테크의 대표를 섭섭하게 하다니. 그나저나 옆에 계신 분은 누구신가요?"

"투자를 원한다고 해서 데려왔습니다. 자네가 직접 말씀드리게."

벌떡 일어난다.

허리를 구십 도로 꾹.

"만나 뵙게 되어 영광입니다. 현재 마이크로소프트에 재직 중이며 투자받는 즉시 퇴사할 황정한이라고 합니다."

"마이크로소프트?"

이형준이 처음 듣는다는 표정을 짓는다.

황정한이 서둘러 답했다.

"기술적인 부분에 들어갈 때 말씀드리려 했는데 갑자기 자리를 옮기셔서 타이밍을 놓쳤습니다. 죄송합니다!"

"그건 그렇다 치고 갑자기 너무 기합이 든 게 아닌가?"

"아닙니다! 레전드 오브 레전드. 페이트 님 앞인데 어떻게 제정신이겠습니까?! 다리가 후들후들 주저앉고 싶은 걸 겨우 참는 중입니다."

"자자, 그만하시고 앉으세요."

"감사합니다!"

"목소리도 정상으로 돌리셔도 됩니다."

"감!…… 아, 죄송합니다. 목소리를 정상 톤으로 맞추겠습니다. 죄송합니다."

"예. 그래서 투자를 원하신다고요?"

"말씀드려도 됩니까?"

"좋죠."

긴장된 어투이나 그 입에서 나온 내용은 전혀 그렇지 않았다.

진짜 깜짝 놀랐다.

세상에 MP3라니.

이 사람이 MP3를 만들었던가?

입이 떡 벌어지는 걸 겨우 참았다.

요새 무슨 일이 있나?

NABER에 MP3에 NB 소프트까지.

선조 때도 아니고 이순신, 유성룡, 허준 등등 왜 이렇게 인재들이 넘쳐나는지. 90년대 말 우리 한국이 이런 시기였던가?

"난립한 음원 파일을 통합할 수 있는 체계를 만들고 싶습니다. 제가 보기에 손바닥보다 큰 CD플레이어가 더 이상 필요 없는 세상이 올 겁니다. 자기가 원하는 음원만 쏙쏙 뽑아 듣는 세상이 곧 생길 테니까요. 저는 이에 대비하여 디지털 음원 파일 표준을 만들 생각입니다. 부디 도와주십시오."

"후우……."

"제가 할 수 있습니다. 절 믿어 주십시오."

촤라라락.

황정한의 뒤로 MP3를 들으며 거리를 돌아다니는 청춘들이 그려졌다.

역시나 시대는 올바른 변화를 원하는 것이 틀림없었다. 이 사람이 내 앞까지 온 걸 보면.

'나라는 망해 가는 데도 인재는 끊임없이 나오는구나.'

나도 단도직입적으로 제안했다.

"고민하지 마시고 오필승 테크로 오세요."

"예?!"

"창업을 원하시는 것 같은데 결국 회사는 돈과 시스템입니다. 돈이 풍족하지 않으면 누군가에게 빌려야 하고 지분은 그만큼 더럽게 쪼개지겠죠. 그러다 돈이 많은 누군가가 힘을 쓰는 순간 개발자는 소송 같은 분쟁에나 휘말리다 빈털터리가 되거나 인생을 낭비하게 됩니다."

될 만한 스타트업이 겪는 대부분의 경로였다.

특히나 한국은 대기업 위주의 풍토라 스타트업 보호를 위한 장치가 전혀 없는 곳.

내 기억에도 MP3는 미국에서 먼저 뜬다.

그건 곧 한국에서 지저분한 상황과 직면했다는 뜻이었다.

결국 눈앞 이 양반도 좋은 꼴은 보지 못한다는 것.

"내 말 들어요. 나중에 분사하면 5% 줄게요. 그것만도 일생을 영예롭게 살 수 있을 거예요. MP3의 아버지로서."

"아…… 전……."

"오필승이 투자 형식으로 간다고 해도 마찬가지예요. 최소 40%는 잡고 가야 할 텐데 시간이 지날수록 자본에 잠식당할 겁니다."

"……."

고민한다.

나와 함께하고픈 마음과 홀로 독립하고픈 마음이 싸우는 모양이다.

판단에 도움 될 만한 걸 던져 주었다.

"얼마 전, 미국에 구글이라는 검색 엔진이 창립했어요. 우린 야후의 대주주임에도 가능성을 봤고 개발자 두 사람을 전부 우리 가족으로 맞았죠. 두 사람은 아이디어 하나만으로 50만 달러씩 가져갔어요. 개발에 성공하여 100만 달러씩 가져갔고 지금은 지분 5%씩을 가진 공동 CEO가 되어 있답니다. 자금 동원부터 경영, 회계, 관리 등에 머리 싸맬 필요 없이 오직 연구 개발에만 매진해도 되게끔 약속한 지 단 1년 만에 이룬 성과입니다."

"……!"

"창업하면 이 모든 걸 혼자 해야 해요. 그리고 이 사업이 가질 시간은 그리 길지 않습니다. 1년 혹은 2년이 지나면 다른 이들이 선점할지도 모르죠. 늦는 순간 시장을 잃게 돼요. 그걸 원하시는 건 아니죠?"

"……."

고민하던 황정한은 결국.

"제안은 감사하나 제가 가진 계획이랑은 너무 달라져 생각할 시간이 필요합니다."

"알았어요. 열흘 줄 테니 잘 생각해 보세요."

"죄송합니다."

90도로 인사하고 사라진 그가 다시 나타난 건 채 사흘이 되지 않아서였다.

이번은 나도 좀 의외였다.

보통 이런 식의 헤어짐이라면 결렬일 경우가 많은데.

나도 그랬다.

MP3가 아깝다고는 하나 크게 대세를 가를 정도는 아니었고 IMF란 중요한 한판이 기다리고 있는 탓에 신경 쓸 겨를이 있나?

다시 찾아온 그는 이런 우려를 한 번에 날릴 만큼 아주 개운한 표정이었다.

"저도 좀 알아봤습니다. 진짜로 구글이라는 회사가 설립됐고 공동 CEO가 개발자더군요."

"그 정도야 스탠퍼드에만 가도 금방 알 수 있죠. 거기 학생들에게 DG 인베스트가 유명하거든요."

"회사에 퇴직서를 내고 왔습니다. 부디 잘 부탁드립니다."

"현재로선 높은 자리를 못 드려요. 필요한 인력도 장비도 스스로 구해야 하고요."

"각오하고 있습니다."

"후후후."

옆에 보고만 있던 이형준이 웃었다. 쳐다보니.

"재밌어서요."

"그래요?"

"참으로 재밌지 않습니까? 세운상가 전자공이 전부이던 오필승 테크가 이렇게 확장하는 게요."

"그런 면이라면 아주 뿌듯하죠."

"맞습니다."

내게 시선을 잠시 맞춘 이형준은 황정한을 바라보았다.

"오필승 테크의 시작이 원래는 오필승 엔터테인먼트인 건 아시나요?"

"예?"

"엔터테인먼트 한 귀퉁이에서 테이블 깔고 시작한 사업이 바로 오필승 테크입니다."

"아……."

"초대 CEO이자 현 연구소장이신 정복기 소장님이 CCTV를 만들며 독립했고 마이크로소프트 독점 판매 권한을 가져오며 일본지사가 또 독립했어요. 기가 스피드도 그렇게 만들어졌고요. 연구 중인 자율 주행 자동차도 그런 식으로 되겠죠. 황…… 파트장이라고 불러야겠네요. 황 파트장도 열심히 노력해서 독립해 보세요. 총괄님께서 간다고 하면 이뤄집니다."

"아, 예. 명심하겠습니다."

"이제부터 마음대로 꾸려 보세요. 보고만 잘해 주시면 지원은 문제없을 겁니다."

"감사합니다. 정말 감사합니다."

두 번 세 번 인사하는 황정한을 흐뭇하게 바라보더니 또 나를 돌아보았다.

"도 실장님께 데려가겠습니다. 이 친구도 그룹 전반에 대해 어느 정도 알아야 하지 않겠습니까?"

"그게 좋겠네요. 그렇게 하세요."

"그럼 저흰 가 보겠습니다."

사이좋게 나가는 두 사람이었다.

그림자만 봐도 알겠다.

놔두면 알아서 할 사람들이라는 걸.

"MP3는 해결됐고…… 웹글라이서를 어떤 식으로 가져오냐는 건데. 교환비가 2 대 1이라고 했지?"

얼토당토않은 교환비이긴 하나 먼 훗날을 두고 봤을 땐 이득인 거래.

기가 스피드의 경우 확정된 사업이긴 하나 멀리 뻗어 나갈 가능성이 적었고 반면 오성SDS는 오성 그룹의 일감을 독식하며 한국 최고로 올라설 테니까.

"어떻게 할까? 해 줘? 말어?"

이런 고민하는 사이 저 멀리 지구 반대편 영국에서 아주 재밌는 일이 벌어졌다.

다이애라 왕세자비가 기자 회견을 하던 중 화를 내며 질문한 기자를 내쫓아 버렸다.

그 영상이 해외 토픽으로 나와 순식간에 지구촌으로 뿌려졌다.

≪"얼마 전, 한국을 방문하셨다고 들었는데 혹 거기에서 페이트를 만났나요?"

"맞아요. 그를 만나고 돌아왔죠."

"요즘 페이트가 이상한 언행으로 회자되고 있던데, 왕세자비께도 미래를 조심하라든가 수상한 말을 하지 않던가요?"

"무슨 의도로 그런 질문을 하시는 거죠?"

"항간에 그를 사이비다 악마의 추종자다 하는 말이 나돌아서 드리는 말씀입니다. 그런 자와 어울리는 건 왕실의 품격과……."

"경호원, 저 기자 쫓아내요."

"옙."

우르르 몰려가 기자 한 명을 내보내는 사이 다이애라는 단호한 표정으로 주변 기자들에게 말했다.

"페이트와 나는 친구입니다. 그는 누구보다 진실하고 선량하죠. 옳은 길만 걷고 있고요. 또 세계적으로도 손꼽을 만큼 능력자이기도 하죠. 경고합니다. 앞으로 이유 없이 페이트를 폄훼하거나 없는 말로 호도한다면 그 언론사와는 절대로 상대하지 않을 겁니다."≫

벌떡 일어나 나가는 영상이 그대로 내 손에까지 들어왔다.

참…….

이걸 어떻게 표현해야 할는지.

그녀와 같은 포지션의 사람이 누군가를 직접적으로 지지하는 발언을 하는 건, 특히나 나같이 논란이 많은 사람을 감싸는 행위는 많은 손해를 감수해야 했다.

정치적으로 말이 나올 수 있었고 더 악의적으로 덤빈다면 관계에 대한 스캔들까지도 가능했다.

"안 그래도 되는데."

말을 하면서도 마음 한켠이 따뜻해지는 건 나도 그만큼 타격이 쌓였다는 것이겠지?

"의리가 있네."

다이애라 의리!

"……."

그러고 보면 잘 드러나진 않았지만, 에릭 클랜턴도 엄청 싸워 댔다. 날 욕한 언론사와는 인터뷰 금지는 물론 싸우는 장면이 여러 번 포착돼 공개됐다. 그는 여전히 가장 낮은 곳에서 가장 낮은 자와 함께 살아간다.

"……내가 잘한 거겠지?"

잘한 것이다 믿고 싶었다.

이미 죽었어야 할 다이애라가 건재한 모습으로 당당히 서 있고 인종 차별주의자인 에릭 클랜턴은 누구보다 열렬한 평등과 평화론자가 돼 있었다.

이럴진대.

미국의 클린턴은 금융 세력의 앞잡이가 돼 한국에 '슈퍼 301조'를 발동시켰다.

"……."

빌미는 자동차 시장 개방 마찰이지만 나는 이게 한국의 체력을 깎아 놓기 위한 술책인 걸 알았다.

당연히 슈퍼 301조 이후에도 같잖은 짓이 많이 벌어졌다.

홍콩 증시가 폭락하자마자 S&P, 무디스 같은 신용 평가사들이 전부 한국의 신용도를 하향 조정하였고 모건스탠리는 대놓고 '아시아를 떠나라'는 보고서를 띄웠다.

한국 정부는 그제야 금융 시장 안정 대책…… 연기금의 3조 규모 주식 매입과 채권 시장 개방 확대, 기업 구조 조정 같은 걸 발표하였다.

그러나 때는 이미 늦었다.

해태그룹이 부도났다. 뉴코아그룹이 부도났다. 블룸버그가 '한국의 가용 외환 보유고 20억 달러에 불과해'라는 보도를 냈다. 한국은행 실무진이 처음으로 한국은행 총재에게 IMF행을 건의했고 미셸 캉드쉬 IMF 총재는 '한국 금융 시장은 동남아 국가와 같은 위기 상황 아니다'라는 말로 현혹했다.

저들이 짜 놓은 판에 드디어 한국이라는 호구가 걸려든 것이다.

무릇 호구는 판에 앉히기까지가 어렵지 다음부터는 뭐.

경제부총리는 결국 '미국 등 우방으로부터 돈을 빌려 보겠으나 여의치 않으면 IMF로 가야 한다'고 김영산에게 보고했다. 김영산도 IMF로 갈 것을 직감했다.

이럴 때인데도 김영산은 나를 찾지 않았다.

더는 무를 수도 없게 외국 언론들이 한국의 IMF 구제 금융 요청 가능성을 시사해 버렸고 프랑스 경제 전문지 레 제코는 아예 IMF가 한국에 400~600억 달러 상당의 긴급 지원을 검토 중이라는 보도까지 했다.

이럼에도 김영산은 나를 찾지 않고 박태춘 자유 민주 연합 총재, 이회찬 한나라당 후보, 김대준 새정치국민회의 후보, 조산 한나라당 총재와 회담을 열었다.

그들이라고 별수 있을까?

그날 밤 10시.

임창렬 부총리가 IMF에 구제 금융을 공식 신청하게 된다.

다음 날 1997년 11월 22일, 김영산은 구제 금융 신청에 관한 대국민 특별 담화문을 발표한다. 재밌는 건 정확히 18년 후 같은 날에 김영산이 죽는다는 것이다.

이럴 때 태평양 건너 미국에서는 초대형 사이클론이 예고되며 펄쩍펄쩍 뛰고 있었다.

페이트 스캔들이 터진 것.

나이 지긋한 엄근진의 남자가 열댓 명을 소환, 어떻게 아직도 페이트가 미국에서 돌아다닐 수 있느냐는 질책의 영상이 온라인으로 퍼지며 전 세계를 경악케 하였다.

더 이상 동양의 노란 원숭이 놈이 우리 위대한 백인들의 나라 미국에서 활개 치게 놔둘 수 없다는 오페라 같은 사자후와 또 그에 따라 내놓는 대안과 그 대안을 내놓는 면면들 때문에라도 세계는 자기가 본 것이 맞는 것인지 의심할 정도로 당혹스러워했다.

정치인, 언론인, 경제인, 금융인…… 이름만 들어도 알 만한 자들의 향연이라.

아시아 경제 위기마저 한낱 미풍으로 느껴질 만한 폭탄이 미국을 뒤흔들었다.

이게 진실이었다.

세계가 진실로 인해 술렁였다.

그동안 세상을 떠들썩하게 했던 페이트 논란이 잘 짜인 각본이자 누군가의 음모였다는 사실이 더는 드러낼 수 없을 만큼 밝은 태양 아래서 말끔하게 알맹이를 꺼냈다.

민들레의 전투력이 +100,000,000,000~.

분연히 떨치고 일어나 공화당 당사로 몰려갔다. 면면들이 소속된 조직이나 단체로 몰려갔다.

폭동이라도 일으킬 것처럼 위험한 상황이 노출됐고 그만큼 명쾌한 해답이 없다면 체제를 전복시켜서라도 관철시키겠다는 의지를 피력했다.

이 정도쯤 되자 나도 한국에만 머무를 수는 없었다.

곧장 뉴욕으로 날아가 기자 회견을 열었다. 센트럴 파트 한가운데 수만 명이 모인 자리에서.

"참으로 참담합니다. 참으로 개탄스럽습니다. 내 어릴 적

미국은 누구보다도 위대했습니다. 그런 미국이 언제 이렇게 몇몇의 손아귀에서 놀아날 만큼 추락했던가요? 이게 다 어찌 된 일일까요? 나는 인내하려 했습니다. 안타까운 마음에 무리한 내 잘못도 있으니 손가락질도 감수하려 했습니다. 그 마음이 헛된 것이었더군요. 해명하고 또 해명하였던 성의가 잘못된 노력이었더군요. 진실은 이렇게나 추악했습니다."

"아닙니다. 미국은 페이트를 사랑합니다!"

"페이트, 미안해요!"

"페이트 잘못이 아니에요!"

앞선 몇 사람이 터지자 기자 회견장에 모인 수만 명의 군중이 너도나도 목 놓아 외쳤다.

페이트는 잘못이 없다고.

거의 10분간 회견이 중단될 정도로 그들의 울부짖음은 컸다.

"나는 이제 단호한 결단으로 움직이려 합니다. 개인적 이익을 위해 아무런 죄가 없는 누군가를 사회적 국가적으로 매장시키려 했던 악의적 세력에 대해 일절 관용 없는 원칙으로 행동하겠습니다. 나는 확신합니다. 그들도 그것이 잘못된 선택이라는 걸 모르지는 않았을 거라고. 그럼에도 들어가 그 속에서 이익 보려 했던 만큼 반드시 대가를 치르게 해 주겠습니다. 두고 보십시오. 이 일과 관련된 어떤 누구도 여기에서 자유롭지 못할 겁니다."

DG 인베스트가 바쁘게 움직이고 있었다.

스캔들이 터짐과 동시에 서열 1위부터 10위까지의 내로라

하는 로펌 전부를 섭외, 작업에 들어갔다.

걱정은 없었다.

증거는 넘치다 못해 발에 채일 지경이었고 이 일의 발단이 된 휘트니와의 대화도 곁에서 상시 녹화하는 백은호에 의해 확보된 상태.

더구나 사익과 음모를 위해 국민이 준 권한을 남용, 사회 시스템마저 희롱한 사례였다.

로펌 중 누구도 패배를 떠올리지 않았고 승리를 자신했다. 떨어질 떡고물에 온몸을 부르르 떨었다.

사흘도 안 돼 DG 인베스트 법률 소송 대표단이 미국 연방 법원으로 출격, 총 1,000억 달러에 달하는 손해 배상 청구 소송에 들어갔다.

이 소식이 알려지며 또 한 번 세계를 놀라게 했다.

소송단에 제일 먼저 날아온 질문도 그랬다.

1,000억 달러라니 페이트가 유명한 건 알지만, 너무 과한 것이 아닙니까?

소송단 대표는 피식 웃어 주었다.

"아직도 우리 의뢰인 페이트 님에 대해 아무것도 모르는 분이 있으시군요. 사실 이것도 최소치로 잡은 겁니다. 1조 달러를 책정하려다 사회적 물의가 될 수도 있다는 페이트 님의 만류에 의해 겨우 10% 수준으로 줄인 겁니다. 뭘 좀 알고 물으세요."

"1조 달러라고요?"

"오히려 되묻고 싶군요. 그러면 기자님은 현재 페이트 님의 가치가 얼마라고 생각하나요?"

"그거야……."

"당장 현금화할 수 있는 자산만 이미 1,500억 달러가 넘는 분입니다. 그 외 특허부터 유수의 기업들로부터 소유한 지분을 더하면 2,000억 달러는 충분히 되겠죠. 하지만 이 모든 것도 앞으로 벌어들일 수익에 비한다면 아주 작습니다."

"2, 2,000억 달러도 작다는 겁니까?"

"다른 건 제쳐 두고 한 가지만 두고 보겠습니다. 페이트 님이 무선 통신계를 통일한 사실은 아시겠죠? 그것마저 모른다면 이 인터뷰는 끝마치겠습니다."

"압니다. 복기-1이 세계를 제패했고 한국과 중국이 복기-2 상용화에 든 걸 봤습니다."

"복기-3도 성공했죠. 좋아요. 자, 현재 세계 인구가 50억 명이라고 쳐 봅시다. 그중 10억 명만이 무선 통신을 사용한다고 해 보죠."

"……?"

"최소치로 잡아 인당 10달러를 무선 통신으로 쓴다고 봤을 때 한 달 매출이 100억 달러입니다. 이 중 2.5%를 로열티로 받죠. 2억 5천만 달러."

"무, 물론 큰돈이긴 하지만 1년이라고 해도 30억 달러에 불과하……."

"그걸 평생 벌어들인다는 거죠. 그런데 30억 인구가 30달러를 쓴다면요? 게다가 휴대폰에 들어가는 칩셋을 누가 만듭니까? 거기에서 나오는 로열티는 얼마라고 생각하시죠?"

"아……."

"고로 이 일은 단순히 어느 개인을 악의적이고 파렴치한 방법으로 몰아내려 한 사건으로 보시면 큰 오류에 빠지게 됩니다."

"……!"

"페이트 님이 미국을 떠난다는 상상을 해 보십시오. 그건 곧 페이트 님의 자산도 이동한다는 뜻이고 우리 미국은 우리 미국이 온전히 가져가야 할 모든 수익 전부를 다른 나라에 빼앗기게 된다는 겁니다. 그 폐해를 누가 지겠습니까? 우리 미국 시민이 고스란히 져야 한다는 것 아니겠습니까? 이럴진대 어찌 반역을 떠올리지 않을 수 있겠습니까? 그래서 저는 이 사건을 이렇게 명명하고자 합니다. 건국 이래 다시 나올까 부끄러운 희대의 멍청한 짓이라고."

Chapter 109

Chapter 109

미국이 공화당 스캔들과 총 1,000억 달러에 대한 손해 배상 청구 소송으로 장난감 가게를 만난 어린아이처럼 몸이 달아 있을 때 나는 다시 홀연함을 가장하여 한국으로 날아왔다.

일단 짱돌을 던졌잖나.

누가 맞든 더럽게 피 터질 예정인데 굳이 가까이에서 구경할 필요가 있을까? 총 맞을지도 모르고.

유유히 돌아온 한국도 내가 없는 사이 재밌는 일이 있었다.

오성SDS가 4 대 1이라는 교환비로 기가 스피드 사업에 참여하길 원한다는 뜻을 밝히며 오성그룹 부회장이 직접 움직였다고.

이번엔 황성진 대표가 제대로 보고했는지 움직임이 아주 빨랐다고 한다.

이형준 대표의 판단으로는 기가 스피드를 매개로 오성 그룹 차원에서 우리 오필승과 인연을 맺으려는 시도 같다는데.

그도 그럴 것이 조건이 후해도 너무 후했다.

기가 스피드의 사업성이 뛰어나다 한들 오성SDS와의 4 대 1 교환비는 말도 안 되는 짓거리였다.

그러나 이게 또 내용을 들여다보면 말이 안 되는 얘기는 또 아니었다.

오성전자의 주력이 될 사업은 반도체와 휴대폰 통신기기라.

이 중 휴대폰 통신기기에서 제일 중요한 건 무선 통신망과 연결되는 칩셋인데 이것에 대한 생산을 바라는 게 아니냐는 분석이 나왔다.

이제 막 메모리 반도체에 발을 들이는 주제에 말이다.

"오성이 파운드리 시장까지 진출하겠대요?"

"그럴 생각인 것 같습니다. 그동안에야 대만의 TSMC가 워낙에 강력하니 감히 발을 못 뻗었는데 우리와 손잡으면 단숨에 세계 시장이 열리는 격이나 마찬가지지 않습니까."

"욕심은 둘째 치고 기술력은 있대요?"

"가능하답니다."

"말은 그렇게 할 수 있겠죠."

반도체는 크게 메모리 분야와 파운드리 분야로 나뉜다.

메모리야 기억 장치에 관한 것이니 쉽고 단순하다. 튼튼하고 오래가기만 하면 되니까.

그러나 파운드리는 차원이 달랐다. CPU, APU, GPU 같은 칩셋을 고객사의 요구에 맞게 수탁 생산하기에 메모리와는 달리 훨씬 더 집약적이고 정밀한 기술 기반이 필요하였다.

지금 오성은 누가 봐도 메모리 하나 건사하는 데도 벅찰 때다.

"파운드리 시장이 더 크고 부가 가치도 높은 건 맞죠. 그러나 이것저것 손댔다간 망조가 들 거예요."

"으음……."

"대표님도 제가 굳이 가까이에 있는 TSMC를 제치고 인텔에 일감을 몰아준 이유에 대해 아시잖아요."

"그렇죠. AT&T 주식을 가져오며 반대급부로 내놓은 거니까요."

AT&T 주식 10%를 가져오는 일도 쉽지는 않았다.

당시 상황이 AT&T에 지극히 불리했다 하더라도 미국의 국민 기업이었다. 여기저기 얽혀 있는 게 많은 회사.

그래서 준다 한들 냉큼 삼키는 일은 우리로서도 부담이 컸고 미국 정부도 국민을 설득할 명분이 필요했다.

그때 딜로 던진 게 파운드리 칩셋 생산에 관한 15년간의 독점권이었다.

오필승 테크로서도 인텔과의 협업은 기업 가치를 높이는 데 아주 적절한 선택이기도 했는데 이 일이 사회적 문제가 되지 않은 건 순전히 시기와 상황이 적절하게 시너지를 일으켜 양측 모두 만족한 계약이 됐기 때문이었다.

아니었으면 인수하는 데도 상당한 진통을 일으켰을 것이다.

어쨌든 인텔이나 오필승이나 이후로 엄청난 부가 효과를 누렸다. 무선 통신이라는 압도적인 시장이 하나 더 생긴 인텔은 환호를 내지르며 기업 가치가 IBM과 마이크로소프트를 앞질렀고 그로 인해 오필승이란 유망한 고객사를 보호하기에 주저하지 않았다. 기타 자잘한 공격쯤은 그들의 손짓 하나로 감히 고개도 못 들었으니 오필승이 사업권을 남미부터 아시아까지 넓히는 데 거의 안방마님 수준으로 우리를 도왔다.

"제가 파운드리 시장의 최강자 TSMC를 선택하지 않은 건 단지 그 이유만은 아니에요."

"또 있습니까?"

"대만에 혐한의 바람이 불더라고요. 중국과 수교한 이래 지금까지."

"예?! 말도 안 됩니다. 중국과 수교한 국가가 한둘입니까?"

"그렇죠. 일본도 있고 저기 동남아도 마찬가지죠. 유럽도 널렸죠."

"헌데……."

"왜냐고요? 만만하니까요. 6·25 때 우릴 도와줬는데 은혜를 배신으로 갚았다는 거죠. 걔들은 아직도 우리가 쓰레기 똥통에서 음식을 주워 먹고 사는 줄 알아요. 그러니 태극기를 짓밟고 불태우고 한국인을 모욕하고 한국 상점에 테러하는 데 주저함이 없겠죠."

"예?!"

"뭘 그렇게 놀라세요? 대만이나 중국이나 다 똑같은 놈들 인데."

"……!"

"중국을 보듯 대만을 바라보면 이해하기 쉬워요. 자유 진영에 있다고 뿌리가 달라지는 게 아니잖아요."

"……그렇군요."

"저는 한때 이런 질문을 품은 적이 있어요. 어째서 우리 주위엔 이런 것들만 득실거릴까?"

"……."

"미국, 러시아, 중국, 일본, 대만에 북한까지. 전부 우리를 노려요. 우린 아무도 노리지 않았는데 말이죠."

"아……."

"그래서 결론이 뭔지 알아요?"

"……무엇입니까?"

"어떤 집 엄마가 무섭고 극성이면 그 어떤 집 아들은 웬만해선 안 건드려요. 건드려 봤자 좋은 꼴 못 보니까. 이게 제 결론이에요. 무슨 말인지 아시겠어요?"

"……?"

무슨 얘긴지 당최 맥락을 못 짚겠다는 이형준의 표정이었으나 상관없었다.

지금은 그냥 말하고 싶었다.

"오성SDS 건은 해 달라는 대로 4 대 1 교환비로 결정 보세요. 더해 사내 벤처 기업들의 권리도 전부 양도받아 오세요.

그거로 정리하죠."

"아…… 그렇게 말입니까? 그럼 반대급부로는 무엇을……?"

"일부 국가에 한해 오성의 메모리를 쓰겠다고 해요."

"아! 알겠습니다. 대충 두 번 정도 더 만나면 정리되겠군요."

"예, 그럴 거예요. 오성도 이번 일로 파운드리 시장이 열릴 거라 기대는 안 할 거예요."

"그렇군요. 결국 메모리였군요. 그들이 원하는 건."

"그렇겠죠."

우리가 내부적으로 오성SDS와의 협업을 정리하는 사이 IMF 실사단이 몇 번 오갔다고 한다.

그리고 11월 29일.

한국과 IMF는 서울 힐튼호텔에서 금융 지원에 관한 사실상 합의에 이르게 된다.

며칠이 안 가 재정 경제원이 고려종합금융 등 9개 종금사에 영업 정지 명령을 내렸고 싱가포르에 있던 미셸 캉드쉬 IMF 총재는 한국이 밥상 다 차려 놓자 좋다고 들어왔다. 정부 중앙 청사에서 열린 한국 대 IMF 구제 금융 합의서에 서명하며 실실 쪼개는 모습이 신문을 통해 흘러나갔다.

이날이 바로 대한민국이 IMF 관리 체제로 들어선 날이었다.

12월 3일.

물론 이 와중에도 부도 도미노는 쉬지 않았다.

셰프라인이 부도나고 고려증권이 부도나고 한라그룹, 영진약품이 부도나고 대우그룹이 쌍용차를 인수하며 더 큰 폭탄을 예고하고 경남모직, 동양어패럴이 부도나고 엘칸토가 화의 신청에 들었다.

IMF에서 들어온 1차 지원금 56억 달러는 월급날 직장인 통장처럼 흔적도 없이 사라졌고…….

옳다구나. 무디스는 한국을 투자 부적격의 나라로 도장 콱!

때는 바야흐로 1997년을 넘어가는 12월의 한가운데라.

가뜩이나 졸라 추운데 세상에 온통 스산한 바람만 불어온다.

숨이 껄떡껄떡 넘어갈 것 같은 한국.

마지막 한 방을 노리는 IMF.

IMF는 돈 한 방울이 절실한 한국 앞에 2차 지원금 융통을 두고 노골적인 딜을 걸어왔다.

자본 시장 전면 개방하라.

외국인 투자 한도(1인당 한도 50%로) 확대하라. 개인당 7%, 종목당 26% 한도(현행)

채권 시장 개방 확대하라

대기업 무보증, 보증 회사채 개방하라(10% → 30%)

대기업 무보증 CB투자 한도 확대하라(30% → 50%)

중소기업 무보증 회사채 및 CB 투자 한도 폐지하라.

최고 금리 확대하라(연 25% → 40%)

금융 기관에 대한 외국인 투자 대폭 허용하라.

대놓고 기업사냥하고 대놓고 이자놀이하겠다는 개소리를

지껄여 댔다.

웃한 한국은행이 그제야 금융 시장 안정을 위한 자금 지원을 발표하고 14개 종금사 관련 지원 7조 3,000억 원(은행, 종금, 증권)의 예산을 마련했다고 했으나 언 발에 오줌 누기라.

세계는 차근차근, 아주 착실하게 한국을 옥죄었고 그런 나라를 옆에서 지켜보고 있노라면 또 울부짖는 실직자, 중소기업 사장들을 보고 있노라면 내 속은 열불이 터져 올랐지만, 아쉽게도 아직은 나설 때가 아니었다.

더 기다려야 했다.

정부도, 기업도, 국민도 이번 기회에 확실히 깨달아야 했다. 밖은 정글이다. 어떤 놈들도 믿어선 안 된다.

이럴 때 나는 사법 시험의 마지막 관문이자 제3차 시험인 면접에 들어서고 있었다.

"자네는……!"

일렬로 6명 앉은 면접관 전부가 나를 단숨에 알아봤다.

공손히 인사했다.

이들이 내 학점 45점을 쥐고 있으니까.

"안녕하십니까. 장대운입니다. 뵙게 되어 영광입니다."

"자네도 응시했던가?"

"옙."

"사업한다고 바쁘지 않았나? 이번에 미국에 엄청난 규모의 소송을 걸었다고도 들었는데. 언제 시험을 다 봤던가?"

"청운의 꿈을 안고 법대에 진학한 이상 사법 시험은 꿈과 같은 일이라 놓칠 수가 없었습니다."

"그런가? 허어……"

"허허허허허."

"거참, 훌륭한 생각을 가졌군."

면접실의 분위기는 좋았다.

"어디 한번 볼까요? 성적이 어땠는지."

"그럴까요?"

"엇!"

"이거 원."

"세상에……."

"이 정도였던가?"

"허어…… 수석?"

"수석이요? 저도 어디 한번……!"

"정말이네?"

"그것도 엑설런트라고?"

"이것 좀 보십시오. 해석 전부에 근거를 적어 놨는데 페이지 어디 부분에 있는 내용인지까지 다 적어 놨습니다. 그뿐입니까? 사례에 대한 출처까지 일 점 다른 바 없이 완벽하다 쓰여 있습니다."

한참을 내 성적을 가지고 자기들끼리 왈가왈부.

그중 대표 격으로 보이는 이가 그나마 빨리 정신 차리고 나에게 물어왔다.

"자네 설마 이걸 다 외웠던가?"

"헌법의 1장부터 마지막 장까지 쓰시라면 지금 바로 쓸 수 있습니다. 민법, 상법, 형법, 국제법도 마찬가지고요."

"다 쓸 수 있다고?"

"다 쓸 수 있다고 자신한 이후에야 시험에 도전했습니다."

"그 정도로 공부한 건가?"

"진심을 다해 임했습니다."

"허어……."

또 자기들끼리 얼굴을 본다.

면접관 누군가가 말했다.

"문제와 답, 법에 대한 해석부터 사례까지 손댈 부분이 없다고 적혀 있습니다. 선택 과목이 아닌데도 법철학까지 완벽하게 익힌 것 같다는 평가입니다."

그것도 얼른 답해 줬다.

"법철학이야말로 법이란 상호 규약의 탄생 배경이자 근본 목적이라 봤기에 더 열심히 공부했습니다."

"그런 건가?"

"여기 보십시오. 민법, 형법, 소송법 해석과 적용에 있어서도 전부 막힘이 없다고 적혀 있습니다. 단연 빼어나다고요. 면접관 10년 동안 이런 극찬은 처음 봅니다."

입을 떡.

왠지 돌아가는 모양새가 나에게 너무나도 유리하게 보였으나 우두머리 면접관은 그럴수록 나를 매섭게 바라봤다.

"그렇다면 길은 두 가지로군."

“……?”

“이대로라면 사법 연수원을 들어야 할 텐데 사업체를 운영하면서 가능한 건가?”

“혹 그 문제가 크게 걸리시는 겁니까?”

“그렇지 않겠나? 최선을 다해도 힘든 분야가 바로 이쪽이라네. 어설픈 각오로는 길을 걸을 수 없어.”

흔히 나올 만한 질문이었다.

특히나 다른 직업을 가지고 오디션에 참가하면 백이면 백 다 이런 질문을 던진다. 참가자의 직업이 번듯할수록 더욱 노골적으로.

그 정도의 직업을 가졌으면서 뭐 하러 왔냐? 둘 중에 하나를 골라야 한다면 네 직업을 포기할 수 있더냐? 같은 구태의연한 질문들.

“무엇 때문에 우려를 품으신 건지 알 것 같습니다. 아주 익숙한 질문이기도 하고요.”

“익숙하다고?”

“전 7살 때부터 그 질문을 겪어 왔습니다.”

“아…….”

“사업체를 운영하면서도 학업 병행이 가능하더냐? 그런 머리를 가지고서도 어째서 학년 과정을 다 거치느냐? 나 같으면 검정고시 봤겠다. 어째서 연예계로 갔느냐? 과학은 왜 안 하고? ……보시다시피 전 음악으로 그래미를 휩쓸었고 사업으로 세계를 제패했고 학업으로도 전국 1등, 서울대 전체 수석을 거머쥐었습니다. 그리고 이 자리에까지 왔습니다. 절 겪어 보신 분들은 이제 제가 가능하다고 하면 온전히 믿습니다."

"가능……하다는 건가?"

"그런 우려가 있을 수 있어 먼저 법에 종사하시는 선배님들께 성의를 보이기 위해서라도 저는 남들보다 더한 노력을 했습니다. 지금 당장에라도 헌법, 민법, 상법, 형법, 국제법, 각종 소송법을 1페이지부터 쓰라 하신들 가능하게끔 말이죠. 맥만 짚어도 충분했지만 다 외웠죠. 그러나 더 이상의 노력을 바라신다면 그게 무엇인지 구체적으로 말씀해 주셔야 합니다. 그래야 저도 이 길이 제가 갈 길인지 아닌지 판단할 수 있겠죠."

"갈 길인지 아닌지라. 그 발언은 상당히 위험할 수도 있는데."

"위험한 발언은 제가 아닌 면접관님이 먼저 하신 것 같습니다. 잊으셨습니까? 언론과 정부 고위층이 절 이 나라에서 내쫓으려다 어떤 꼴을 당했는지."

"커흠흠."

"물론 제가 자초한 바도 있지요. 제 성향이 그렇습니다. 국가와 민족의 편에 선다면 그에 걸맞은 말과 행동을 하려 노력하고 누군가의 위험이 느껴진다면 오롯이 전달해 주는 편입니다. 시간이 지날수록 제 입에서 나온 말이 하나둘 이뤄지고 있기도 하고요. 저는 이 입을 이제부터 우리의 법을 위해 쓰고 싶은데, 어떠실는지요?"

"……."

"참고로 하나 더 말씀드리자면 전 이곳에 당도하기 전에

1997년도 행정 고시에서 수석의 자리를 차지했습니다. 누구보다 법을 잘 아는 자가 행정까지 두루 살필 수 있게 된 거죠. 특기란에 들어갈 항목이 하나 더 생긴 겁니다."

"행……정 고시까지 봤던가?"

"외무 고시도 보려 했는데 올해부터 부득이 날짜가 같더군요. 작년엔 다르게 보더니."

"허어…… 세 가지를 전부 패스하려 했다고?"

"법 공부하는 김에 겸사겸사로 넣었죠."

또 자기들끼리 쳐다본다.

다들 말도 안 된다는 표정을 짓길래 행정 고시 수석 합격자란 증거를 넘겨주었다.

우두머리는 이도 부정하려 했다.

"이건 행정 쪽으로도 갈 수 있다는 얘기가 아닌가."

"제가 지금 이 자리에 있는 이유를 자꾸 여쭈시는군요."

"그건…… 음, 이 질문은 내 취소하겠네."

"사실 그 질문도 익숙합니다. 행정 고시 쪽 면접관님들도 똑같은 우려를 하셨거든요. 가능하겠느냐?"

"크험험."

우두머리가 더는 안 되겠다고 헛기침을 날리자 옆에 있던 면접관이 미소 지으며 내 손을 들어 주었다.

"선배님, 우리가 아무래도 정말 100년에 한 번 나올까 말까 한 대천재를 보고 있는 모양입니다. 이제 인정해 주시죠."

"……"

"사법 연수원에 들어오는 것도 사실 개인의 선택이지 않습니까? 합격했다고 전부 들어오는 것도 아니고 나중에 들어오는 경우도 있으니 이만 하시지요."

"……그렇겠지. 지금은 법적인 소양만 봐야 할 때니."

"사실 그것도 줄줄 외워서 쓸 수 있는 사람에게 물을 만한 건 아닙니다. 법철학마저 마스터했다면 우리가 가르칠 건 아마도 실전밖에 없을 겁니다."

그제야 고개를 끄덕이는 우두머리였다.

"내 인정함세. 은연중 경쟁심이 돋았던 모양이야. 늙은이가 주책없이 말이야. 자네."

날 부른다.

"옙."

"내 바라는 게 하나 있네."

"말씀하십시오."

"평소 자네에 대한 관심이 많아 이것저것 찾아본 것이 꽤 되네."

"아…… 그러십니까?"

"능력에 관한 한 자네를 평가할 만한 사람은 세계를 통틀어서도 찾지 못할 거란 판단이네. 그런 자네가 내 앞에까지 오니 질투가 든 모양이야. 미안하네. 내가 주접을 떨었어."

"아닙니다."

"물론 이도 익숙하겠지?"

씨익 웃는다.

부정해 줬다.

"이토록 쿨하게 인정하시는 모습은 익숙하지 않습니다. 보통 설득이란 꽤 지난한 작업이니까요."

"맞네. 법이란 것도 결국 분쟁에서 꽃피운 것이라 그리 아름답지는 않다네."

"동감합니다."

"좋네. 앞으로 어떤 선택을 할지 모르겠지만 하나만 부탁함세."

"말씀하십시오."

우두머리라고 표현했던 게 다 죄송할 정도로 정신 차린 노법학자의 눈은 깊었다.

이런 게 짬에서 오는 바이브라는 건지.

수십 년 한곳에서만 진중히 종사한 달인의 포스를 마구 풍긴 그는 또 쿨내 풀풀 뿌리며 내게 이런 말을 했다.

"부디 사람들을 불쌍히 여겨 주게나."

모르겠다.

그냥 흘려들어도 될 말이건만 어째서 화살처럼 날아와 심장에 꽂힌 건지. 이후 며칠을 나는 그 화두에서 벗어나질 못했다.

사람들을 불쌍히 여기라니.

내가 무슨 악의라도 품었던가?

대체 무슨 이유로 그런 말을 내게 남긴 걸까?

대충 넘기려 해도 그럴 수가 없는 게 당시 날 향하던 그의 심유한 눈빛이 나를 계속 건드렸기 때문이었다.

뭔가 있는 것 같은…… 어쩌면 그 눈빛이 나를 놀라게 한 건지 모르겠지만, 하여튼 만만찮은 사람이었다.

"총괄님?"

"아, 예."

"계속할까요?"

"예."

"오성SDS와의 주식 교환을 마쳤습니다. 기가 스피드 10%와 오성SDS 주식 40%를 교환했고 그 외 사내 벤처에 대한 권리도 전부 양도받았습니다."

"순순히 주던가요?"

"한국에서 생산된 제품만큼은 인텔과 협의해 오성 메모리를 쓰겠다고 했죠. 성능 보장만 된다면 점차 늘리겠다고요."

"좋아했겠군요."

"미래도 예고해 줬습니다. 반도체 산업은 자본 집약으로 덩치가 더 커질 필요성은 오성도 인지하고 있는 터라 말하기 편했습니다. 지금 당장 파운드리 시장에 뛰어들기에는 위험성이 높고 2010년부터 기약하자고요. 그때까지 기반 기술을 확보하고 메모리 반도체 시장의 절대 강자가 되라고요. 오필승이 어디 가는 것도 아니고 더구나 오성전자 지분 10%를 가진 대주주가 아닙니까?"

"주머니에 돈 있을 때마다 오성전자 주식을 사 모은 게 힘을 발휘한 모양이네요."

"우호 지분이라는 걸 강조했습니다."

"좋아하던가요?"

"경계심은 남아 있겠지만, 겉으로 드러날 정도는 아니었습니다."

"잘됐네요. 이게 보고서인가요?"

"예."

오성SDS는 넘겨 버리고 웹글라이서만 봤다.

"으흠, 지분의 50%나 가지고 있던 거예요?"

"보니까 그랬습니다. 다른 벤처도 그렇고요."

"만나 보셨어요?"

"예."

"뭐라던가요?"

"하겠답니다. 다른 사람들도 그렇게 하고 있다는 걸 알려 주니 인정하더군요."

"하긴 검색 엔진의 권리마저 우리한테로 넘어왔으니 우리가 방해하면 오도 가도 못하겠네요."

"그게 가장 큰 이유 같습니다. 독립을 추진 중이었다는 얘기가 들리던데 완전히 무산된 거죠."

NABER 서비스 시작이 1998년 1월이었다.

1999년 6월 분사하며 독립한다.

"그런데 오성SDS에서 넘어온 이가 둘뿐이네요. 개발자가 열 명이라고 들었는데."

"예."

"그들의 권리도 다 양도받았나요?"

"돈 1억에 다들 도장 찍기 바빴습니다."

"넘어온 두 사람의 권리도 다 매입하세요. 이후 스톡옵션 5%를 약속하고 하겠다면 미국으로 보내세요."

"그 정도면 무조건 할 겁니다. 헌데 구글입니까?"

"맞아요. 서비스 개시를 잠시 미루고 페이지랭크 기술을 접목한 새로운 검색 엔진 개발에 들어가게 할 거예요."

"알겠습니다. 그리 조치하겠습니다."

"고마워요."

나가려던 이형준이 다시 몸을 돌렸다.

왜냐고 쳐다보니.

"아! 오늘 투표하셨습니까?"

"그럼요."

"누가 될 것 같은가요? 언론에선 이회찬의 승리를 점치고 있던데."

"김대준이 될 거예요. 제가 찍었어요."

"그런가요? 알겠습니다. 저는 이만."

나가는 이형준을 보는데 나도 잊었던 계획이 떠올라 정신이 번쩍 들었다.

"내가 이럴 시간이 없지. 오늘 아니면 기회가 없어."

전화기를 들었다.

몇 번의 통화음이 울리고 누가 받았다. 주변이 아주 시끄러웠다.

[여보세요?]

"장대운입니다."

[장대운……이요?]

"제 목소리가 변했나요? 기억 안 나세요? 성북동 기원."

[성북동 기원이라면…… 어! 그 장대운이 맞습니까?]

"예, 맞아요. 우선 조용한 곳으로 가시죠."

[아, 알겠습니다. 잠시만 기다려 주십시오.]

이동하는 소리가 들리고 주변이 금세 조용해졌다. 화장실인지 목소리가 울렸다.

[아이고, 이게 웬일이십니까? 제게 전화를 다 주시고.]

"축하드리고 싶어서요."

[축하요?]

"제가 김대준 후보를 찍었거든요."

[아, 감사합니다.]

"그게 아니고요. 대통령이 될 거라고요."

[예?!]

"지금은 혼자만 알고 계세요. 곧 대통령이 되실 테니 이제부터 그에 관한 준비를 하셔야 할 겁니다."

[아니, 그걸…… 어떻게…….]

"제가 된다고 하면 됩니다. 그래서 하나 부탁이 있어요."

[부탁……이요?]

"오늘 은밀히 만나게 해 주세요. 당선자와."

[아니, 저 그게…….]

"당혹스러워하지 마세요. 당선자에게는 아주 큰 선물이 될 테니. 나라가 어려운 거 아시죠? 현 상황을 이겨 낼 방법은 오직 저한테밖에 없어요."

[…….]

"전화 기다릴게요. 늦어도 좋으니 반드시 오늘 만나야 해요. 당신의 손에 나라의 운명이 달렸어요."

끊었다.

왠지 주사위부터 던진 것 같은 형국이었지만.

걱정은 1도 없었다.

김대준으로서는 기회.

나는 잡아도 그만, 안 잡아도 그만.

그러나 임기 내내 아무것도 못 하고 뼈 빠지게 남이 싼 똥만 치우다 끝나지 않으려면 무조건 날 만나는 게 좋을 것이다.

배성만도 마찬가지였다. 어느 날 갑자기 나타나 살길을 마련해 준 은혜를 잊지 않았다면 이 통화를 무겁게 기억해야 할 것이다. 안 그럼 김대준과 같이 거름만 만들다 끝날 테니.

"……."

이제 기다리는 것만 남았는데.

지금이 점심이 다가오는 오전이었다. 내 기억은 상대인 이회찬을 접전 끝에 누른다 했으니 밤이 되어야 결론이 날 테고. 만나려면 아직도 열 몇 시간 정도 남은 것.

뭘 할까?

아케이드 게임이나 할까 고개를 돌리는데 문이 벌컥 열리며 김연이 들어왔다.

"총괄님, TV부터."

"아, 예."

TV를 트니 휘트니 휴슨턴이 보였다.

김연이 채널을 돌리자 대통령 선거 관련 방송 와중 속보가 뜨며 페이트 스캔들에 관한 휘트니 휴슨턴의 기자 회견이 진행된다며 어떤 영상이 떴다.

왜 이런 걸 이 중요한 시점에 우리나라에서 비중 있게 다루나? 의문이 들었는데 1,000억 달러 천문학적 손해 배상 청구 소송이 자막으로 뜨는 게 보였다.

"……."

큰 선글라스를 쓴 그녀가 조용히 단상에 올랐다. 단상 아래엔 수십 명의 기자가 플래시를 터트리며 포진해 있었다.

그녀는 아무 말 없이 주변을 한 번 둘러본 뒤 선글라스를 벗었다.

이 간단한 행동 하나에 비명이 터졌다.

그녀의 오른쪽 눈이 시퍼렇게 부어올라 있었다.

≪페이트가 옳았어요. 남편은 신혼여행 때부터 폭력을 휘둘렀고 그때 제 볼에 난 상처는 그가 휘두른 주먹에 병이 깨지며 튄 조각이 얼굴에 박히며 생긴 상처였죠. 그날 처음 만난 페이트는 제 볼의 상처를 보자마자 징조라고 했어요. 당신의 남편은 당신의 이름이 높아질수록 당신에게 육체적·정신

적인 폭력을 가할 거라고요. 그건 사랑이 아니라고요. ……맞아요. 이런 일이 지속됐어요. 남편은 나를 외면하고 다른 여자들과 어울렸어요. 말리는 내게 폭력을 휘둘렀어요. 그러나 전 제 가정을 지키기 위해 애써 행복한 척했어요. 페이트가 고통받고 있는 걸 보면서도 외면했어요. 이제 더는 안 되겠어요. 페이트 미안해요. 난 정말 나쁜 여자예요. 부디 날 용서해 주세요.≫

쿵.

내가 현장에 없어서 잘은 모르겠지만 아마도 이걸 본 소송 당사자들은 하나같이 심장이 내려앉았을 것이다.

그렇지 않아도 인종 차별적 극악의 스캔들로 세계적 지탄을 받는 이때 페이트 스캔들의 근거가 됐던 휘트니마저 내가 옳았다고 실토했다.

어디 도망갈 구석이 사라졌다.

피식 웃는데.

김연도 같이 웃는다.

물어봤다.

"왜 웃으세요?"

"총괄님이 웃어서요."

"제가 웃어서요?"

"총괄님이 웃으니 저도 좋습니다."

"부끄럽게 왜 그러세요."

"알게 모르게 상처받아 오신 걸 저는 압니다. 정말 다행입니다. 정말 다행이에요. 총괄님."

눈시울을 붉힌다.

하긴 잡것들에게 당하는 걸 보며 얼마나 속상했을까.

그러나 지금은 좋아할 때다. 우리끼리 엉엉 울며 보듬어 주는 게 아니라.

"소송에 가속이 붙겠네요."

"연속 경사입니다. 행정 고시 수석에 사법 고시 수석에 지난 몇 년간 들러붙던 오명도 씻고요. 이번 1997년은 여러모로 뜻깊은 해가 될 것 같습니다."

"대신 나라가 망했죠."

"아…… 너무 좋아해선 안 되겠군요."

"환율 보셨어요?"

"총괄님 예측대로 미친 듯이 뛰고 있더군요. IMF가 이번에 자유 변동 환율제로 바꾸라고 했다죠?"

공식적인 IMF 체제가 되고 나서 우리나라는 그토록 고수하던 시장 평균 환율 제도를 변경, 자유 변동 환율 제도로 바꾸었다.

그 덕에 1달러당 원화 환율이 미래를 아는 내가 봐도 살 떨릴 정도로 치솟는 중이다.

기업은 무너지고 실직자들이 거리로 쏟아지고 나라는 전에는 듣도 보도 못한 IMF란 국제기구에 경제 주권을 빼앗기고.

원화 가치가 좋을 리 만무.

날마다 뉴스에서는 나라가 망했다느니 누가 무너졌다느니 죽는소리에, 실직자가 전년도 대비 얼마가 늘었고 또 얼마나 많은 기업이 구조 조정으로 직원들을 거리로 내몰지 모른다며 악담에 악담을 퍼부었다.

이때 국민이 느낀 불안감은 상상 이상이었다.

평생직장이라 하며 젊음을 바쳤건만.

하루하루가 좌불안석 가시방석.

그 가정들도 숨죽이며 피바람이 제발 우리 가정만큼은 비켜 나가길 빌었다.

너무나도 추운 계절이었다.

시릴 정도로 아픈 시절.

내 분위기가 무거워졌던지 김연이 얼른 다른 얘기를 꺼냈다.

"아 참, 타이타닉이 개봉한 거 보셨습니까?"

"그래요? 아…… 잊고 있었네요."

별로 와닿지 않는다.

영화 따위.

"요새 중요한 일이 참 많았지 않습니까? 잘되겠죠?"

"잘될 거예요. 근래 들어 그만한 영화가 없을 만큼요."

"그렇습니까? 참으로 다행입니다."

"다행이죠……."

"……."

"……."

"……."

"……."

"……."

"……."

더 무슨 말을 할까.

나라가 이 꼴인데.

아픈 사람 있는 집안에서 웃음소리가 담 넘는 걸 봤던가? 그런 집안은 친척 다 모인 설날에도 절 한 번 안 한다.

기쁨은 이렇듯 모두가 평탄해야 오롯이 누릴 수 있었다.

나도 그렇고 김연도 그렇고 같이 힘이 빠졌다.

점심 먹고 기분도 꿀꿀해 같이 드라이브나 하고 같이 또 저녁 먹고도 당최 마음이 잡히지 않아 먼저 퇴근시켰다.

오필승 그룹 전부 다 퇴근시키고 나 홀로 자리를 지키며 아무도 없는 어두운 공간을 응시했다.

전화가 와야 할 텐데.

전화가 올까?

만일 안 온다면 나 혼자 처리해야 하는 건가?

이럴 줄 알았다면 배성만에게 더 강하게 경고할 걸 그랬나?

별별 생각이 다 들고.

"굳이 외무 고시까지 볼 필요 있나? 사법이랑 행정 다 붙었는데."

생각은 어느새 내년 시험에까지 이어졌고 활동도 또한 어떻게 이어 가야 하나 괜히 살펴보기도 하고 내일은 그 사람이나 보러 인천 대학교로 갈까 싶기도 하고.

에이씨.

"술이나 한잔할까?"

소주 한 병 사러 나가려다 오는 전화는 못 받으면?

전화가 와도 문제였다.

대통령 당선인과의 첫 만남부터 술 냄새나 풍기를 꼴이니.

"에휴~ 다른 방법이 없네. 기다리는 수밖에."

가만히 기다리길 얼마나 됐을까?

깜빡 잠이 들었나 보다.

잠결에 무슨 소리가 들리는 것 같아 눈을 떴는데 전화벨이 울리고 있었다.

본능적으로 잡아 귀에다 댔다.

"여보세요?"

[접니다. 배성만.]

눈이 번쩍.

[당선되셨습니다. 정말로. 당신 말대로.]

"……그렇군요."

[바로 오십시오. 세상 누구보다도 제일 먼저 만나야 한다고 말씀드렸습니다. 허락도 받았고요.]

"어디로 가면 되나요?"

Chapter 110

Chapter 110

누군 떨어지고 누군 붙고. 누군 웃고 누군 울고.

이런 게 경쟁 사회라면.

선거는, 특히나 대통령 선거는 승리와 패배가 너무나도 극명하게 나뉘는 현대의 서바이벌 오브 서바이벌이었다.

총 투표자 수 26,042,633명. 전국 투표율 80.7%

승자는 득표율 40.27%에 득표수 10,326,275표.

김대준이 1.53% 차, 약 39만 표의 차이로 당선인이 되었다.

그러나 두 입장의 차는 비교조차 할 수 없었다.

한 명은 대한민국 15대 대통령이 됐고 다른 한 명은 재야로 돌아가야 했으니.

"……."

천지개벽한 일이 벌어진 것과는 달리 노오란 가로등이 밝히는 서울의 밤은 무척이나 고요했다.

아무 일이 없는 것처럼, 모든 것이 신기루인 것처럼 묘한 매력으로 나를 끌어당겼고 그 끝으로 이대로 죽어도 상관없을 것 같은 짙은 허무함을 느끼게 하였다.

"……."

모르겠다. 갑자기 왜 이런 감성이 다가오는지. 뜬금없이.

차량은 나의 이런 심정과는 관계없이 도로를 달렸고 원하든 원치 않든 출발한 이유, 목적지에 다다르게 하였다.

왠지 일어나기 싫었지만.

"어서 오십시오. 기다리고 계십니다."

내가 도착한 걸 본 배성만이 나를 이끌었다.

그의 인도에 따라 작은 문을 넘었고 다시 세 개의 문을 더 넘어서야 나는 내가 보고자 한 인물과 마주할 수 있었다.

"어서 오시오. 페이트."

장대운이 아니라 페이트? 일단 인사는 건넸다.

"축하드립니다."

"고맙소. 내 배 실장에게 들었소. 오전에 전화해서 당선을 예고했다지요?"

"그렇습니다."

"다짜고짜라 미안하긴 한데, 하나 물어봅시다. 배 실장이 예전 신세 졌다는 얘기는 들었지만 사실 이렇게 만나는 건 전혀 다른 차원의 문제가 아니오? 특히나 오늘이라면 여러모로 구설수에도 오를 수 있고. 그런데도 배 실장은 오늘 무조건 그대를 만나라고 하였소. 내가 왜 그래야 하는 거요?"

"……."

피곤함이 몰려왔다.

만나자 한 건 분명 나였으나 본인도 만나러 와 놓고 자기가 만날 이유를 묻는 건 또 뭔지. 그냥 내일 만날 걸 그랬나?

가뜩이나 의욕 저점인데 눈앞 이 사람은 세상을 다 가진 것처럼 기선 제압이나 하려 한다. 상황이 어떻게 돌아가는지도 모르나?

이래선 안 되는데. 내가 참아야 하는데.

말이 곱게 나가지 않았다.

"이유를 물으시는 걸 보니 당선인께서는 아직 사안의 중요성에 대해 전혀 인지하지 못하셨나 봅니다. 이 나라에서 나만 오늘이 중요하다 생각하나 봐요."

"뭐라고요?"

발끈하든 말든 가만히 대기 타던 배성만에게 시선을 돌렸다.

"내 분명 오늘 바로 이 나라의 운명이 걸려 있다고 전제를 깔았는데 옳게 전달 안 했나요?"

배성만은 내 시선과 마주치자마자 얼른 김대준에게 틀었다.

말했다는 것.

"말했다는군요. 말한 거네요. 말했는데도 말을 질질 끌었다는 거네요. 일단 알겠습니다. 배 실장님은 오늘로써 빚이 전부 탕감됐습니다. 고생하셨어요."

"이보. 지금 내가 보이지 않으오?"

"보이죠. 그깟 대통령 자리가 그리도 대단하십니까? 5년이면 바뀔 얼굴인데."

"뭐요?!"

"당신은 개인의 자존심보다 중요한 게 없습니까?"

"아니, 이 사람이……."

"거두절미하고 앞으로 당선인이 해야 할 일을 나열해 보죠."

"뭐, 뭐요?"

"겸손하게 들으세요. 김영산 꼴 나고 싶지 않으면!"

"……."

"구걸하고! 구걸하고! 또 구걸하고 계속 구걸하러 다녀야 할 겁니다! 임기 내내 나라 곳곳에 처발린 빚 갚느라 세간살이 다 팔아먹고 탈탈 털려서 10년은 더 늙어 버릴 겁니다. 30년 정치 인생 하고 싶은 거 하나도 못 하고 그렇게 5년이 날아가 버릴 거란 말입니다. 알아들으세요?!"

"……!"

"바깥에 있는 새끼들이 지금 한국 정부에 뭘 시키고 있는지 모르십니까? 구조 조정 하라느니 금리를 올리라느니 안 망해도 될 회사 죄다 망가뜨리고 헐값에 주워 먹을 작정이란 말입니다. 그거 보고만 계실 겁니까?! 진정 보고만 계실 생각입니까?! ……이런이런이런, 아니군요. 당연히 보고만 있어야겠네요. 돈 한 푼 없는 거지니까."

"……."

노려보나 나도 이미 건넌 강이었다.

그리고 이런 일이 설득한다고 될 일인가?

절실히 덤벼도 될까 말까인데.

더군다나 내가 퍼 준다 한들 활용하는 자가 나사 빠졌다면 밑 빠진 독에 물 붓기였다.

한참을 나와 눈싸움하던 그는 결국 자세를 풀었다.

"흐음, 내 익히 그대의 위명에 대해서는 알고 있었소. 얼마나 대단한지."

"그러십니까?"

"자, 그만하고 이제 본론으로 갑시다. 나도 그대도 사안이 급한 건 알고 있잖소. 나도 인정하오. 이 건은 당장 어떻게 할 방법이 없다는 걸."

"그래서 어떻게 하실 작정입니까?"

"뭘 묻는 거요?"

"어떤 활동을 하실 거냐고요? 돈 구하기 위해."

"그야…… 일본부터 돌아봐야겠지."

"그럴 줄 알았습니다. 아직도 여전히 눈 감고 귀 닫고 일본을 믿으시는군요."

"뭐요?"

"물론 여태 도와준 사람들을 잊어선 곤란하겠죠. 그런데 그 고마움이 나라 곳간을 털어 줄 정도입니까?"

"그게 무슨 소리요?"

"이 IMF가 촉발된 게 누구 때문이라고 생각하세요?"

"……."

"……."

"설마 일본이라는 거요?"

"그렇습니다."

"말도 안……."

"내 말이 의심스럽다면 동남아에서 위기가 고조될 때 가장 먼저 움직인 나라를 살펴보세요. 그 나라는 우리나라에 있던 자기네 자금을 유예도 주지 않고 일거에 빼 버리며 세계 은행들에 경고를 날렸어요. 한국은 불안하다. 만기 연장해 줬다간 돈을 날릴 것이다."

"……!"

"한국 잘못도 있겠죠. 수없이 경고했음에도 말 안 듣고 제멋대로 날뛰었으니까요. 하지만 그렇다 한들 결코 이 사태까지 올 일은 없었습니다. 그놈들이 먼저 불안을 조성하지 않았다면."

"믿을 수 없……."

"알아보시면 될 거 아닙니까. 한국에서 돌던 자금을 가장 먼저 뺀 놈들이 누군지. 그리고 IMF에서 지원된 1차 지원금을 독식한 놈들이 누군지. 뺀 돈을 지금 어디에다 뿌리고 있는지."

제일 간악했다. 제일 악랄했다.

누구보다 빨리 위기를 파악했으면서 이웃인 우리 정부에는 알려 주지도 않고 채무를 상환하라 독촉했고 갚은 돈도 일부러 달러로만 교환해 갔다.

한국은 현재 이런 상황이었다.

어느 날 아침에 일어나 보니 뉴스와 신문에서 온통 난리가 났다.

삼미, 기아, 뉴코아, 대농, 나산, 극동, 동아, 쌍방울, 해태 같은 대기업들이 줄줄이 쓰러지고 경기은행, 동화은행, 보람은행, 서울은행, 제일은행, 외환은행, 한일은행 등등 은행들마저도 줄줄이 쓰러질 판이다.

이뿐인가. 대기업들이 무너지자 그 아래에 존재하던 수백 수천 개 중소기업이 줄줄이 도산해 버리고 얼마 전까지만 해도 1달러에 800원이었던 환율이 2,000원이 되고 앞으로 3,000원, 5,000원이 될 거라는 전망이 나온다.

나라 전체가 부도가 나 넘어가게 생겼으니 당연히 주식과 부동산은 수직으로 곤두박질쳤고 불안해진 사람들은 현금 확보를 위해 가진 주식과 자산을 처분하기 시작하는데, 30억을 줘도 못 사던 강남 노른자 물건이 10억에 내놓아도 가져가질 않는다. 오히려 그것보다 더 싼 급매 물건들이 넘쳐 난다.

대폭락.

어제까지 잘나가던 대기업들이 쓰러지고 그 대기업에 납품하던 중소기업들은 물건값을 받지 못해 부도가 나고 그 아래 하청 업체들도 연쇄 부도가 난다. 건실하다 칭찬받던 중소기업 사장들은 일순간에 빚더미에 앉아 도망자 신세가 되거나 하루 일당을 위해 새벽 노가다 판에 뛰어들어야 한다.

총체적인 난국에 정신적 충격과 좌절감을 이기지 못한 이들은 한강으로 가거나 달려오는 지하철로 뛰어들고.

별 노력을 하지 않아도 4년제 대학만 나오면 자동 취업이던 길도 끊기고 그곳에서 일하던 수만 명의 직장인 역시 일방적인 해고 혹은 명예퇴직을 당한다. 모두가 무시하던 박봉의 말단 공무원 자리를 놓고 실직한 CEO부터 박사 학위를 가진 자들까지 피 터지는 경쟁률에 녹아 버리고 무시하던 환경미화원도 모두가 바라는 꿈의 일자리가 된다.

경험이 없었기에. 너무나도 처절하게 당한다.

"이제까지는 대출금의 만기가 도래해도 연장해 주는 게 통상적이었죠. 한국은 수출도 좋고 경제도 튼튼했기에 신용 평가사들도 AA등급을 주기에 머뭇대지 않았고 그만큼 안정적이었습니다."

"……."

"동남아가 무너졌다고는 하나 태국이나 인도네시아, 말레이시아와는 상황이 달랐고 우리 경제 펀더멘탈은 전혀 문제가 없었습니다. 그런데 갑자기 생각지도 못한 일본에서 치명적인 공격이 들어옵니다. 한국에 투자한 모든 자본에 대해 원금 상환을 요구하며 국제 사회에서 한국을 순식간에 신용 불량자로 만들어 버리죠."

"그럴 리가……."

"대통령이 멍청하면 나라가 망한다는 얘기라고요! 좀 들으세요!!"

콱 소리를 질렀다.

"……."

"얘기 더 해도 됩니까?"

"……하시오."

"갑작스러운 일본의 통보에 한국은 사절단까지 보내 그러지 말라고 부탁하건만 당장 갚지 않으면 부도 처리가 될 거란 말만 듣고 옵니다. 결국 김영삼 대통령은 앙숙이던 박태준 자민련 총재까지 일본에 급파합니다. 어땠을까요?"

"……."

"직접 만나 물어보십시오."

"……."

"그뿐입니까? 저 멀리 스위스 취리히 애널리스트 중 한 사람도 이 사태를 보고 이렇게 얘기했습니다. '한국은 다른 누군가가 중심 역할을 하는 것을 싫어하지만 결국 미국의 한국 지원 패키지가 결정적 역할을 할 것이다.' 이게 IMF죠. 과거 36년간 식민지 통치를 받은 경험이 우리의 독립성 키웠다고는 하나 벼랑 끝에 서면 결국 미국에 손을 내밀 수밖에 없을 것이라는 걸 미국인들은 이미 알고 있다고 경고했죠."

"그 말은……."

"아직도 모르십니까? 아시아 외환 위기가 미국의 승인 없이 될 것 같습니까?"

"……미국까지 관여됐던가."

힘이 풀리는지 탁자를 탁 짚는다.

일본이 안 되면 미국에 가서 빌릴 심산이었는지 충격이 커

보였다.

아무렴.

"이 시점 한국 경제의 일본 의존도는 얼마나 될까요?"

"……."

"한국이 갚아야 할 외채 중 단기 외채의 대부분이 일본에서 고리로 넘어온 겁니다. 우린 일본을 너무 믿었어요. 무방비로 문까지 열어 둔 채 말이죠."

"……!"

"이게 다 누구 때문입니까?! 일본 돈 처먹은 놈들 때문 아닙니까!"

"……!!!"

그제야 김대준의 주먹이 불끈 쥐어졌다.

"일본 자금이 빠져나간 후 한국 경제는 급속히 무너졌습니다. 그리고 마침내 미국이 주도하는 IMF에 지원을 요청했습니다. 보십시오. 이 얼마나 잘 짜인 시나리오입니까? 이런 상황인데도 한국이란 나라의 수뇌부는 아직도 꿈을 꾸고 있습니다. 정녕 이렇게밖에 못 하는 겁니까?"

"……."

"지금 일본이 하는 짓을 보십시오. 서양의 어떤 은행보다도 원금 상환 압박이 악랄합니다. 그 때문에 한국은 울며 겨자 먹기로 IMF의 무리한 요구를 수용해야 했고요. 그렇게 어렵게 수혈받은 돈을 일본이 가장 먼저 빼 갔습니다."

빠드득.

"이도 S&P의 담당자 존 체임버스라는 사람이 증언합니다. 불과 1개월 만에 일본으로 빠져나간 달러가 50억 달러가 넘는다고요. 앞으로 더 빠져나갈 거라고요."

"……말해 주게. 진짜로…… IMF 사태가 일본 때문에 생긴 거란 말인가?"

"벌써 두 번이나 비슷한 내용을 반복했는데 아직도 믿기지 않으십니까?"

"확인해 주게. 부탁이네."

"예, 맞습니다. 일본이 그렇게 가게끔 움직여서 IMF가 생긴 겁니다. 누가 봐도 한국이 곧 망할 것처럼 보이게 했잖습니까. 너도나도 앞다투어 원금을 상환하라 달려드는 상황을 일부러 만든 거잖아요. 교활하고도 악랄하게 말이죠. 더 열 받는 게 뭔지 아십니까?"

"뭔가?"

"그렇게 닦달하여 창자를 끊는 심정으로 지원받아 갚은 돈을 본국으로 가져간 게 아니라는 겁니다."

"으응? 그게 무슨 소린가?"

"그 돈으로 지금 헐값이 된 한국의 부동산과 주식을 사들이고 있단 말입니다. 당선인이 그렇게 믿는 일본 놈들이요."

"뭐라고?!"

벌떡 일어난다.

놀랄 노 자일 것이다. 내 마음도 그랬다.

원역사의 상황이 조금만 더 일본의 의도대로 진행되었더

라면 어떻게 됐을까?

아마도 일제 강점기 시절 침탈당했던 것보다 더 많은 땅과 재산이 날아갔을 테고 우리 한국을 자기 입맛대로 좌지우지했을 것이다.

그들이라면 충분히 그러고 남는다.

그러나 일본이 간과한 건 한국 국민이었다.

한국은 위기 시 국민이 일어난다. 분연히 떨치고 일어나 군부 독재에 맞섰고 가당치도 않은 국정 농단에는 촛불로 싸웠다. 금 모으기 운동 같은 수많은 자발적 희생이 벌어졌고…… 당시 350만 명이 참여해 금 227톤을 모은다. 한국 정부의 금 보유량이 겨우 10톤이라는 걸 감안했을 때 이도 얼마나 기가 막힌 숫자인지. 이걸 또 중간에서 해 먹은 놈들이 있었으니 젠장.

2018년 겪은 일본의 수출 규제도 같은 맥락이었다. 한국에 넣은 자금을 일시에 빼면 한국이 다시 IMF 시절처럼 흔들릴까 싶어 덤빈 것.

그러나 한 번 당하지 두 번 당할까. 3,700억 달러의 외환 보유고와 최첨단 기술력을 가진 한국은 오히려 일본을 갈아 버린다. 웃긴 건 그런 시절에도 정치와 언론은 여전히 일본 빨기에 여념이 없었으니 오호통재라.

그제야 사태가 보이는 듯 김대준은 침중해졌고 생각에 들었다.

그도 이미 알고 있을 확률이 높았다.

그럴 리 없다며 외면하였을 뿐.

그래서 걱정은 덜했다.

지금 그에게 필요한 건 직시할 용기였으니…… 정황과 증거는 주변에 넘쳐 났고 곧 권좌에 오를 그는 알기 싫어도 진실과 마주칠 것이다.

주먹이 몇 번씩 쥐었다 펴졌다가 반복되고 있었다.

욱 올라오나 보다.

다행이었다. 뼛속까지 썩은 일본빠가 아니라서.

'몰라서 당한 거야.'

몰라서 그런 것이다. 몰라서 안일하게 판단하고 대처한 것이다.

그도 이번 정부도. 결국 시간문제인 것.

5분도 지나지 않아 그의 입이 열렸다.

"그래서 어떻게 해 달라는 건가?"

"김영산과 만나세요."

"그이와 만나라고? 만나서 대체 어쩌라는 건가?"

"은행 전부를 나에게 맡긴다는 약속을 받아 주세요. 망하게 하든 살리게 하든 아예 흡수하든 상관 안 하겠다고요. 전권을 말입니다."

"은행 처분에 대한 전권을?"

"따지고 올라가다 보면 은행이 정권과 기업과 결탁하는 바람에 이 꼴이 난 거잖아요. 은행부터 돌이키지 않으면 더 많은 기업이 쓰러질 겁니다. 김영산의 서명을 받아 주세요."

"……이 건은 지금 당장 할 수 없어. 나도 고민해 봐야 할 부분이고."

"탄핵한다 하세요. 국가와 민족을 도탄에 빠뜨린 죄, 퇴임 후 탄핵으로 갚겠다고요."

"자네……."

입을 떡.

"싸우다 패한 것도 아니고 경계에 소홀히 하다 털린 거잖아요. 사형당해도 변명거리가 없겠죠."

"으음……. 아니아니아니, 그게 해결책이 아니잖나. 자네는 아직 내게 어떻게 해결할 것인지 제시하지 않았어."

"제 호주머니에 1,000억 달러가 있습니다."

"뭐?!"

"작년 여름부터 꼴이 심상찮음을 눈치채고 준비해 온 금액입니다. 그래서 겨울에 국가 체질을 개선해야 한다 소리도 질렀고요. 올여름엔 환율 제도라도 손보라고 했어요. 위기가 다가온다고. 모두 다 무시했죠. 그때 무시했던 놈들 다 어디에 있나요? 이제는 당선인이 가만히 계셔도 내가 가만히 안 있습니다. 국가 위기를 옳게 알리지 않은 공무원부터 언론, 정치까지 전부 다 박살 낼 겁니다."

"……."

입을 꾹.

"어려울 것 같습니까? 아! 자금에 대한 진위 여부는 걱정 마세요. 미국의 금융 기관이 보증해 줄 테니까."

"……."

"그래도 대답이 없으시네요. 좋아요. 그렇다면 내 나름대로 움직이는 수밖에 없겠죠. 그러나 각오하셔야 할 겁니다. 1,000억 달러의 기금이 한국을 때릴 거예요. 아니면 단돈 1달러도 지원하지 않겠죠. IMF에 털리는 조국을 보며 비웃든가."

"……잠깐, 잠깐, 잠깐."

"……?"

"김영삼이도 이 사실을 아나?"

"정부 인사 중 제 손에 달러가 있는 걸 모르는 사람이 있을까요? 정확히는 몰라도 상당한 금액이라는 걸 파악하고 있을 거예요. 이 정도일 줄은 모르겠지만."

"그럼 어째서 자네한테 도움을…… 아니군. 도움을 청했다면 IMF가 오지도 않았겠지. 이런~ 바보 같은 고집쟁이를 봤나."

"갱생의 여지가 없죠."

"허어……."

"어떻게 하실 생각이십니까?"

"너무 재촉하지 마시게. 나도 충격받았으니까."

"예, 기다려 드리죠."

잠깐 목을 축이려 물컵을 드는데.

"미리 말함세."

"예."

"지금 한국은 그 돈을 수용할 능력이 안 돼."

"걱정 마세요. 대책은 준비해 놨으니까."

"해결할 방법이 있다는 건가?"

"온통 한국에 유리한 조건뿐이죠. 정부 시책에 대한 강제성도 없고요."

"……."

"……."

"……."

"……."

"……그럼 자네에게 불리한 거래가 아닌가? IMF만 봐도 고작 550억 달러 빌려 주면서 1차니 2차니 돈 줄 때마다 올무를 걸고 있어."

"그러니 은행에 대한 생사여탈권을 달라는 겁니다. 일정 부분 손익을 보전하면서 이번 기회에 금융업 전반에 관해 싹 뜯어고쳐 놓으려고요. 당선인은 서민들이 어째서 금융에 가까이 못 가는지 아십니까?"

"그야……."

"금융기관이 발행하는 약관을 보신 적 있으세요?"

"자세히 본 적은 없네."

"온통 못 알아들을 내용만 가득합니다. 법전도 아니고 고작 규약일 뿐인 것이 뒤틀고 꺾어 계산기로 두드려도 못 알아듣게 해 놨어요. 마치 비밀을 알아선 안 된다는 듯이요. 전 이것부터 다 박살 낼 겁니다. 지들이 뭔데 지식으로 우위를 가지려고 하죠? 세계 금융이 어떻게 흘러가는지도 캐치 못 하는 것들이."

"그럼 그 많은 돈을 그렇게만 쓰겠다는 건가?"

"못 쓸 이유가 없잖아요. 내 나라가 공격당하고 있는데."

"허어……."

1,000억 달러 융통에 약간의 조건이 붙긴 했지만 달리 말하면 1,000억 달러에 대한 융통인데도 겨우 그 정도 조건이었다.

하이에나 같은 IMF가 내건 조건이랑은 비교도 안 되고 악랄하게 구는 일본에도 빅엿을 날릴 찬스.

세 살 먹은 아이도 알아차릴 반전의 기회였다. 이걸 놓칠 노회한 정치인은 없었고 김대준은 그중에서도 최상위급.

비밀스러운 만남은 여기에서 끝났지만.

다음 날이 되자마자 김대준은 언론과의 인터뷰에서 당선인으로서 김영산과 현 사태에 대한 일대일 대담을 요구하였고 받아들여지자마자 청와대에 입성하였다.

"어서 오시오. 당선을 축하합니다."

"감사합니다. 면담 요청을 받아 주셔서 감사합니다."

하며 시작한 약 2시간의 비밀 회담.

이 와중에도 무디스는 장기 외환 신용 등급에서조차 한국을 Ba1(투자 부적격)의 나라로 찍어 버리고, 미국에서는 립튼 재무부 장관이 상황을 중재한다며 실실 쪼개는 얼굴로 입국하고, 우리 재무부는 금융 기관 외채 만기 연장을 위한 정부 지급 보증의 국회 동의를 얻기 위해 뛰어다니며 정부가 자본 시장 개방 가속화와 금융 구조 개편 등 IMF 측이 강력히 요구하는 경제 개혁 조치의 이행을 확약하는 의향서를 보내기 바빴다.

환율이 드디어 2,000원을 돌파하였고 버티다 못한 국공채 시장 등 채권 시장이 전면 개방되려는 찰나.

이 중요한 때 김대준의 제안으로 나와 김영산, 김대준이 한 자리에 모여 서로의 얼굴을 바라보았다.

늙어 버린 김영산.

장대운이라는 동아줄에 희망을 품은 김대준.

이 자리가 무척이나 권태로운 나.

서로 마주하기 껄끄러운 얼굴들이었으나 나와 김대준은 멀쩡했고 김영산은 그나마 남은 대통령직이라도 사수해야 했으니 결국 결과는 정해져 있었다.

"우리가 왜 이렇게 됐는지 모르겠군."

"……."

"……."

"우린 잘 지내지 않았나?"

"개인적으로 유감은 없습니다."

"그렇군. 개인적으로는 유감이 없겠지."

아주 유감스러운 어투다.

웃어 주었다.

"내가 원망스럽습니까? 물에 빠진 사람 건져 놨더니 보따리 내놓으라는 격도 아니고. 대통령으로서 대통령답게 행동하셨으면 이런 자리는 절대로 만들어지지 않았을 텐데요."

"……."

입을 꾹.

회피한다.

웃기지 마라. 나는 이제 시작이다.

"그깟 OECD 가입이 그렇게 중요하셨습니까? 그깟 1만 달러 돌파가 그리도 달콤했습니까? 가만히 놔둬도 3만 달러, 4만 달러 돌파할 나라를 이 모양으로 만들 만큼요?"

"……."

"하지 마시라고 했잖습니까. 가만히 있으라고 했잖습니까? 애들 좀 단속하라고 몇 번이나 경고했지 않습니까? 왜 그렇게 말을 안 들으세요. 모르면 모르는 만큼 겸손해야지요. 무식이 날뛰니 나라가 이 꼴이 되지 않습니까."

"크음……."

"그만하시게. 이 꼴을 원한 사람이 세상에 어딨겠나?"

보다 못한 김대준이 말린다.

"그게 무슨 말도 안 되는 말씀이세요? 나라 망하게 해 놓고 나는 그런 의도가 없었다고요? 사람 죽여 놓고 아니라면 끝나는 겁니까?"

"그건……."

"국민 앞에 석고대죄해도 모자랄 사람이 아직도 대통령이라고 거드름 피우고 있는 꼴을 보면 그 아들부터 집안 전체를 죄다 박살 내고픈 마음밖에 안 듭니다."

내 엉덩이가 들썩들썩하자 김영산이 한 손을 들었다.

"……그래, 내가 사과하면 되겠나?"

"당연히 해야 할 일을 해 준다는 식으로 말씀하시네요. 아직 정신이 안 든 모양입니다."

"아니네. 다 알아들었네."

"국민 전체가 보는 앞에서 무릎 꿇고 머리를 조아리세요. 건방지게 담화문 같은 거로 끝낼 생각 말고. 다 죽여 버리고 싶은 걸 꾹꾹 눌러 참고 있는 겁니다."

"……알았네."

더 쏘아붙이고 싶었으나 이만 참았다.

하얗게 센…… 흐트러진 김영산의 머리칼을 보고 있노라니 마음 한켠으로는 불쌍한 마음도 들었다.

그래, 이미 벌어진 일. 열 올리면 뭘 할까. 혈압 올려 봤자 나만 스트레스다.

자본주의 사회니만큼 자본주의식으로 접근하면 된다.

"이 순간부터 당신이 할 일은 없습니다. 거기에 사인이나 하고 떨어지세요. 혹시라도 경고하는데 밖으로 기어 나와 뭐라도 할 셈이면 관두세요. 아무것도 하지 마시고 조용히 여생이나 살다 가세요. 내 눈에 띄는 순간 시궁창에 빠져 죽고 싶다는 거로 간주할 테니까."

"……."

"자자, 그만하고 일이나 진행하세. 다시는 소를 잃어선 안 되지 않겠나. 외양간부터 튼튼히 고쳐야지."

"알겠습니다."

"……."

협약서를 김영산 앞으로 가져다 놨다. 제일 먼저 사인하라고.

현 대통령이기도 하여 순서상으로도 맞는데 지금은 상황

이 달랐다. '니가 먼저 사인해.'였으니까.

착잡한 표정으로 펜을 집는 김영산.

본래 성격이라면 절대로 동의 안 할 것이나…… 어쩌면 이미 판을 뒤집고 길길이 날뛰었을지도 모르겠다.

하지만 탄핵이 걸려 있었다. 탄핵당한 최규아, 전두한이 지금 어떤 꼴이 되어 있는지 우리 시대는 두 눈으로 봤다.

최규아는 조금 덜하지만, 경호원이 사라진 전두한은 바깥 출입을 아예 못했다. 한 발짝이라도 나갔다간 광주 어디선가에서부터 밀가루와 달걀이 날아든다.

경찰 출동도 한두 번이고 밀가루, 달걀 투척한 사람도 돈 몇만 원이면 풀려나 다시 또 뿌리고 욕해 댄다. 그쪽은 사람 사는 꼴이 아니다.

그 꼴을 보며 가장 많이 혀를 찬 사람이 김영산이었다.

"왜 사인 안 하세요? 실직자들과 그 가족들이 달려오는 장면이 안 보이시나요?"

"커흠흠."

"잊지 마세요. 탄핵당하는 순간 나도 가만히 안 있을 거란 걸. 나라를 망친 일반인 따위에게 돌아갈 온정은 없을 겁니다."

"……!"

"이 사태에서 유일하게 좋은 점은 당신 때문에 그동안의 내 지론이 바뀌고 있다는 겁니다. 정치는 정치인에게 경제는 경제인에게 맡기자였는데 맡겼더니 꼴같잖은 짓만 저지르고 다니네요. 더는 안 되겠어요. 잘못하고 부정부패 저지르면

패가망신하는 꼴을 보여 줄 거예요."

"알았네. 그만하게. 내 자네 시키는 대로 전부 할 테니."

협약서에 사인한다.

제15대 대한민국 대통령 김영산.

김대준도 사인했다.

제16대 대한민국 대통령 당선인 김대준.

이제 내 차례였다.

수식어 하나도 없는 장대운.

총 네 명이 사인하게 돼 있는 협약서에는 한국은행 총재의 사인이 미리 들어가 있었다.

눈치챘다시피 이번 지원금 성격은 DG 인베스트의 이름도 아니고 오필승 그룹의 이름도 아니고 어느 개인 독지가의 이름으로 들어가게 됐다.

"하나 여쭤봐도 될까요?"

"그러게."

"어째서 700억 달러만 적으셨나요? 1,000억 달러도 괜찮다고 했는데."

"그 1,000억 달러를 다 쓰겠다는 것인가? 그럼 자네는 어떻게 하고? 아! 방금 그 말은 자금이 더 많다는 건가?"

"쿨하게 지원할 금액이 1,000억 달러라는 거죠. 독하게 마음먹고 영끌하면 지금이라도 어지간한 나라 몇 개는 날려 버릴 수 있습니다."

살짝 허세를 부려 줬다.

이들은 절대 알 수 없는 일일 테니.

현재 내가 움직일 수 있는 돈의 한도는 1,200억 달러였다.

이 돈을 DG 인베스트의 지분 97%를 담보 잡아 개인적 명목으로 빌렸을 때 약 1,000억 달러가 나온다.

이런 식으로 어렵게 돌아간 이유는 앞으로 세울 민족은행의 지분 때문이었는데 외국 자본이 들어올 틈을 원천 봉쇄하려는 뜻이 컸다.

순수 국내 자본으로 만들어진 은행.

나는 앞으로 이걸 대대적으로 홍보할 생각이었다.

다른 은행에 돈을 맡기면 우리나라를 공격한 외국인들에게 배당금이 돌아간다고. 그 꼴을 두고 볼 거냐고?

그래서 여차저차하여 개인 자격으로 참여하게 되었다.

"700억이면 되네. 그거면 우린 다시 회생할 수 있어."

"좋아요. 그럼 대우그룹은 어떻게 하실 생각이죠?"

"내가 취임하는 순간 대대적인 조사가 들어갈 것이네. 분식 회계고 뭐고 전부 끄집어내 법 앞에 서게 하겠어."

"출국 금지부터 하세요. 그 양반 놓치면 죽을 때까지 한국에 안 들어올 거예요."

"명심하겠네."

"알겠습니다. 그럼 현재가를 기준으로 한국은행이 보증을 선다 맞습니까?"

"오늘 날짜가 12월 24일이니 환율이 2,050원이라네."

"2,000원으로 하시죠. 딱 끊어서."

700억 달러, 2,000원.

140조 원.

여기에서 50원은 3조 5천억 원이다.

이 계약은 한국은행 보증으로 한국이라는 국가와 맺는 것이다. 지원한 달러를 현재 가치의 원화 환율로 전부 인정받는 것을 골자로 하여.

모르는 사람이 보기에 일방적으로 한국에 유리한 계약으로 여겨질 수도 있으나(아마도 세계 전부가 그렇게 볼 확률이 높았다) 곧 원화 환율이 1,000원으로 떨어질 걸 아는 나이기에 속상하지는 않았다. 70조 원 아닌가.

씨티은행 700억 달러 대출 건?

쿠쿠쿡. 웃어 준다.

"50원이나 깎아 주겠다는 건가?"

"제가 돈 벌려고 이 짓을 하겠습니까? 3,000원을 부른들 사인하실 분들 앞에서."

"그렇지. 이자를 받는 것도 아니고 단지 현재 가치의 원화로만 천천히 갚아도 되게끔 해 놨는데 안 할 이유가 없겠지. 그것도 10년이나 상환 기간을 줬으니. 좋네. 어서 사인하시게."

"예."

사인했다.

만남도 끝.

다음 날 김대준과 함께 대국민 발표 자리에 나간 김영산은 약속대로 무릎 꿇고 머리를 바닥에 대며 용서를 빌었다. 이 모든 게 자신의 부덕의 소치이며 무슨 죄든 달게 받겠다며 울부짖었고 김대준은 그런 김영산을 보듬으며 우리 대한민국은 이 정도 위기로는 절대로 죽지 않음을 세계에 알렸다.

오늘부터 모든 채무를 상환하여 독소 같은 IMF 체제에서 벗어날 것이고 경제 회복에 최선을 다하겠다 외쳤다.

깜짝 놀라 묻는 기자들의 질문 앞에 두 사람은 바로 어제 700억 달러에 달하는 달러 지원을 받았고 이는 순수 국내 자본으로서 국가와 민족의 눈물을 보다 못한 어느 독지가가 선뜻 건네주었다는 얘기에 세계가 발칵 뒤집혔다.

모두가 그 독지가가 누구냐고 찾는 가운데 이 악문 김영산은 꽂힌 달러로 IMF 자금부터 갚아 버리고 돈 달라고 아우성 중인 세계 다른 은행들의 자금도 전부 갚아 버리며 다시는 이런 일이 벌어지지 않을 것이라는 걸 천명했다.

그리고 이 사태를 일으킨 주범, IMF의 원흉으로 일본을 콕 하고 찍었다.

저들이 우리나라를 함정에 빠뜨려 IMF 사태까지 오게 됐음을 자료로써 조목조목 준비해 국민에게 알렸다. 김대준 당선인의 도움이 없었다면 제2의 일제 강점기를 맞을 뻔했다고 울어 댔다.

그것도 모자라 일본 자금을 받은 기업과 정치인들의 대대적인 수사를 예고했으며 이들 중 불법이 발견될 시 전부 국가 반역죄로 다스리겠다고 밝히며 끝으로 억울하게 도산한 중소기업들에도 알렸다. 어서 빨리 민족 종합 금융으로 가라고. 심사를 통해 회생 절차를 밟게 해 줄 테니 부디 다시 회사를 살리기 바란다고.

◇ ◆ ◇

"오랜만이네요."

"잘 지냈느냐."

"그럼요."

"허허허, 허허허허허."

빠르게 변화되는 상황을 처리하기 위해 함홍목을 만났다.

서두를 꺼낼 새도 없이 마주 앉자마자 바람 빠진 웃음을 짓는 함홍목이라.

또 도저히 못 당하겠다는 듯 두 손을 든다.

"내가 졌다."

"예?"

"세상에 돈이 참 많다 많다 하여도 나도 어디 가서 꿀릴 깜냥은 아닌데. 내 살며 망한 나라를 구할 정도로 많은 건 또 처음 보았다."

"아……."

"내 선택이 틀리지 않았음이야."

"……."

"고맙다. 숙원이 풀린 느낌이다."

"……."

오늘 이렇게 만난 목적은 민족 종합 금융 때문이었다.

조금 있으면 김영산과 김대준이 합동 발표를 시작할 테고 얼마 있지 않아 우리 민족 종합 금융이 수면 위로 떠오를 것이다.

미리 연락은 해 놨다지만, 노파심으로 준비가 끝난 걸 확인하고 싶었다.

"9 대 1 후회하지 않으세요? 지금이 마지막 기회일 수도 있어요."

"후회는 무슨 후회? 자그마치 140조다. 나도 전 재산을 넣었다지만 지분 10%도 과해."

애초 계획은 나와 함홍목 8 대 2로 종금사를 설립한다였다.

그런데 심경이 바뀌었는지 함홍목이 대뜸 9 대 1로 비율을 조정하여 설립해 버린 것이다.

나 9, 함홍목 1.

왜 그랬냐는 물음에 '곧 죽을 나이에 얼마나 더 먹겠다고 2나 가지냐. 은행장이나 잘 시켜 주라.' 하며 허허허 웃었는데 말미엔 '나 죽고 나면 너한테 다 가게 해 놨다.'며 기대하라는 듯 장난기 넘치는 표정을 지었다.

"걱정 마라, 이 녀석아. 나도 이게 어떤 결정인지 안다. 헌데 말이다. 그거 아느냐?"

"……?"

"내 칠십 평생 시궁창을 떠돌며 배운 게 하나 있다."

"……."

"먹을 만큼 먹었으면 일어나야 한다는 것."

"……."

"여기 봐라. 여기 어디에 내가 낄 자리가 있더냐. 나라 몇 개를 집어삼키는 괴물들이 득실거리는 세계라니. 사람이 주제를 알아야지. 이런 판엔 난 어울리지 않아. 기껏해야 좁은 한국 바닥에서 거드름이나 피울 정도지."

"……."

"됐다. 이제 됐다. 걱정 마라. 나도 얻는 것이 많다. 네 덕에 그 괴물들을 아주 안전한 장소에서 직시할 수 있지 않더냐. 그것만도 만족한다. 그러니 크게 유념 말거라. 대신 골목대장 노릇은 확실히 할 테니까."

이 순간 피식 웃는 함홍목이 든든하다면 이해할 수 있을까.

참으로 멋진 미소였다.

"후우……."

나도 더는 권유할 수 없었다.

그렇다면 남은 건 직진.

자세를 바로 했다.

"그럼 감사히 받을게요. 아니, 그만큼 더 열심히 뛸게요."

"그건 걱정 안 한다. 내가 본 너라면 절대 손해날 짓은 하지 않을 테니. 허허허허허, 그렇지. 장대운이 누군데 먹힐까. 자! 이제 일을 시작해 볼까?"

"좋죠."

"무엇부터 깔까?"

"버릴 것과 챙길 것부터 구분해야죠."

"좋다. 어느 쪽이 우선이더냐?"

"챙길 것이요."

"전부는 확인 못 했는데 일단 서울은행, 주택은행, 제일은행, 외환은행이 걸려 있다."

"좋네요."

그동안 공으로 놀진 않았던 모양이다.

제대로 콕콕 집어내는 걸 보니.

나는 지체 없이 김영산, 김대준으로부터 받은 한국 정부가 인정한 은행 생사여탈권을 함홍목 손에 쥐여 주었다.

"원칙부터 말씀드릴게요. 우린 전부 인수가 아니면 부도 처리로 갈 거예요."

"이 은행들을 부도 처리한다고?"

살짝 놀란다.

"일단 본보기로 하나만 망하게 해 주세요."

"그럼 그 은행에 돈 맡긴 사람들은?"

"우리가 한국에 존재하는 은행 업무를 총괄하잖아요. 최신 은행 DB를 추려 1원도 문제가 안 생기게 하면 되죠."

"아…… 그렇구나. 140조가 있지?"

"맞아요. 이 프로젝트는 우리나라 은행에 들러붙은 기생충들을 떼기 위한 일이에요. 단호하고도 민첩하게 움직여야 해요. 누가 뭐라든."

"누가 뭐라든?"

"예."

"그런 거라면 이 함홍목이가 일가견 있지."

소매를 툭툭 턴다.

"저는 멀리서 시중 은행들의 외자 유치를 원천적으로 봉쇄할 거예요. 그걸 염두에 두고 움직이세요."

"꼭지 잠가 놓고 갑질하라는 말이구나. 허허허허허."

"정답입니다."

"걱정 마라. 콧대 높은 놈들 후리는 건 제일 자신 있는 분야다. 그나저나 내 손으로 은행 놈들 조질 날이 올 줄이야. 이거 참 감격스럽군."

"기금의 일부를 떼어 억울하게 도산한 중소기업들을 회생시킬 거예요."

"망한 애들을 다시 살린다고? 왜?"

"대기업의 어음 놀이 때문에 망한 거잖아요. 유망하다 싶은 것들은 살려 주세요. 먹거리도 이어 주시고요. 그것도 원래 잘하시던 거잖아요."

"으음……."

"이 건은 정부와의 약속이에요. 지켜야 하죠."

"알았다. 그렇다면 해야겠지. 다만 많이 살리지 못할 수도 있어."

"최대한 할 수 있을 만큼요."

"알았다. 김 실장에게 말해 놓으마. 중소기업은 김 실장이 잘 다루거든."

이 사이를 못 버티고 재계 순위 35위 청구그룹이 부도났다.

복수혈전을 꿈꾸던 정부는 화들짝 놀라 발 빠르게 움직였고 부실 금융사 처리를 위한 가교 금융사로 민족 종합 금융을 콕 집어 목마른 기업들에 회생의 기회를 주었다.

그렇게 1998년 새해가 밝았다.

그러나 1997년을 열 때처럼 희망차고 밝은 미래는 아니었다.

채권자들에게 돈 갚았다고 끝날 일이 아니라는 것.

역시나 미셸 캉드쉬 IMF 총재가 극비리에 방한했다. 청와대에 들어가 김영산에게 노골적으로 항의와 위협을 했다는 내용을 또 청와대가 고스란히 언론에 발표했다. 더불어 세계 언론에 고발했다. IMF가 정말 어려운 국가를 도와주려는 단체인지 사채업자인지 모르겠다고.

김대준 대통령 당선인도 빠르게 움직였다. 재계 4대 그룹 총수와 만나 경영 투명성 제고, 상호 지급 보증 해소, 재무 구조 개선, 업종 전문화, 경영진 책임 강화 같은 재벌 개혁 5개 항을 강제로 합의시켰다. 안 그러면 5년 임기 내내 조져 버릴 거라고.

나산그룹이 부도났다. 극동그룹이 부도났다.

나라는 살았어도 기업은 층층이 도미노.

이 모두 은행 잘못이었다.

은행을 쥔 대가리들의 잘못이었다.

재경원이 서둘러 종금사 1차 폐쇄 대상 10개사 명단을 발표했다. 한화, 쌍용, 경남, 고려, 삼삼, 항도, 청솔, 신세계, 경일, 신한종금.

감사원도 외환 위기 특별 감사에 착수했다.

이럴 때 민종금(민족 종합 금융)의 창구는 날마다 북새통이라.

찾아오는 대상도 서민부터 대기업 총수, 은행장들까지 다양했다. 운영은 어렵지 않았다. 굵직한 레벨들은 함홍목이 조지고 중소기업은 김 실장이 조지고.

국화차를 마시는 함홍목의 레이더에 홍세훈 외환은행장이 들어온 건 어쩌면 운명과도 같았다.

약간의 긴장감.

조심스레 앉는 외환은행장을 보는 함홍목의 입가에 이제까지는 볼 수 없었던 차가움이 깃들었다.

"로열 블러드가 오셨네. 영부인의 조카가 여긴 어쩐 일이시오?"

"저…… 그게……."

"한낱 사채꾼 사무실에까지 찾아오다니. 여긴 그대가 올 자리가 아닌 것 같은데."

"지난 일은 사과드리겠습니다."

쩔쩔매나 차가움은 풀리지 않았다.

"뭐 나도 돈 얘기 나누는 자리에서 케케묵은 감정을 꺼내고 싶지는 않은데…… 설마 내게서 호의를 바란 건 아닐 테고 그만큼 일이 더럽다고 판단해도 되겠지요?"

"……도와주십시오. 부탁드립니다."

"그것참 재밌네요. 우월한 종자께서 시궁창이나 헤매는 쥐새끼의 도움을 바란다라."

"……!"

홍세운의 얼굴에 욱 올라오는 표정이 잠시 나왔다가 사라졌다.

함홍목은 오히려 그 얼굴을 가까이했다.

"왜? 열 받으시나? 나가시려고? 나가는 건 간단하오. 아까 열고 온 문으로 나가시면 되오. 호오, 진짜 그런 모양이네. 여봐라. 손님 나가신다. 다음 손님 들여라."

""""예.""""

곁을 지키는 덩치 넷이 다가가고서야 사태가 만만치 않은 걸 깨달았는지 외환은행장은 손사래를 치며 외쳤다.

"아닙니다. 아닙니다. 나갈 생각 추호도 없습니다."

도리어 함홍목 앞에 무릎 꿇었다.

"제가 어리석어 어르신을 모욕했습니다. 용서해 주십시오. 아니, 절 보기 싫으신 거 이해합니다. 제게 충분히 유감이 있을 만하십니다. 하지만 지금은 개인적인 은원을 바라보실 때가 아닙니다. 어르신이 도와주지 않으신다면 외환은행이 망합니다. 수십만 고객의 피 같은 돈이 공중분해되게 생겼습니다."

말을 하면서도 나름대로 설득력 있다고 생각했으나 함홍목의 올라간 입꼬리는 도통 움직일 생각이 없었다.

"웃기군. 그게 내 잘못인가?"

"아, 아니, 그게……."

"수표나 외화나 관리하던 것들이 1986년 아시안 게임 덕택에 공인 은행으로 지정받았어. 그리고 고작 10년 만에 이 꼴이 날 정도면 없어지는 게 나은 것 같은데. 아닌가?"

"안 됩니다. 우리 은행을 믿고 예금을 맡겨 주신 고객들은 어떡하라고요?"

"너희들이 언제 그런 걸 생각했다고 징징대지? 너흰 너희 주머니에 들어갈 것만 좋아했잖아. 시시덕거리는 거 내 귀로 다 들었어."

"아닙니다. 저희는 늘 서민을 위한……."

"그만! 이 새끼가 감히 누구 앞에서 빨래질이야!!"

"히끅."

"너 이 새끼. 1996년부터 미국 트래블러스 그룹 쪽 스미스 바니랑 손잡았지?"

"그게……."

"지금 환은 살로먼스미스바니 증권이 어떤 꼴이야?!"

"……."

"작년엔 환은 선물을 세우며 사세 확장에 들었지? 위기가 온다고 그렇게 경고했음에도."

"……."

본역사에서 외환은행은 1998년 한외종금 합병 뒤 독일 코메르츠방크로부터 외자를 유치해 간신히 퇴출을 면한다.

하지만 간신히 퇴출만 면한 것이었으니 경영 악화는 지속되어 1999년 자회사 환은 살로먼스미스바니 증권 경영권을 넘기며 구조 조정을 단행해야 했고 결국 2003년 먹튀 론스타에 매각돼 홍역을 치른다. 4조 원이나 날려 먹고 개지랄 떨다가 2012년 1월 27일 하나금융지주에 인수된다.

“너희 같은 것들 때문에 이 나라가 IMF 같은 하이에나들에게 먹힐 뻔한 거 아니냐고 이 새끼야! 그런데도 감히 여길 찾아와 도와 달라고? 주제에 서민을 위한다고? 확 산 채로 묻어버릴라.”

“제발 기회를 주십시오. 저희에게는 이제 어르신만이 희망입니다.”

“틀렸어. 지금 네가 해야 할 일은 외환은행 지분 전체를 다 들고 와 나한테 바치는 거야.”

“예?”

“왜 놀라? 서민을 위한다며? 지분 100% 다 들고 와. 그럼 살려는 줄게.”

“이건 얘기가…….”

“아니면 꺼져. 은행 망하게 한 죄로 무인도로 끌려가든지 어차피 나는 상관 안 할 테니까.”

“이러면 안 되지 않습니까. 해외 투자 유치도 못 받게 막아놓고 우리더러 더 어떻게 하라는 겁니까?!”

“뭘 어떻게 해? 나한테 100% 바치든지 망하든지 하라고 했잖아. 그리고 너는 어떤 선택을 하든 앞으로 이 바닥에선 얼굴 내밀지 못할 거다. 개잡놈의 새끼야. 꺼져!”

IMF 관리 체제 기간이 1997년 12월 3일부터 2001년 8월 23일까지였다.

근 4년간.

이 기간 동안 대한민국에 무슨 일이 벌어졌을까?

경제 주권을 넘긴 대가는 그야말로 혹독했고 우린 우리의 알토란 같은 자산을 눈 뜨고 빼앗겨야 했다. 회복해서도 문제였다. 이미 침범당한 나라는 어느 것도 자기 것이라 주장할 것이 없었다. 걸레가 돼 있었고 해마다 말도 안 되는 액수의 배당금을 해외로 내보내야 했다. 그만큼 우리가 받아야 할 정당한 몫이 줄어들었고 아무리 열심히 일해도 생활이 나아지지 않는 근본적인 이유가 됐다.

우리를 살찌워야 할 국부가 줄줄 새고 있었으니.

그런데 이상한 건 이런 꼴이 됐는데도 누구 하나 책임지는 사람이 없다는 것이다. IMF를 일으킨 주범들은 여전히 계속 잘살았고 오히려 더 큰 부자가 되어 서민을 농락하는 세상이 되어 갔다.

끼리끼리의 카르텔로서 아주 공고히.

"꺼져. 넌 내가 대놓고 죽여 줄게."

Chapter 111

Chapter 111

함홍목이 신나서 은행과 대기업을 조지고 있을 때 나는 달리 음반을 낸 것도 아닌데도 아메리칸 뮤직 어워드의 초청을 받아 미국으로 넘어갔다.

늘 그렇듯 수많은 팬들과 함께 마지막 피날레를 장식했는데.

이번은 왠지 느낌이 색달랐다.

정확히는 내가 아닌 팬들이 달라졌다.

전에는 질 수 없다는 오기로 나를 감쌌다면 지금은 '역시 페이트!'란 인정이 훨씬 더 강했다.

팬들도 마음고생을 했다는 것.

언론의 공격은 나만을 향했지만, 파장은 공유했다는 것.

다 해결된 지금은 안심하고 축제의 분위기를 즐기는 듯한 인상을 줬다.

그게 나의 마음을 푸근하게 하였다. 덩달아 몸도 달아오르게 하고.

겨우겨우 두 개 부문에서 상을 받았긴 했으나 이도 특별하게 느껴졌다. 95년 발표한 이래 지금까지 크게 이슈 끌지 못했던 Maroon 5의 곡이자 내가 부른 Payphone ft. Wiz Khalifa와 함께 Coldplay의 곡이자 조용길이 부른 Clocks가 뒤늦게 터져 사람들의 입에 오르내렸으니.

인터뷰도 무사히 마치고…… 1,000억 달러 소송에 대해 묻는 기자도 있었으나 '너도 소송에 포함되고 싶냐'는 뉘앙스로 참교육해 주니 깨갱.

2월 25일 열리는 그래미 어워드 참가를 위해 미국에 머물며 평소처럼 보너스 파티와 휴식을 즐기며 근황을 알리던 내가 돌연 텍사스로 향한 건 모두에게도 깜짝 소식이었다.

더구나 도착한 텍사스 공항엔 부시 부자가 함께 나와 나를 맞았다.

그들은 나를 두 팔로 환영했고 친근함을 자랑했다. 나도 두 사람의 환대에 기쁨으로 답례하며 오랜 친구를 만나는 표정을 지었다.

우연히 이 모습을 찍은 파파라치는 초대박이 났다고 한다.

공화당과는 같은 하늘 아래 살 수 없을 것 같은 페이트가 공화당의 성골인 부시 부자와 만났다?

더구나 1,000억 달러의 소송 시점이다. 이것이 시사하는 바가 무엇인지 언론은 무조건 알아야 했고 홀린 듯 인력들을 급파했다. 즉 부시 부자와 페이트가 서로의 눈을 보며 웃는 장면이 찍힌 사진은 그 값이 천정부지로 솟았다.

그러든 말든 나는 부시 부자가 이끄는 대로 텍사스 주 공관으로 향했고 일체의 다른 만남을 지양하고 두 사람과만 함께 하였다.

"어때? 나의 위대한 시나리오가."

의기양양.

조지가 씨익 웃으며 내 어깨를 툭 쳤다. 이 정도면 끝내주는 계획 아니냐고.

아닌 게 아니라 제법 머리를 쓴 계획이긴 했다.

공화당과 언론의 몹쓸 합작을 내 손에 쥐여 주면서도 끝까지 나서지 않았던 이유.

몇 개월이 지나 내 미국행에 맞춰 텍사스로 부른 이유.

"대역전극을 노렸구나."

"네가 해 줄 일이 많아. 알지?"

"시의적절하네. 지금쯤이면 당도 나만 생각하면 진저리가 쳐질 때니까."

"맞아. 당내 강경파조차 너한테는 고개를 절레 흔들어. 이럴 때 내가 꽁꽁 언 얼음을 깨는 거야. 괜찮지?"

당내 위상이 단숨에 급상하는 조지였다.

아버지 부시를 보았다. 흐뭇하게 웃는다.

"신경 많이 써 주셨네요."

"허허허허허."

아무 말 없이 웃기만 한다. 알아서 하라는 듯.

조지를 보았다.

"넌 정말 아버지를 잘 뒀어."

"으응?"

"네 머리에서 이런 계획이 나올 리가 없잖아. 왜 안 튀어나오나 했더니 아버지가 잡아 준 거지? 그래, 부디 대통령이 돼서도 아버지 말씀 잘 들으라고."

"뭐야?!"

"내 말이 틀렸어?"

"……뭐, 아버지가 좀 도와주긴 했지. 그래도 내가 깐 판이라고!"

"알았어. 알았어. 누가 뭐래?"

"쳇."

"그림을 봤으니까 이제부턴 내가 알아서 할게. 넌 그냥 알아서 챙겨."

"아씨, 내가 했다고!"

"알았다고. 내가 알아주면 되는 거잖아. 아니야?"

"그야…… 뭐 그렇지."

100% 만족은 아니지만, 그럭저럭 마음에 드는 결론이라는 듯 고개를 끄덕이는 조지를 보다 다시 아버지 부시를 보았다.

여전히 말을 아끼는 사람.

힘이 많이 빠진 모습에도 노련하다 못해 강인함이 느껴질 만큼 센 내공이 풍겨 왔다. 텍사스 주지사인 조지가 다 애송이로 보일 정도로.

"현역으로 뛰셔도 될 것 같네요."

"맞다. 아직 죽지 않았다."

"이제부턴 조지만 잘 관리해 주세요. 사고 안 치게."

"알았다."

다음 날 나는 텍사스 주 공관에 몰려든 기자 앞에서 이런 인터뷰를 했다.

"옛 우정을 잊지 않은 따뜻한 환대에 마음이 녹는 걸 느꼈습니다. 부시 일가와 페이트의 우정은 앞으로도 계속될 거란 확신도 생겼고요. 어제 참 많은 이야기를 나누었습니다. 또 많은 부분에서 오해가 있었음을 알았습니다. 아마도 텍사스에 자주 놀러 올 것 같다는 예감이 드는군요. 절 초대해 주신 조지 부시 주지사님과 그 아버님께 감사드립니다. 좋은 추억을 안고 가네요."

당초 일정과는 달리 일부러 한국행 비행기에 올랐다.

이 정도 말해 줬으면 공화당도 알아들어라. 내가 너희를 달리 보기 시작했음을. 그러나 아직까진 만나고 싶은 것까진 아니니 우선 조지 부시를 거치거라.

나도 나름대로 할 일이 있긴 있었다.

김연에게 맡긴 외무 고시 대리 신청을 내가 직접 가서 했고 3월 15일 시행되는 1차 시험 준비도 해야 했다.

외무 고시 1차도 만만찮긴 했다.

헌법, 영어, 한국사, 국제 정치학(외교사 포함), 국제법까지 읽기도 힘든 두꺼운 책이 널렸고 수많은 사례 또한 둘러봐야 했으니. 이도 역시 고등 고시였고 악명 높은 이유가 있었다.

그렇게 한 일주일? 학교 도서관을 오가며 공부하고 있는데 옆에서 누가 툭 쳤다. 그놈이다. 날 미팅에 데려가려 했던 얼빠진 녀석. 근데 이 녀석은 왜 이렇게 잘 쫓아다니지?

"너 뭐 하는 거야? 어! 이건…… 너 설마 외무 고시도 보려고?"

"쉿! 여기 도서관이다, 자식아."

"하아…… 뭐 이런 괴물 같은 자식을 다 봤나. 행정 고시 수석에 사법 고시 수석도 모자라 이젠 외무 고시까지 노리냐?!"

"목소리 크다고."

"지금 내 목소리 큰 게 대수냐! 너 외무 고시는 왜 보려는 건데?! 진짜 다 올 패스 하려고?!"

"아씨."

결국 도서관에서 쫓겨나고 말았다.

그럼에도 씩씩대는 모양새가 쉽게 끝날 것 같지 않아 녀석을 학교 벤치에 두고 냅다 달렸다. 악을 쓰며 쫓아오나 법대생 체력으로 나를 쫓는 게 가당키나 할까.

1분도 안 돼 따돌리고 어느 청명한 하늘 아래 섰다.

"……."

그놈이 지겨워 도망가긴 했는데.

"……."

갈 데가 없었다.

공부 맥도 끊겨 다시 펜을 잡고 싶진 않았고 시리도록 파란 하늘은 예쁘기만 하고.

"개강은 언제 하나?"

개강이라도 했다면 인천 대학교나 가 볼 텐데.

어쩔 수 없이 여유나 즐길 겸 가까운 카페로 갔다. 대학가 앞이라 온통 술집밖에 보이지 않는 곳에서도 꽃은 항상 스스로를 드러내니 민들레 영토 비슷한 곳이 있었다. 아이스 아메리카노란 메뉴보단 아이스커피가 더 친숙한 장소에 앉아 멍하니 있다가 앞으로 해야 할 일들이나 정리해야겠다는 마음으로 수첩을 꺼냈다.

몇 자 적기도 전에 옆자리에서 누군가 수군댄다.

내 얘기였다.

"어제 방송 봤어?"

"뭐?"

"못 봤어? 왜?"

"어제 바빴잖아. 남자친구 만나느라."

"기집애야. 지금 남자친구가 중요해? 어제 페이트 특집 했잖아."

"그랬어?"

"진짜 깜짝 놀랐다니까. 완전 소름 돋았어."

"뭔데? 뭔데? 페이트가 또 사고 쳤어?"

"넌 뭔 말을 그렇게 하냐? 페이트가 언제 사고 치는 사람이냐?"

"아니, 그게 아니고……."

"맞다. 지금 그게 중요한 게 아니고. 그 사람 있잖아. 듀슨의 김선재."

"듀슨의 김선재라면 죽은 그 사람?"

"어제 방송에서 그 사람에게 가수 관두라고 한 영상이 떴잖아. 그로부터 1년 뒤 죽었다고."

"아……."

"가수 수와 준 알지? 페이트가 그 사람들 뇌출혈도 잡아냈대."

"뭐라고?"

"혹시 그것도 기억나? 그날 듀슨이랑 나온 방송에서 김치찌개에 카레를 타라고 강요하지 말라고 했던 거."

"그건 기억나. 멋졌으니까. 걱정하지 말라고. 우리나라는 이미 최고라고 했잖아."

"그 말이 끝나고 우리나라가 선진국에 들려면 한 번의 위기를 거쳐야 한다고도 했잖아."

"그건 기억 안 나네."

"지금 그게 IMF를 겨냥한 게 아니냐는 말이 나오고 난리야."

"그게 왜 IMF랑?"

"위기가 왔잖아. 나라가 한 번 망한 거야."

"그렇긴 한데…… 에이, 설마……."

"애가 왜 이렇게 늦어? 휘트니 건도 결국 페이트가 맞았잖아. 누가 갓 신혼여행 다녀온 사람한테 그 결혼이 잘못됐다는 말을 하겠어? 넌 할 수 있겠냐?"

"그야…… 그렇다 해도 IMF까지 맞추는 건 좀……."

"얘가 정말 아무것도 모르네. 오필승은 페이트 한마디면 무조건 움직인대. 의심도 안 하고 까라면 까는 이유가 뭐겠어? 지금 페이트가 우리나라를 구한 독지가가 아니냐는 말도 떠돌아."

"그 독지가가?!"

"PC 통신에서도 지금 난리야. 우리나라에 예언가가 나온 거 아니냐고. 현실적으로도 당장 700억 달러를 움직일 수 있는 사람은 페이트밖에 없다고 하더라고."

"말도 안 돼. 그 사람이 어떻게 그렇게 돈이 많아?"

"나도 자세히는 안 봤는데 누가 적어 놨더라. 어디 지분이랑 주식이랑 가진 현금이랑 합치면 1,000억 달러도 넘을 거라고."

"1,000억 달러? 옴마야, 그게 얼마야?"

"작년 말 기준으로 200조래."

"헐~ 대박!"

"나도 깜짝 놀랐다니까. 그것도 모자라 작년에 행정 고시랑 사법 고시 둘 다 봐서 수석으로 패스했대."

"뭐?!"

"얘가 진짜 아무것도 모르네. 대천재잖아. 미국 대통령도 자기 손으로 만든다던데 그까짓 거 패스 못 할까."

"미국 대통령은 또 뭐야?"

"하아…… 넌 좀 시사 상식부터 가져라. 맨날 남자만 밝히지 말고. 이년아."

"대답이나 해 쏠로년아."

"클린턴 대통령 몰라?"

"알지."

"그 사람도 페이트가 대통령으로 만들었대. 아칸소 주지사로 이름도 없던 사람을 끌어당겨서 말이야. 미국에서 유명하대."

"……!"

"재작년 겨울에 그랬잖아. 정부를 상대로 이따구로 하면 나라에 망조 든다고. 이건 기억나?"

"으응? ……아, 맞다! 겨울에 정부한테 뭐라 해서 신문이랑 방송에서 난리 났잖아. 금융이랑 기업이랑 이대로 놔두면 안 된다고. 그건 나도 봐서 알아. 너랑 같이 봤잖아. 우리 집에서."

"맞아. OECD 가입 때도 그랬어. 우리나라의 곳간을 턴 격이라고."

"……."

"직접적으로 말만 안 했지 그게 다 나라가 망한다고 떠든 거 아니었어?"

"……!"

"……."

"……."

뭔가 내가 재조명되고 있는 모양인데.

괜히 옆자리 사람들과 눈이 마주친 것 같기도 하고 더 있다간 꺄악! 소리와 함께 붙잡힐 것 같은 불안한 예감이 들어 바로 원샷하고 나왔다.

"……."

오늘따라 훅 불어오는 바람이 왜 이렇게 사나운지.

"……."

역시나 갈 데가 없었다.

"회사나 가자."

아직 내가 학교 도서관에 있는 줄 아는 백은호를 불러 회사로 이동했다.

물론 회사도 쉴 만한 곳은 아니었다.

내가 도착했다는 소식이 퍼지자마자 도종민과 이학주가 들이닥쳤다.

"스타번스 하워드 슐츤이 언제쯤 시작할 거냐고 독촉하는데."

"아…… 깜빡했네요."

"시작할까? 준비는 진즉 끝났어."

재작년에 넘어와 시장 조사를 마친 스타번스였다.

단 반년 만에 진단을 마치고 사업성까지 인정받았으나 아직 일이 진행되지 못한 이유는 순전히 나 때문이었다.

내가 IMF에 올인하며 다른 사업을 죄다 보류시켰으니.

"이번에 매물 좀 건졌어요?"

"서울에서 20채, 경기도에서 50채 정도 건졌다. 더 있었는데 불필요한 것까지 손댈 필요가 없을 것 같아 놔뒀다. 더 담을까?"

"70채면 엄청 쓸어 담았네요."

"그만큼 빚으로 건물 산 놈들이 많다는 거겠지."

"대단하십니다."

"아무리 그래도 은행 조지는 장 총괄만 할까. 거긴 곡소리 난다던데."

"그런가요?"

"함 회장님 한마디에 다 죽어 나간답니다. 눈물 콧물 다 빼고 운다고요."

도종민이 끼어들었다.

"곡소리만 나던가요?"

"환호도 지르죠. 주로 중소기업 쪽에서 말입니다."

"정상적으로 가나 보네요."

"맞아. 다 장 총괄의 예측대로 잘 흘러가고 있어. 아! 나도 이번에 50억짜리 건물 하나 챙겼어."

"그래요?"

"100억 줘도 못 사는 빌딩이라고 건설의 조 실장이 추천해 주더라고. 잠깐 사이 또 45억까지 떨어졌다 울어 대길래 그냥 50억에 맞춰 줬어. 100억짜리를 반값에 파는 입장이 얼마나 속 쓰리겠어."

"잘하셨어요."

"안 그래도 조 실장한테 몇 개 더 잡아 달라고 했어. 이럴 때 우리 식구들도 한 채씩 챙겨야지. 안 그래?"

"그것도 잘하셨어요."

"조금만 기다리라고. 오필승 타운도 오필승 씨티도 곧 문을 열 테니까."

"감사합니다."

"뭘. 다 장 총괄 돈으로 하는 건데."

"그런가요?"

"그럼."

"그러시다면 제 돈으로 슬슬 시작해 볼까요? 제대로 계획 잡고 공사에 들어가죠."

"스타번스는 오필승 건설 소속으로 가는 거지?"

"맞아요. 건설 지분에서 100%로 출자하죠."

"그 하워드 슐츤이라는 사람이 아까워하더라고. 한국 시장에 못 들어와서. 나가면서도 10%만 주면 안 되냐고 한참을 징징댔어."

"일본 시장에나 가라고 해요. 거기도 크니까."

"안 그래도 일본도 후벼 파고 있다더라고. 그래, 규모는 얼마로 시작할까?"

"일단 100개 오픈하고 2,000년까지 3,000개 목표로 달려 보죠."

"좋았어. 그럼 그렇게 알고 진행할게."

"파이팅!입니다."

2월 25일 그래미 어워드 참가를 위해 나는 조금 일찍 뉴욕으로 날아갔다.

마음이 가뿐했다.

작년 매디슨 스퀘어 가든에서도 그렇고 올해도 라디오 시티 뮤직홀에서 열리는지라 2년 연속 뉴욕에서 열려서 그런지 3,000km씩 비행기를 타지 않아도 되고 겸사겸사 공화당에다가도 제스처를 날렸으니 분위기나 살필 겸 며칠 일찍 비행기에 탄 것이다.

그러나 날 기다리는 건 또 하나의 초청장이었다.

"오셨습니까?"

"잘 지내셨어요?"

"그럼요."

"별일은 없나요?"

"있죠. 총괄님이 한국에 뿌린 돈 때문에 씨티은행장이 몇 번 오가긴 했는데 다른 무리는 없었습니다."

"예?"

나는 공화당 분위기를 물은 건데 씨티은행이 왜 나올까……가 아니구나.

"가용 자금 전부를 우리에게 지원하는 바람에 아시아판에도 못 끼고 손해가 이만저만이 아니라고 툴툴댑니다. 요 근래 자주 찾아와서 울어 대네요. 답답한지."

"웃기는군요. 우리한테 받아 가는 이자는 생각 안 하나요? 가만히 앉아서 연 10억 달러씩을 따박따박 받아 가면서."

"그렇긴 하지만 이사회의 공격을 피할 수는 없겠죠."

"……인정."

“굳이 신경 쓰지 마십시오. DG 인베스트 대출 건은 이사회 승인으로 이뤄진 건입니다. 지들이 더 뭘 어떻게 하겠습니까?”

대출해 줄 때는 좋아했다.

중국 시장이 마구 열리는 때였으니.

그러다 갑자기 아시아에서 큰판이 벌어졌다. 남들이 돈을 갈퀴로 쓸어 가는 걸 본 이사회는 배가 너무 아픈 것이다. 그걸 은행장에게 푸는 거고.

은행장의 사정이 영 틀린 건 아니긴 했다.

“뭐 어쨌든 도움받은 건 확실하네요. 나중에 또 찾아오면 한 번은 살려 주겠다고 하세요.”

“예?”

“머지않아 주식 시장이 크게 꺾일 날이 올 거예요. 한 2년? 암흑기가 올 것 같아요.”

“정말입니까?!”

“그거로 달래 주세요. DG 인베스트의 움직임을 잘 살펴보다 따라 하라고요. 그럼 손해를 최소화할 수 있을 거라고요.”

“허어, 그 정도면 오히려 다리 잡고 매달려야 할 판인데요.”

“우리랑 잘 지내면 떡고물이 상당하다는 것만 인식하게 해 주세요.”

“알겠습니다. 아니, 이럴 게 아니라 조금 더 적극적으로 움직여도 되겠어요. 조만간 자리를 마련해 따귀를 쳐 줘야겠어요.”

“그것도 좋겠네요.”

“아 참, 초청장이 하나 날아왔습니다.”

꺼내 준다.

아카데미였다.

타이타닉이 노미네이트되었다고.

날짜가……. 3월 23일이다.

"휴우~ 다행이네요."

"예?"

"외무 고시 1차가 3월 15일이거든요."

"어허, 외무 고시까지 보십니까? 공부는 작년에 끝내신 줄 알았는데요."

"하는 김에 다 끝내 보려고요. 괜히 외무 고시만 남겨 두는 게 찝찝해서요."

"찝찝하다라…… 그럼 지금이 시험 기간일 텐데. 아이고, 뭐라 말씀은 못 드리겠고 괜히 제가 전국에 있는 수험생들에게 미안해지는군요."

"……."

뻘줌. 더 놔뒀다간 내공 만빵 든 정홍식의 둘러치기에 호되게 당할 것이다.

얼른 화제를 바꿨다.

"오랜만에 뉴욕 시가지나 걸어 볼까요?"

"걷자고요? 좋죠. 이것 참 오랜만이네요. 사실 뉴욕에서의 삶이 좀 그렇습니다. 50m 거리도 차를 애용하는지라 뱃살만 두둑하게 늡니다. 하하하하."

너스레는. 아직도 슬림한데.

"잘됐네요. 잠시 걷고 나면 입맛도 돌잖아요."

"나갈까요?"

"옙."

얼마나 걸었을까?

1분도 안 돼 후회 천만이었다.

한국 겨울에 못지않은 추위가 뺨을 갈겨 대고 주위는 시끄럽고 길 막는 사람들은 왜 이렇게 많고…….

정홍식이 갑자기 피식 웃었다.

"왜 웃으세요?"

"어디에서 들은 이야기가 생각나서요."

"뭔데요?"

"식사 자리에서 들은 거라……."

"궁금하게 하시네요."

"별건 아닙니다. 저기 흔히 할렘가 하면 무법천지를 떠올리잖아요."

"아무래도 그런 이미지가 강하죠."

"그런데 그런 할렘가마저도 미국의 거물은 피한다는 얘기를 누군가 해 주더군요."

"그래요?"

"자부심이 무척 강한 사람이었는데 같이 스테이크 썰다 말고 갑자기 이런 얘기를 꺼내더라고요. 잘은 없지만, 가끔 상원의원급 이상 되는 거물들이 거리를 쏘다닐 때가 있다고…… 그러니까 돈 많은 사람들 빌 게이트, 인텔의 베렛 같은 사람들이

막 길거리에서 음식 사 먹고 돌아다녀도 건드리지 않는 이유가 뭔지 아냐고 묻더라고요? 총기도 마음대로 구할 수 있는데. 슥 다가가서 머리에 겨누면 돈이 우수수 쏟아질 텐데 말이죠."

"그야……! 어어, 이쪽은 생각 안 해 봤네요."

그러네.

봉고차에다 태워 납치하면 1억 달러인들 아까울까.

"희한하죠?"

"희한하네요."

"불문율이랍니다."

"불문율……이요?"

"누구나 알기 때문이래요. 일정 이상 힘 있는 자를 건드렸다간 돈은커녕 죽어도 곱게 못 죽는다는 걸. 총괄님도 아시잖아요. 고문도 동서양의 질이 다른 걸. 우리 동양은 '제발 살려 주세요' 하는 반면 서양은 '제발 좀 죽여 주세요' 한다잖아요. 잘못 걸리는 순간 끔찍해진답니다."

"아……."

"그러나 어설프게 돈 많은 건 또 오히려 표적이 된답니다. 어설프게 유명한 것도 마찬가지고요. 이 미국이란 나라는 건드리는 순간 엿 되는 위치로 올라가야 도리어 안전하대요. 그럼에도 덤비는 놈은 본보기로 파멸시켜 주고요."

"……."

"그러곤 저의 일상이 어떠냐고 묻더라고요. 평안하냐고요."

"……."

"피식 웃더니 평안한 일상을 원한다면 더 욕심을 부려야 한다는 말로 마무리 짓더라고요. 기가 막히지 않습니까? 저는 그 말을 듣고 무척 공감했습니다. 총괄님은 어떠십니까?"

어떻긴.

현재의 미국과 앞으로 미국을 정확히 대변하는 말인데.

미국에 안빈낙도는 없었다.

걷던 걸음마저 멈추고 박수 쳐 줄 만큼 아주 통쾌한 풀이였다.

정홍식도 걸음을 멈추고 내 박수에 호응했다.

"맞아요. 미국은 돈 있고 힘 있는 자들의 천국이죠. 대표님이 보시기에 제 위치는 어디쯤 있을까요?"

"최상위일 겁니다. 진실을 모르는 사람은 아직 많지만."

"맞아요. 어느덧 제 상대는 일반인이 아니에요. 또 다른 누구도 아닌 미국의 거대 정당과 언론이에요. 그리고 지금 한창 그들을 상대로 빅엿을 먹이는 중이고요."

"맞습니다. 미국의 누가 감히 총괄님을 건들까요? 파멸에 이를 텐데. 돈과 권력? 그 정도는 이미 가졌지 않습니까?"

"물론 DG 인베스트 CEO보다는 못하겠죠."

"그렇게 생각하십니까?"

"아닌가요?"

"그럼 저는 일인지하 만인지상으로 만족하겠습니다. 깜냥도 안 되는 것에는 관심 없습니다."

"유아독존해도 돼요."

"그 자리는 오직 총괄님만을 위한 자리입니다. 세상 누구도 다다를 수 없는, 오롯이 총괄님의 것입니다."

"너무 양보하시는 거 아니세요?"

"밑바닥에서 시작해 1,000억 달러의 자금을 휘두르는 기업이 됐습니다. 앞으로 더 얼마나 강력한 힘을 발휘할지 예상이 안 될 정도죠. 제 사견이긴 한데."

갑자기 목소리를 낮춘다.

"아마도 이 미국을 먹어 버릴 것 같은 예감이 듭니다."

"이미 먹었어요."

"예?"

"앞으로 미국 정치는 무조건 제 눈치를 봐야 할 거예요. 안 그럼 정권이 날아갈 테니."

"아……."

"지켜보세요. 제가 그들에게 어떻게 하는지."

"아아, 그렇군요. 가슴이 두근거립니다."

"뻐근할 정도로 뿌듯하게 해 드리죠. 저 믿습니까?"

"세상 무엇보다 믿습니다."

"좋아요. 이제 갈까요?"

"좋습니다."

의기충천, 두 발짝을 걸었나? 갑자기 옆으로 검은색 선팅으로 가려진 고급 세단이 한 대 섰다. 급히 문이 열리며 누군가가 내렸는데.

"어!"

"페이트!"

제이진이었다.

중절모를 삐딱하게 쓴 제이진이 달려와 나를 안았다.

"오오, 이런 우연이 다 있나. 지나가다가 본 거야?"

"아니, 네가 왔다는 소식 듣고 달려온 거야."

"그래?"

"이래 봬도 뉴욕에선 내 말이 좀 먹혀. 하하하하하."

"잘 왔다. 작업은 잘돼?"

"안 그래도 네 생각 많이 날 때였거든. 일단 9월을 목표로 녹음 중이긴 한데 네가 좀 봐주면 안 될까?"

"Why Not? 좋지."

"오케이, 페이트라면 반드시 해 줄 줄 알았어. 가자고. 지금 가도 되지?"

물으면서도 차문부터 여는 제이진에 정홍식을 봤다.

"식사는 잠시 미뤄도 될까요?"

"예, 그럼 저는 돌아가겠……."

"무슨 말씀이세요? 같이 가야지."

"저도 가도 되겠습니까?"

"제대로 힙합 하는 애들이에요. 안면 익혀 두면 좋죠. 헤이, 제이진."

"어."

"DG 인베스트 대표님이셔. DG 인베스트가 뭔지는 알지?"

"어! 그분이셔? 만나서 영광입니다. 제이진입니다."

"반가워요. 저도 같이 가도 되나요?"

"물론입니다."

"총괄님, 이 친구가 허락했네요. 그럼 저도 좋습니다. 사실 아직 입맛이 돌지 않았거든요."

"하하하하, 그런가요? 그럼 타죠."

합이 맞아 막 타려는 순간,

누가 빠른 속도로 다가왔다.

제이진의 친구들이 주변을 둘러싸며 보디가드처럼 그를 막아섰고 곧 실랑이가 벌어졌다.

내 이름을 부르고 소란이 벌어지는지라 나도 뭐지? 하고 쳐다봤는데.

옴마야, 쟤가 여기서 왜 나와?

"잠깐, 잠깐."

내가 나서고야 제이진의 친구들은 물러섰고 노랗게 염색한 머리의 그는 자기 옷매무새를 다듬으며 다가왔다.

"페이트, 당신을 만나기 위해 뉴욕에 왔어요."

"날 만나러?"

"그래미 어워드에 참가할 것 같아서……."

"으흠."

그는 내 옆에 선 제이진을 보고서도 인사했다.

"제이진이지? Reasonable Doubt 잘 들었어. 네 얘기 듣고 나도 페이트를 만나러 온 거야."

"내 얘기를 들었어?"

"CD 주러 LA까지 갔다며?"

"응."

"한국에도 들어가서 페이트랑 같이 작업했고."

"맞아."

"나도 페이트한테 물어보고 싶어서 온 거야. 괜찮지?"

할 말 없게 만드는 논리 전개라 제이진은 나를 봤고 나도 웃었다.

품에서 꺼내 주는 것도 Slim Shady EP라 적힌 CD였다.

덧붙여 이런 말도 꺼냈다.

"작년 LA 랩 올림픽에서 2등 먹었어. 1등 새끼가 비겁한 짓거리를 해서 2등이 됐는데 이후에 발매한 앨범이야. 듣고 어떤지만 말해 줘. 난 그것만 원할 뿐이야."

전해 줄 거 전해 줬으니 또 쿨하게 가려 한다.

이번엔 내가 잡았다.

"지금 제이진 작업한 거 보러 갈 건데. 생각 있으면 같이 갈래? 제이진 되지?"

"나야…… 뭐."

"정말 나도 가도 돼?"

"힙합은 쿨이잖아."

CD 전해 주는 것만도 감지덕지인데 같이 차를 타고 또 떠오르는 래퍼의 작업실까지 함께 갈 줄은 몰랐던지 무척 좋아했다.

LA 랩 올림픽에서 무슨 일이 있었는지. 그동안 어떤 식으로 살았는지 물어보는 족족 잘도 대답해 줬고 닥터 드레한테 연락이 왔는데 페이트를 먼저 만나고 싶다는 일념으로 넘어 온 것까지 술술 말해 줬다.

허름한 후드에 점프 수트를 입은 젊은 래퍼라.

이 사람은 자기가 앞으로 대중음악 역사상 가장 성공한 힙합 아티스트이며 21세기를 통틀어서도 가장 성공한 아티스트 중 한 명이 될 거란 걸 알까?

아마 상상도 못 할 것이다. 살아 있는 레전드로서 전성기가 훨씬 지난 이후에도 새로운 세대에까지 엄청난 파급력을 일으키고 음악 장르에 암암리 존재하던 인종 차별의 벽마저 무너뜨리며 힙합계의 엘비스 프레슬리, 21세기의 마이클 잭슨이라고 불리기도 한다는 것도 마찬가지로 모를 것이다.

에미넨이었다.

악동 중의 악동.

프리스타일과 랩 배틀의 천재.

미국 대중문화계를 대표하는 아이콘 중 한 명으로 2,000년대 전 세계에서 가장 많이 판 음반 1위, 4위의 기록을 보유한 남자였다. 이전에 없던 독창성과 음악성으로 힙합과 대중음악사에 큰 족적을 남겼고 라킨과 더불어 랩 발전을 선도한 아티스트로 극찬을 받는 남자.

그 똘망똘망한…… 반항기 가득한 눈빛의 남자가 나를 선망의 눈으로 바라보고 있었다.

어떻게 할까?

눈 딱 감고 데려와?

"……."

하지만 제이진에게도 그랬듯 에미넨도 손대선 안 된다.

제이진과 퍼프 대디, 에미넨과 닥터 드레는 토트넘의 해리 케인과 손흥민의 관계였다.

어설프게 끼어들었다간 아무것도 안 된다.

내 포지션은 멘토로서 자리 잡는 게 적절하겠지.

마침 퍼프 대디가 없는 관계로 인사할 자시고도 없이 에미넨의 CD를 먼저 듣고 모두 함께 간단히 평가하는 시간을 가졌다.

음반은 BPM 80에서 100 사이의 붐뱁이 주를 이루었다.

'쿵치타치' 소리의 기본 드럼 비트가 유난히 강조된 스타일.

올드스쿨적인 둔탁하고도 강한 드럼 룹이 특징으로 현재 동부 힙합퍼들이 주로 애용하는 사운드였다. 힙합의 기초 중의 기초.

"기본기가 탄탄하네."

"와우! 리듬감 죽이는데."

"톤, 발성이 완전히 잡혀 있어. 백인 주제에 대단해."

"장난 아닌데? 어디에서 이런 애가 튀어나온 거지?"

백인 래퍼를 같잖게 보던 시선에 '인정 어 인정'의 빛이 들어갔다.

시크한 에미넨은 별말 없었고.

다음은 본래 목적이었던 제이진의 작업물을 듣게 되었다.

Vol. 2…… Hard Knock Life.

제이진을 거물로 만들어 줄 음반의 탄생이라.

이번엔 나의 평가다.

"좋네. 몇 가지만 수정하면 되겠어."

"그래?"

"500만 장 이상 나올 것 같은데."

"500만 장?! 와우!!"

"대신 평가는 엇갈릴 거야."

"으응?"

"상업성과 음악성 모두 잡으려는 바람에 둘 다 아슬아슬하게 발을 걸치고 있어. 즉 양쪽에서 공격받으면서도 또 양측에서 인정받는 이상한 경험을 하게 될 거야. 이해돼?"

"……!"

"완성형으로 가고 있네. 나중에 2,000년 말쯤 찾아와라. 내가 널 위해 곡 작업해 놓을게."

"2,000년 말? 10월이나 12월 사이?"

"그래, 알아서 와. 곡 작업해 놓을 테니까."

"진짜지? 나한테 진짜 곡 주는 거지?"

"그럼. 네 스타일을 알았으니 마음에 들 거야."

"하하하하하하, 오늘 완전 끝장이야!"

기뻐 날뛰는 제이진을 두고 에미넨을 보았다.

"너는 어때 보여?"

"나?"

"응, 솔직히."

잠시 망설이던 에미넴은 내게 귓속말을 말했다.

"내가 더 잘할 수 있을 것 같아."

"자신감 쩌네. 너도 이번 기회에 한국으로 한번 들어와 볼래?"

"정말? 나도 그래도 돼?"

"닥터 드레랑 같이 들어와. 닥터 드레라면 너랑 잘 어울릴 것 같으니까."

"휘유~ 나한테 퍼프 대디랑 만나라 하더니 얘한테도 그러는 거야? 어이, 백인. 그냥 우리 회사로 와라. 내가 퍼프 대디 소개시켜 줄게."

"제이진, 사람마다 시너지 나는 사람은 따로 있어. 에미넴에게는 퍼프 대디가 아니라 닥터 드레가 딱이야. 그 사람이랑 만나야 재능을 발휘할 거야."

"그래?"

에미넴이 가진 특유의 기발함은 아직 꽃피우지 못한 상태였다.

그럼에도 백인이 무슨 랩을 하느냐고 무시했던 제이진과 친구들을 단번에 설득해 냈다.

궤도를 타게 된다면 누구보다 무서운 사람이라는 것.

그 일을 할 사람이 닥터 드레다.

"원한다면 인터스코프 레코드에 투자할 수도 있어."

"어! 레이블에 투자한다고? 우리도 투자해 줘. 페이트라면 퍼프도 환영할 거야."

깜짝 놀란 제이진이 또 끼어들었다.

선을 그었다.

"둘 중 하나야. 앨범이야? 투자야?"

"응?"

"네 앨범이야? 회사 투자야? 선택해."

"그야……."

"퍼프 대디는 가만히 놔둬도 쭉쭉 뻗어 나갈 거야. 네 앨범이 더 중요하지 않아?"

"맞아. 알았어. 이건 취소."

"오케이, 다들 잘 작업하고 좋은 결과물을 내라고. 나도 이번 그래미에서는 중대하게 할 발표가 있으니까."

"뭐? 중대한 발표?"

"방송으로 봐. 아직 아무도 몰라. 둘이 친하게 지내고. 알았지? 다음에 만나자고."

생각지도 못한 인연에 잠시 흔들리긴 했지만 정해진 일정은 소화해야 했다.

Clocks가 노미네이트되었다는 내용으로 나는 2월 25일 열리는 제40회 그래미 어워드에 초청받았고 날 만나러 온 팬들의 소망에 충실히 임하며 그들의 마음을 위로했다.

대축제의 장에서 Clocks는 Record of the Year를 수상하며 나의 기록을 이어 나갔고 올해엔 특이하게도 밥 딜런의 Time Out of Mind가 Album of the Year를 가져가며 위대한 짬의 바이브를 입증했다.

모든 스포트라이트가 밥 딜런에게 향했지만, 기분은 오히려 더 즐거웠다.

거장의 귀환은 누구나 반길 만한 것이었으니.

후에 이어진 인터뷰도 괜찮았다.

날파리 바람 날리는 이상한 기자도 없었고 다들 진중한 가운데 오롯이 나만 쳐다봤기에 아주 흡족한 시간을 가질 수 있었다.

그렇지만 계속 희희낙락할 수는 없었고 슬슬 본론으로 들어갈 때라.

"……축하해 주셔서 감사합니다. 이제 인터뷰를 정리하며 마지막으로 한 가지를 발표하고자 합니다. 내년 99년 1월을 목표로 페이트 10집이 발표될 예정입니다."

웅성웅성.

특종이라는 표정들이 나왔다.

시끄러워졌지만 괜찮다.

"잠시만 조용해 주실까요? 질문은 발표 끝낸 뒤 받으면 좋을 것 같은데요. 이제 중요한 얘기를 할 참이라."

중요한 얘기라니.

조용.

"아마도 내년에 발표될 페이트 10집은 1983년 데뷔한 이래 지금까지 걸어왔던 음악인 페이트의 총채가 될 것 같습니다. 또한 페이트란 이름으로 나올 마지막 앨범이 될 겁니다."

"예?!"

"방금 그 말씀은 페이트 앨범이 끝난다는 말씀입니까?!"

"페이트 앨범이 더는 안 나온다고요?!"

다시 웅성웅성.

이번엔 걷잡을 수 없이 시끄러워졌지만 나는 미간 한 번 찌푸리지 않고 기다려 주었다. 마구 던지는 질문에 답도 안 하고 흥분해서 어쩔 줄 모르는 그들을 지켜보면서.

한참이 지난 후에야 자신들의 실태를 깨달았던지 기자들은 조용해졌고 다시 인터뷰를 이어 갔다.

"음악 활동은 계속할 겁니다. 다만 페이트 앨범이 10집에서 끝난다는 겁니다. 이 정도면 됐다 싶어서요."

누가 급히 손든다.

"질문해도 됩니까?"

"예."

"방금의 그 '이 정도면 됐다'의 의미를 조금 더 구체적으로 설명해 주실 수 있으십니까? 다들 궁금해하실 것 같아서요."

"어렵지 않습니다. 그렇게 느꼈기 때문이죠. 여기까지라고요."

"여기까지라고요?"

"세상에 영원한 건 없죠. 저도 마찬가지입니다. 드문드문 음원 정도는 제작할 수 있어도 앨범은 10집에서 끝났다. 그렇게 느껴집니다. 제 역할은 여기까지라고요."

"정말인가 봐."

"페이트 앨범이 여기에서 끝이라고?"

"아아……."

"허어……."

"이런……."

"……."

"……."

"……."

아쉬움, 탄식, 공허, 섭섭, 아픔 같은 감정의 편린들이 동시에 전해져 왔다.

놀라웠다.

그동안 나는 저들과 나 사이에 기자와 아티스트라는 좁힐 수 없는 간격만 있을 거라 생각했다.

저들도 나의 팬일 수도 있고 나를 무척 아끼고 있었다는 걸 몰랐다.

반성하였다.

단상에서 내려가 그들을 안아 줬다.

한 명씩 전부.

서로의 온기가 전해지자 더욱 확신할 수 있었다.

내가 이들을 용서했음을.

다음 날이 되어 내가 아는 모든 언론에서 페이트 특집을 다뤘다. 10집을 예고하며 더 이상 페이트란 이름이 든 앨범이 나오지 않을 거란 사실을 사방팔방 세계를 향해 뿌렸다.

가장 놀란 건 민들레였다.

1988년 처음 그래미 어워드에 입성한 이래 비가 오나 눈이 오나 한결같이 나를 사랑해 주고 아껴 주고 지지해 준 이들이 아닌가.

그런 그들이 눈물을 흘리며 찾아왔다.

나도 단지 몇 마디, 단지 얼굴 비치는 거로 끝내지 않고 찾아온 이들 전부를 안아 주고 마음을 알아주었다.

쓰러지는 이들도 생기고 주저앉아 대성통곡하는 이들도 보이고 그동안 수고했다며 묵묵히 곁에 있어 주는 이들 속에서 나도 눈물을 흘렸다.

하지만 악수도 천 명이 넘어가면서 손에 마비가 왔다.

허그도 마찬가지.

내 육체는 한계에 다다랐고 그럼에도 민들레 물결은 끝도 없이 이어졌다. 이런 상태에서는 다음 일정인 텍사스로는 절대 갈 수 없었다.

그 실망을 어떻게 감당할까.

결국 부시 부자에게 양해를 구하고 병원에 실려 갈 때까지 허그를 이어 갔다. 이틀 동안 누워 있다가 회복하자마자 다시 허그를 시작하려는 나를 민들레가 말렸다. 학교와 시험이 있지 않으냐며 나의 일정을 꿰고 있는 그들답게 울면서 나를 놓아주었다. 그런 핑계로 한국으로 돌아왔다. 다 못 안아 줘서 미안하다는 말만 남기며.

그러나 한국도 쉽지는 않았다.

페이트 10집으로 페이트란 앨범이 나오지 않는다는 말을 했을 뿐인데 어느새 은퇴로 결론 내리고 나를 쫓아다녔다.

학교에서도 피곤했다.

굴강한 자존심 덕택인지 페이트 앨범으로는 뭐라 안 했지만, 그놈이(날 미팅에 데려가려던 놈. 나도 끝까지 이름을 밝히지 않겠다) 악에 받쳐 동네방네 소문을 다 퍼트리고 다닌 덕분에 만나는 사람마다 사법과 행정 고시 수석을 얘기해 댔다. 또 외무 고시 준비한다며? 하며 나를 툭툭 쳐 댔다.

교수들은 내가 사법 연수원으로 들어갈 거란 걸 기정사실로 여겼던지 나를 무슨 법조계 후배처럼 대했고 나도 딱히 부인하지는 않았다. 조기 졸업이 목전인데 분란 일으킬 필요가 있을까?

남은 기간 열심히 준비하여 외무 고시 1차를 끝내고 또 1차 패스를 예감하며 3월 23일 개최되는 아카데미 시상식 참가를 위해 다시 미국행 비행기에 올랐다.

미국은 여전히 페이트 때문에 뜨거웠다.

온갖 프로그램에서 페이트를, 그 행보를 중점적으로 다루었고 우리 시대 가장 위대한 음악가가 자신에게 주어진 직분을 곧 마칠 것 같다며 아쉬워했다.

매 순간 기자들이 쫓아다녔다.

똑같은 질문을 해 댔고 똑같은 답을 해 줬음에도 민들레의 물결은 도통 줄어들 기미가 없었다. 아프고 슬프고 아쉽고 개운하고 애썼다는 마음들이 복합적으로 나를 둘러싸며 나의 심상을 자극했다.

그런 와중 아카데미 시상식이 열렸다.

70회 아카데미 시상식은 타이타닉의 독무대였다.

11개 부문을 휩쓸며 태풍을 일으켰고 제임스 카메룬 감독

이 모든 영광을 얻었다. 나도 음악상과 주제가상을 받고 My heart will go on이 셀린 디온이라는 날개를 달고 15년이라는 긴 세월을 뛰어넘는 걸 봤다.

이어진 수상 소감에서 나는 나에게 주어진 모든 영광을 태국, 말레이시아, 인도네시아, 필리핀 등 아시아 금융 위기를 겪은 이들을 위해 돌렸다.

그게 무슨 뜻이냐는 호스트의 질문에.

미국이, 클린턴이 패악한 짓으로 수억 명의 눈에서 피눈물을 흘리게 만들었다고 답했다.

한창 주인공이 돼야 했을 제임스 카메룬에게는 미안하지만, 이 발언으로 인해 주변의 모든 시선이 내게로 쏠렸다.

"현대 자유주의와 사회적·경제적 평등을 옹호하며 복지 국가를 지향하는…… 정부의 시장 간섭을 통해 경제의 균형을 찾아야 한다고 강조하며 노조의 권리를 보호하고 환경 친화와 공정한 기회를 부르짖던 민주당이 아시아의 등에 칼을 꽂았습니다. 민주당이 집권한 94년의 멕시코는 어땠습니까? 그들 앞에서 가진 의무를 다하겠다던 청년 클린턴은 도대체 어디로 갔습니까? 나는 아시아 금융 위기를 세계의 안녕과 평화를 저해하는 행위로 규정하였고 명백한 미국의 배신이라 선언합니다."

모두가 경악한 가운데 천천히 썰을 풀었다.

태국의 외환 위기로 발발된 이 사건의 전모를.

가담한 금융 기관과 헤지펀드들을 일일이 다 나열했다.

"그들은 침략자이고 약탈자입니다. 이들의 무법적인 행동이 백악관의 허락 없이 가능했을까요? 클린턴은 어째서 그들만의 대통령이 된 걸까요? 민주당은 어째서 돈만 밝히는 조직으로 전락했을까요? 여러분에게 묻고 싶습니다. 여러분은 아시아인의 울부짖음이 들리지 않으십니까? 그들의 피가 묻은 돈으로 자기 몸을 살찌우고 싶으십니까? 여러분의 아이를 키우고 싶으십니까? 저는 싫습니다. 결단코 싫습니다. 내 자식이 있다면 깨끗하고 정당하고 온전한 돈으로 당당하게 키울 겁니다. 더러운 돈에는 절대로 타협하지 않을 것이며 그래서 이 일도 또한 좌시하지 않을 겁니다."

웅성웅성.

"그래서 저는 이 시간부로 민주당과 클린턴에 대한 지지를 철회하며 아시안을 위해, 그들의 권익을 위해 싸울 것을 천명합니다. 내 조국을 뿌리부터 흔들어 집어삼키려 한 세력을 잊지 않고 그들을 견제하며 그들의 앞잡이가 된 민주당, 클린턴을 지켜볼 겁니다."

전 세계 시선이 모인 아카데미 시상식 자리에다 똥물을 뿌렸다.

그러곤 유유히 텍사스로 날아갔다.

가뜩이나 10집을 끝으로 앨범이 안 나온다고 난리인 이때 또 한 번의 폭탄이 터진 것이다.

뭐라 해석하든 말든 나는 아들 부시와 야구 모자를 쓰고 텍사스 레인저스 경기를 관람했고 괜히 코노코필립스 같은 석

유 회사를 시찰하며 의문을 더욱 증폭시켰다.

"하하하하하, 역시 페이트. 뭐가 중요한지 알아."

"보답이 됐나요?"

"물론. 그것도 아주 흡족하게."

아버지 부시도 이번만큼은 소리 내 웃었다.

조지도 역시.

"근데 정말 10집으로 마무리하는 건가? 혹시 이 일 때문은 아니겠지?"

"그럼요. 애초부터 그럴 생각이었어요. 그걸 내년으로 할지 내후년으로 할지 결정은 못 했지만 말이죠."

"흠, 이번 기회에 터트린 거로군."

"예."

"그 때문에 한창 예민해진 언론이 자네의 발언을 훨씬 더 크게 받아들인 걸 테고."

"충격을 주려면 저도 뭔가를 내놓는 게 맞겠죠."

"술렁이고 있네."

"그나저나 괜찮겠습니까?"

"뭘?"

"그놈들에게 미움받을지도 모릅니다."

"시기가 미묘하긴 하지. 자네가 우리에게 다녀간 후 그런 발표를 했으니 정보가 우리에게서 새어 나갔다 판단할 수 있을 것이야. 하지만 자네도 이미 준비하고 있었잖나. 700억 달러 대출 건도 그렇고."

"화를 풀 대상을 찾을 수도 있어요."

"어차피 클린턴, 민주당에 돌아선 놈들이야. 전쟁은 예고됐어."

"준비는 끝났나요?"

"걱정 마시게. 우린 그렇게 호락호락하지 않아."

다음 날로 미국 전 언론에 아시아 금융 위기의 전말이란 내용의 기사가 떴다. 민주당 지지 언론만 빼고.

공신력을 위해 공화당 대변인이 직접 나와 브리핑했고 증거와 정황들을 속속들이 꺼내 성전을 예고했다.

나도 가만히 있지 않았다.

예전처럼 여성, 성 소수자, 밀레니얼 세대, 흑인, 라틴계, 무슬림, 아시아계를 언급하며 그래서 달라진 게 있었냐고 돌아보라 촉구했다. 그들은 당신들이 준 권력으로 당신들을 위해 일하지 않았고 로비에 현혹돼 사익을 위해 뛰어다녔다 말했다.

더 이상 중요한 걸 놓쳐선 안 된다고 했다.

그들은 웃는 낯으로 다가와 너희들의 모국을 공격했고 수억에 달하는 이들의 눈에서 눈물을 흘리게 하였다고 선동했다.

언급된 금융 기관과 헤지펀드 사무실은 난리가 났다. 몰려든 민들레에 의해 사무실이 장악되고 민주당 당사는 매일 수천 명의 시위대로 도배되었다.

공화당도 천금 같은 기회를 놓치지 않았다. 양심선언을 빙자하여 불문율로 여기던 정치권의 비위를 터트렸고 민주당을 물귀신처럼 물고 늘어졌다.

민주당도 이대로 죽을 순 없다는 듯 일진일퇴의 공방이 이어졌으나 어쩌겠나? 아시아 금융 위기를 일으킨 건 또 묵인해 준 건 공화당이 아니다.

하루하루 드러나는 증거와 실체…… 클린턴 재선 당시 후원사의 목록이 드러났고 그들과 만나던 민주당 인사들의 사진이 언론에 뿌려졌다.

민주당은 걷잡을 수 없이 무너졌고 공화당은 마지막 일격을 위해 미국의 향수를 건드렸다.

Great U.S.A.

자유주의 진영을 수호하던 위대한 미국이 언제 이렇게 추락하였고 천박한 짓을 하게 되었냐며 이 모든 것이 다 뒷돈이나 밝히는 민주당과 클린턴에 잘못이 있다고 우리 공화당이야말로 앞으로 열릴 밀레니엄 시대에 걸맞은 품격 높은 미국을 만들 수 있음을 호소했다.

권한을 주시오.

돼먹지 않은 민주당과 클린턴에 철퇴를 내리겠소.

올 11월 열리는 상·하원 의원 선거에서 부디 미국의 정의를 되찾아 주시오. 라고.

옴마야.

그렇네.

공교롭게도.

터트리고 보니 선거와 겹쳤네. 쿠쿠쿡.

Chapter 112

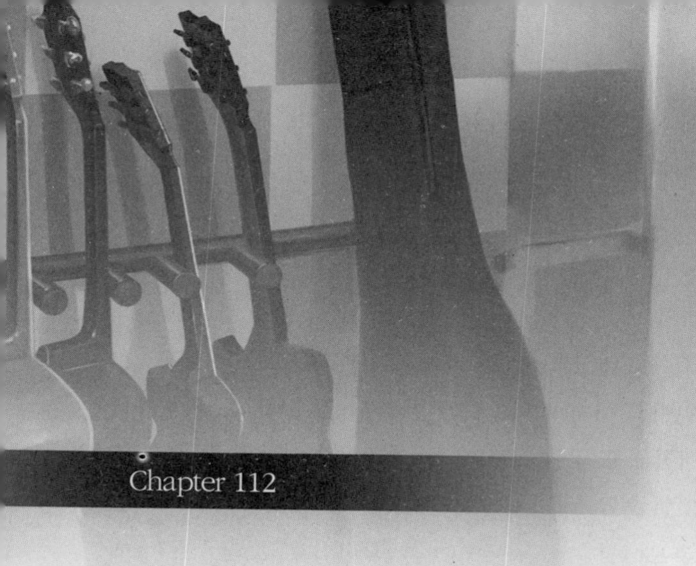

Chapter 112

원역사에서처럼 줄줄이 비엔나 같은 도산은 없었다.

영원히 이어질 것 같던 부도 러시도 어느 순간을 기점으로 멈췄고 기업은 특히나 대기업은 그리고 그중에서도 민종금의 돈을 빌린 기업들은 민종금이 주도하는 강력한 회계 감사를 받으며 그 민낯을 세상에 철저히 까발려야 했지만 대신 살아남았다.

함홍목은 계속 망해라 망해라 노래를 불렀다.

네까짓 놈들 망해 봤자 눈 하나 깜짝 안 한다며 대기업 총수를 문밖으로 내쳤고 소금을 뿌렸다. 뒤로는 차근차근 그들의 지분을 흡수해 갔다.

그의 사전에 순환 출자와 어음이 없는 만큼 더더욱 혹독하게 말이다.

"너희들끼리 작당해서 회사 부풀리고 또 내줄 돈은 어음으로 돌려서 멀쩡한 중소기업들을 망하게 한 거 아니냐. 이 개자식들아!!"

무조건 일대일로 붙었고 보상은 현금 박치기였다.

체면이고 사회적 위상이고 뭐고 다 끄집어내 밑바닥에서 내팽개쳤고 또 밀어줄 때는 확실하게 밀어줬다.

2조 원 조금 못 미치는 돈을 굴릴 때도 세상 무서운 게 없던 함홍목이었다.

140조 원에 달하는 현금을 가진 그는 못 할 일이 없었다. 더구나 환율도 안정세를 찾아가며 1,100원 수준으로 떨어졌다. 고스란히 달러로 바꿔도 이게 얼마인가.

그런 사이 외환은행이 부도났다.

민종금은 은행에 대해서만큼은 더욱더 가혹하게 대했는데 외자 유치부터 정부 지원 등을 막아 버리고 서서히 말려 죽였다.

어디 돈 빌릴 곳도 없는 상황에서 그들이 할 수 있는 건 없었고 한때 거래 정지 명령이 떨어지며 놀란 국민에 의해 난리가 났으나 대기하던 금융 감독원이 신속히 움직여 외환은행 DB를 회수, 고스란히 함홍목에게 가져다주며 일단락되었다.

시사하는 바가 아주 컸다.

정부가 직접 외환은행 자산 매각 절차를 밟으며 앞으로 이런 일엔 용서가 없음을 내비쳤고 민종금에다 시세의 10%도 안 되는 헐값으로 매각함으로써 경고하였다.

민종금과 협의하라고.

그렇게 구 외환은행을 발판으로 민족은행이 출범하였다.

초대 은행장으로 선출된 함홍목은 곧장 세계 최고의 안정성을 캐치프레이즈로 사세 확장에 들었고 각 은행의 지분율을 언론에 발표, 그중 외국 자본 비율을 유독 들먹이며 이들 은행이 수익을 얻으면 얻을수록 그만큼의 비율로 돈이 해외로 빠져나감을 알렸다. 토종인 민족은행은 절대로 그런 일이 없다며 수익의 상당 부분을 국가와 민족을 위해 쓸 거라는 공약을 했고 우리나라를 공격한 놈들에게 계속 돈을 줄 거냐고 선동해 댔다.

구 외환은행에서 넘어온 직원들도 어느새 불안감을 떨치고 의욕적이 됐다.

미리 준비한 민종금의 선진 시스템은 기존보다 훨씬 더 체계적이고 합리적인 정책으로 민족은행을 이끌었고 직원들의 마음을 잡았다. 그들은 날마다 밀려드는 고객에 비명을 지르면서도 좋아했다. 민족은행의 식구가 된 걸 행운이라 여겼다.

"잘 풀리네요."

"잘 풀리지."

"삐걱거리는 건 없어요?"

"있을 리가 있나. 정부가 주도적으로 도와주는데. 은행은 돈이 권력이고."

"그럼 됐네요."

"안타까워."

"예?"

"이 짓을 10년밖에 못 한다는 게 말이야. 영원히 하고 싶은데. 나 죽을 때까지만 하면 안 될까?"

민족은행장실이었다.

미국에서 돌아오고 대략 바쁜 걸 끝내자마자 함홍목을 만나러 왔다.

"안 돼요. 그럼 우리도 썩어요. 그래서 정부와의 계약을 10년 한도로 확정 지은 거예요."

"그런가? 안 되겠지?"

"정부도 언제까지 우리만 밀어줄 순 없을 거예요. 불만이 나올 수밖에 없는 형태잖아요."

"하긴……."

이번 외환은행 건으로 다른 은행들도 민종금의 본모습을 눈치챘을 것이다. 140조 원이라는 막대한 기금이 고작 서민을 돕기 위해 마련된 게 아님을.

민족은행은 태생부터 은행의 포식자였다.

고로 민족은행이 태어난 이상 그들에겐 두 가지 길밖에 없었다. 망하겠다 싶으면 100% 지분을 가져와 협상에 들든지, 망해서 헐값에 넘기고 울든지.

"그렇지 않아도 불만 어린 소리가 나오더라고."

"그래요? 어디에서요?"

"국내야 지들이 한 짓이 있으니 조용하지만, 외국 놈들 말이야. 이런 식으로 억압하는 건 말도 안 되는 처사라고 항의했다더군. 금융 당국에. 뭐, 그것도 네가 클린턴이랑 민주당에 똥물을 퍼부은 후론 잠잠해졌지만."

"……."

웃어 줬다.

함홍목이 내용을 풀어냈다.

"같잖은 짓이지? 그 쉐끼들이 미국 정부를 통해 압력을 가하려 했나 봐. 헌데 페이트 때문에 아시아 금융 위기의 주범으로 찍혔으니 전부 도로 아미타불이 된 거지. 일본이 그나마 깨갱대고는 있는데 김대준도 꿈쩍 안 하고."

"까부는 놈들은 찾아내서 더 강하게 압박하세요. 한국에 잘못 들어오면 어떤 꼴이 나는지 이번 기회에 알게 해 줘야죠."

"걱정 마라. 사채업자가 자기 걸 빼앗기는 거 봤냐? 다 죽여 놓으마."

"특히나 부산 쪽도 잘 들여다봐 주시고요. 이것저것 안 되면 일본 애들이 제2금융권을 노릴 수도 있으니까요."

"그렇겠지. 나도 듣는 귀가 있다. 쥐새끼처럼 이리저리 빠져나가는 게 그놈들 특기 아니냐."

"잘 지켜봐 주세요. 저는 그렇게 알고 있을게요."

일어났다.

"벌써 가려고?"

"청와대에서 만나자고 하네요. 물어볼 게 많나 봐요."

"하긴 왜 안 부르겠냐. 가 봐라."

"예, 파이팅입니다."

"내 살며 요즘처럼 정신 말짱하고 활기 넘치던 때가 없었다. 고맙다. 대운아."

"뭘요. 아! 한 가지 더 팁을 드리자면 한국이 정리되면 바로 외국으로 눈을 돌리세요. 민족은행의 덩치는 골목대장 수준이 아니잖아요."

"옳지."

"특히나 자원 쪽으로 봐주세요. 식량부터 비금속류 같은 것들로요."

"그래?"

"결국 자본은 자원이에요. 자원을 쥐고 있어야 은행도 안정적인 운영이 가능해져요."

"알았다. 내 그것도 잘 살펴보마."

"DG 인베스트의 정홍식 대표와 긴밀하게 연계하세요. 잘 도와 드릴 거예요."

"알았다. 고맙다."

"저는 그럼 갈게요."

"조심히 가라. 항상 조심해야 한다."

"예."

곧장 이동해 청와대에 도착하니 비서실장이 된 배성만이 나를 맞이했다.

간단한 인사와 함께 집무실에 들어가자 김대준이 기다리고 있었다.

"안녕하십니까. 대통령님."

"오오, 어서 오시오. 길은 막히지 않았소?"

"앞으로 펼쳐질 대한민국의 운명처럼 뻥뻥 뚫려 있었습니다."

"그렇소? 하하하하하하, 그렇게만 된다면 내 무에 더 바랄 게 있겠소. 어서, 어서 이리 와 앉으시오."

청와대는 2월 취임식 이후 두 달이 지났음에도 아직까지 전 정권의 업무를 인수인계받느라 정신없었다. 보통 6개월 걸린다 하니 나라 하나를 운영하는 업무의 방대함은 일반적인 상식으로는 헤아리기 어려웠다.

그럼에도 김대준은 생기가 돌았다.

자칫 똥만 치우다 끝날 뻔한 운명이 크게 반전했음이라.

비록 은행을 콱 틀어쥔 민종금에 의해 금융권의 반발이 드세다지만 그 정도야 흘려버려도 만무했고 다른 분야는 슬슬 정상으로 돌아가고 있지 않은가. 그것도 또 민종금에 의해서.

작년 말에 비한다면 말도 안 되게 평안한 상황이었다.

"그래, 미국은 괜찮겠소?"

똥물 퍼부은 걸 묻는 거다. 웃어 줬다.

"우리나라에 슈퍼 301조를 때렸을 때 이미 예고된 일이었어요. 클린턴은 퇴임 때까지 어떤 힘도 발휘하지 못할 겁니다."

"호오…… 그래요?"

"아마도 여자나 후리다 대형 스캔들이 터질 거예요. 그 얼굴에 도화살이 붙어 있거든요."

르윈스키 여사가 잘해 주길.

“……?!”

“아무튼 한국에 신경 쓸 겨를이 없을 거란 말씀입니다. 미국은 걱정 마시고 국정 운영에만 집중하시면 될 겁니다.”

“그렇소?”

“예, 클린턴은 아주 좋은 본보기가 될 거예요. 앞으로 제게, 우리나라에 이상한 짓을 했다간 어떤 꼴을 당하게 되는지 말이죠.”

“……”

움찔.

위협을 느꼈나? 하긴 결코 남 일은 아닐 것이다.

나도 밑밥을 깔았다.

“저도 이참에 세력을 키워 볼까 하고 있어요.”

“정치에 들어올 생각이오?”

눈이 반짝. 나를 당에 들이려고?

“글쎄요. 정치를 정치인에, 기업을 기업인에, 금융을 금융인에 맡겼더니 지들끼리 쑥덕쑥덕하며 딴짓하기 바빴잖아요. 안전장치를 마련해 놔야겠어요. 아아, 미국 말입니다. 한국이 아니라.”

“아아, 그렇군요.”

안심과 아까움이 공존하는 표정이 나왔다. 재밌네.

나도 슬슬 본론을 꺼냈다.

“오늘 무슨 일로 부르셨습니까?”

“아, 사람을 불러 놓고 여태 딴 얘기만 하고 있었군요.”

"아닙니다. 대통령님과의 대화는 언제든지 환영입니다."

"그렇게 봐줘서 고마워요. 다른 게 아니라 내가 이 자리에 오른 후 천천히 아주 유심히 살펴보았단 말이오."

"예."

"상당히 끈끈한 유착을 발견했소. 일본과."

일본 얘기구나.

"그럴 겁니다. 일본 돈 먹고 공부해서 자리에 오른 놈들이 꽤 될 거예요."

"맞소. 다 드러나지 않았지만 근래 들어 특히 많이 늘어난 것 같소."

"본래 해충은 번식이 빠르죠. 시기를 정하여 솎아 내지 않으면 집 자체를 태워야 할지도 모릅니다."

전두한부터 노태운에 이르기까지 군부 정권 시절 수시로 김매기에 돌입했음에도 여전히 일본 쪽에 붙는 이들은 생겨났다.

이는 어쩔 수 없는 국력의 차이에서 오는 간극일 것이다.

일본은 여전히 세계 최상위의 국가이고 한국은 이제야 떠오르는 어린 용이니.

물론 이것도 20년이면 뒤집힐 테지만.

"내 단도직입적으로 묻겠소."

"예."

"일본에서 독립하려면 어찌해야 하오?"

캬~ 명쾌한 질문.

"독립까지입니까?"

"그렇소."

"그렇다면 첫발은 소부장재에서 시작해야 할 겁니다."

"소부장재?"

"소재, 부품, 장비. 이 세 가지가 탄탄히 받쳐 주지 않으면 우리나라는 언제나 일본 때문에 발목이 잡힐 겁니다."

"소재, 부품, 장비라…… 하긴 이 중 어느 것도 일본에서 수입하지 않는 것들이 없군."

"중요한 것부터 시작하시죠."

"중요한 것?"

"반도체 말입니다."

"반도체?"

"미래 산업의 쌀과 같은 놈이죠. 앞으로의 세상은 반도체 없이 어느 분야도 미래를 논할 수 없게 될 겁니다. 이 분야의 소부장재부터 육성할 것을 적극 추천해 드립니다."

"그래요? 난 IT 벤처 사업을 육성시키려 준비 중이긴 한데……."

IT 벤처란다.

기가 막혔다. 이래서 역사는 피할 수 없는 건지.

IT와 벤처를 사랑한 대통령.

IMF 당시에도 벤처 기업 활성화 대책으로 9천억 원의 기금을 마련, 새로 창업하는 벤처 기업에 3억 원을 지원하는 등의 정책을 만들고 '벤처 특별법' 개정을 통해 실험실 및 교수 창업도 가능하게 한 대통령이었다.

2000년에는 '벤처 촉진 지구'를 도입해 지방 벤처 기업 육성 정책을 펼치며 조세 감면도 해 주고 9차 개정에서는 스톡옵션 제도를 확산시켰다. 2002년 '벤처 건전화 방안'에선 M&A 활성화 정책도 구축하게 도와주고.

코스닥 시장 활성화를 위해 시장 환경 개선까지 해 준…… 이런 막대한 지원의 결과로 1998년 말 2,000개 회사에 불과하던 IT 관련 기업의 숫자가 2001년 6월에는 1만 개 사를 넘겼고 벤처 기업의 생산 비중도 대한민국 GDP의 3%까지 올라가는 일이 벌어진다.

창업의 문턱을 낮춘 건 참으로 잘한 일이지만.

알잖나. 조금 있으면 IT 버블이 터진다.

'.COM'이란 이름만 붙여도 주식이 폭등할 때라는 건 인정하는데 말리지 않을 수가 없었다.

"우선 간단하게 시작하시는 건 어떠십니까?"

"간단하게요?"

"제 보기에 2년쯤 되어 IT 쪽에 큰 문제가 생길 것 같은데. 너무 많이 밀어 넣는 건 조심스럽다는 판단입니다."

"설마 끝물이라는 얘기요?"

"아닙니다. 위기가 있다는 얘기죠. 그걸 뚫는 기업은 크게 성장할 겁니다. 다만 우리 풍토가 그걸 뒷받침해 주지 못하는 게 문제죠."

"풍토부터 만들라는 건가요?"

"실리콘 밸리는 우리가 벤치마킹하기에 너무 멀리 가 있습니다. 완전히 베낄 자신이 없다면 아예 처음부터 설계하는 게 좋습니다."

"크음……."

이 부분에서만큼은 심기가 불편한 모양이었다.

그렇다고 노하거나 그런 건 아니고 하고 싶은 걸 못 하게 막은 이에 대한 불만 정도?

나에 대한 김대준의 인식 정도를 알 수 있는 순간이라 좋은 마음으로 조금 더 깊게 들어가 줬다.

"인프라는 단시일에 생겨나지 않습니다. IT 벤처 산업 육성은 찬성하나 이걸 임기 내에 이루시겠다면 말리고 싶습니다."

"다음 대로 미루란 얘기요?"

"반석이 되시라는 얘깁니다."

"으음……."

"코스닥 시장을 활성화시키는 것도 좋고 다 좋은데 뭐든 급하면 부작용이 생기기 마련이니까요."

"……."

잠시 생각하던 김대준은 풀린 표정으로 나를 바라봤다.

"무슨 뜻인지 알겠소. 근데 거 IT 산업의 위기라는 것에 대해 조금 더 알려 줄 수 있겠소?"

"간단합니다. 현재 IT 산업을 보시면 됩니다. 무분별하죠. 어느 것이 유망한지도 모르고 IT라고 하면 일단 사고 봅니다. 주식은 폭등하고 사업체로서는 돈이 저절로 벌리는 거예요. 당연히 헝그리 정신은 사라지겠죠. 나중엔 껍데기만 번지르르한 회사들만 넘쳐 날 겁니다. 우리의 96년도와 같이요."

"으음……."

예시가 적절했던지 김대준의 기세가 한풀 더 꺾였다.

사채업자 IMF와 만난 차갑고 숨 막혔던 순간은 세상 누구도 다시 겪고 싶지 않을 것이다.

김대준도 대통령이 되어 더 잘 느꼈을 것이다. 나의 자금이 아니었다면 지금 어떤 꼴을 당하고 있을지.

"그렇군."

"예."

김대준과의 대화는 여기에서 끝났다.

나는 일상으로 돌아갔고 한동안 조용하던 청와대는 한참이 지난 후에야 김대준이 직접 대국민 브리핑을 하였다.

제조업 육성과 신사업 개발이라는 프로젝트를 실시할 계획이라고.

거기엔 IT 벤처 산업에 대한 건도 있었는데 원역사의 1/3 수준인 3,000억의 지원이 책정돼 있었고 일본 의존도가 높은 기업에는 사업 다각화를 요구하는 내용이 들어가 있었다.

할 수 있는 것에서 최선을 뽑은 정책이라.

나는 이 정책들보다 그가 꽉 막힌 사람이 아니라는 게 참으로 다행이라는 생각이 들었다.

대통령이 잘못 고집 피우면 어떤 꼴이 나는지 본 이상 그도 마찬가지였다면 2차, 3차로 여러 행동 계획을 마련해야 했을 것이다. 얼마나 귀찮은가?

그런 고로 그의 결정이 아주 반가웠다.

“이제 한국은 안정을 찾아가는 것 같고 슬슬 중국 쪽을 파 볼 때인가?”

북경 쪽을 바라보았다.

작년 초, 10억에 달하는 인구와 큰 땅덩어리, 풍부한 자원을 무기로 삼아 개혁 개방을 주도하던 실력자 덩샤오핑이 타개한 후로 무슨 일이라도 벌어질 듯 꿈틀댔던 중국은 98년에 들어서는 흐르는 강물처럼 잔잔하기만 하였다.

정치적으로 불안정해질까 지켜보던 서방 사회도 훌훌 털고 이쯤이야 우습다는 듯 거대한 덩치를 바로 세우고 당초 약속대로 빠짐없이 일을 진행시키는 중국의 행보를 보며 안심하고 투자를 지속시켰고 장쩌민 체제는 안정적으로 보이기까지 하였다.

물론 이건 바깥에서 본 입장이었다.

내가 본 중국은, 지금의 중국은 큰 틀에서 원역사와 달라져 있었다.

장쩌민이 9기 주석으로 연임되며 올 4월부터 업무를 시작한 것까지는 동일하지만 10년간의 총리직으로 물러났어야 할 리룽이 9기 내각 총리로 재신임되며 크게 부상하였다. 상무위원으로 5년간 활동하다 역사의 뒤안길로 사라져야 할 인물이 말이다.

이 일이 의미하는 바는 무척 컸다.

가뜩이나 덩샤오핑의 유산을 흡수하면서 적수가 사라진

장쩌민이라.

일대일로 프로젝트를 입안한 리룽의 재신임은 결국 일대일로란 제안을 받아들인 것이며 연임으로 끝날 주석 제도를 수정해 다임 체제로 가려는 복선으로 보일 만큼 파격이었으니.

"성공만 한다면 대박일 텐데."

나는 이걸 중국이 가속화되는 신호로 봤다.

막을 수 없다면 오히려 더 밀어주겠다는 의도가 통한 것.

재밌었다.

70, 80년대를 지배하던 일본과 90, 2000년대를 휩쓰는 중국 그리고 그 사이의 한국.

이대로 해일과 같은 물결이 지나가고 또 계속 지나가다 보면 다음 세대는 한국의 차지가 되지 않을까?

전화기를 잡았다.

"접니다. 형님."

[오오, 동생. 전화를 무척 기다렸다네.]

"늦었죠?"

[아니네. 내 동생의 마음을 알고 있으니 기다릴 만했소. 모시는 하늘은 달라도 우린 연결돼 있지 않은가?]

"그렇습니다. 축하드립니다. 재신임이요."

[고맙네. 능력도 없는 나를 다시 세워 주시니 감사할 따름이오.]

"10억 중국을 움직이는 분이 겸손이 너무 과하십니다."

[그렇소? 하하하하, 누구에게는 그리 중요치 않은 시장이

라 들어서.]

농담을 다 하네. 사정이 정말 좋아졌나 보다.

"이제는 중요해졌지요."

[오오, 그래요? 왠지 마음이 든든해지는데 결심을 굳힌 것이오?]

"미국에 예의를 가르치느라 다소 시간이 지체되긴 했지만 늘 바라보고 있었습니다. 그나저나 슬슬 시동을 거는 게 관찰되더군요."

[역시. 잘 판단했소. 계획대로 정치, 경제, 사회, 문화, 모든 부분에 걸쳐 작업이 들어갈 것이오. 아 참, 나도 잘 지켜봤다오. 미국 말이오. 내 동생에게 한 수 진하게 배웠소.]

"부끄러운 모습이 아닌지 걱정입니다."

[무슨 말씀이시오. 동생은 100년 이래 다시 나타나기 힘든 대영웅이시오. 한마디 호령으로 세계를 움직이는 영웅이 어디에 또 있겠소. 사실 말이 나와서 하는 말이지만 한편으로는 부럽기도 하고 또 한편으로는 질투가 나기도 했소. 이해하시오?]

"잘 봐주셔서 감사합니다."

[내 동생과 연결된 게 천명이었음을 확신하오. 주석도 그렇게 보고 있소.]

"정말 마음을 굳히신 겁니까?"

[그렇소. 이제 그 길을 굳건하게 걸어 보려 하오.]

"그렇다면 이번 재신임은 그 결심의 세리머니로군요."

[잘 지켜보시오.]

"알겠습니다. 그러나 오늘 전화 드린 목적은 그것의 확인이 아닌 두 번째 기회 때문입니다."

[두 번째 기회요? 그걸 벌써 꺼내는 거요?]

"예."

[두 번째 기회라…… 좋소. 말씀해 보시오.]

"권력과 그 권력을 이어 갈 동력을 얻으셨으니 이제는 대대손손 써도 마르지 않을 은자를 얻으실 때지요."

[허어…… 은자라.]

"마화텅과 장즈둥이라는 사람을 찾으십시오."

[마화텅과 장즈둥.]

"마화텅은 선전대학 출신으로 선전룬쉰 통신발전유한공사 통신 서비스 소프트웨어 엔지니어로 일한 자입니다. 마화텅을 찾으면 장즈둥도 찾을 수 있을 겁니다."

[그렇소?]

"그들을 찾아 4 대 2 대 4의 조건으로 회사를 설립하십시오. 나머지는 DG 인베스트가 처리할 겁니다."

[무슨 회사를 차리라는 거요?]

"맡겨 주시면 됩니다."

[으음, 맡겨 달라. 알았소. 그도 일을 진행시켜 보면 되겠지. 내 몫은 2요?]

"맞습니다."

[허어…….]

"왜 그러십니까?"

[기분이 좀 이상하오.]

"……?"

[고작 2만으로 대대손손 걱정 없을 부를 쌓을 수 있다는 거요?]

"그도 천천히 설명해 드리죠. 우선은 회사 설립에 대한 것만 봐주십시오. 누가 해코지 못 하게."

[내가 있고 동생이 있는데 누가 감히 해코지하겠소. 알았소. 이 건은 일단 시키는 대로 하리다. 나중에 이거로 뭘 할지는 꼭 설명해 주셔야 하오.]

"물론이죠."

재밌었다.

중국의 새로운 시대를 열 빅테크 3대장 중 하나인 텐센트를 준다 했더니 그 텐센트로 내가 뭘 따로 계획하는 줄 안다.

물론 이해는 한다. 현재 나의 위상과 의도는 고작 스타트업 하나로 파악될 만한 성질이 아니었으니까.

"이로써 또 하나의 가능성이 나에게로 온 건가?"

텐센트는 올 11월에 창업한다. 마화텅이 10년간 IT 분야에서 일한 경력으로 장즈둥과 손을 잡고 단 3개월 만에 중국판 메신저 QQ(당시 OICQ)를 발표해 큰 성공을 거둔다. QQ는 1999년 말까지 100만 명 이상의 등록 사용자를 확보하며 바람을 일으키며 승승장구.

이후 IT, 게임 분야에서 할 텐센트의 활약은 뭐 너무나 유명해서 스킵.

걱정은 단 하나뿐이었다.

시기.

"지금이 5월인데 와꾸는 잡아 놨겠지…… 11월 창립에 QQ가 3개월 만에 나오니까 사실상 준비가 끝났을 거야."

아니면 어떡하지?

아님 말고. 길을 마련해 주면 되니까.

정홍식에게 전화해 사실을 알렸다. 腾讯(텅쉰), 텐센트라고.

1998년 6월 18일,

금감위가 퇴출 대상 기업 55개를 발표했다. 5대 그룹 내 20개사, 6~64대 그룹 내 32개사, 비재벌 계열 3개사가 포함된 엄청난 숫자.

덕분에 민족은행은 기업 총수들이 줄을 서서 기다리는 진풍경을 사진에 담을 수 있었다.

1998년 6월 29일,

금감위는 금융 기관 구조 개혁 조처로 동화, 동남, 대동, 경기, 충청 등 5개 시중은행을 폐쇄하겠다 발표했다, 조건부 승인은행도 몇 군데 선정.

덕분에 민족은행은 지분을 싸 들고 오는 은행들을 적당한 가격에 후려쳐 흡수하느라 바빴다.

so good!

"스타번스 코리아는 어떤가요?"

"올 2월에 설립한 이래 현재까지 100개 매장을 열었습니다."

"반응은요?"

"폭발적이죠."

"폭발적일 줄 알았어요."

"굉장합니다. 이 정도로 열광일 줄 저희도 예측하지 못했습니다. 20대가 주축이나 빠른 속도로 30대까지 넘어가고 있습니다."

"분위기가 좋네요."

"좋다 뿐입니까? 여기저기에서 가맹점 문의로 난리입니다. 물론 다 거절이죠. 우린 직영만 하니까."

"무조건 성공할 사업이에요. 그래서 제가 시작한 거고요. 박차를 가해서 1,000개, 2,000개를 돌파해 보죠."

"총괄님 덕에 제가 참 많은 걸 보고 삽니다. 하하하하하하."

오랜만에 김연과 마주 앉았다.

10집을 끝으로 페이트 앨범이 나오지 않는다는 폭탄 발언 후 언론이든 주변인이든 가장 시달린 사람이 김연이었다.

나의 최최최최최측근으로 오필승 엔터 사업의 전반을 책임지는 이로서 그때 얼마나 당황했을까.

돌아오자마자 일이 이렇게 급박하게 흘러가서 결심을 굳힐 수밖에 없었다며 상황 설명을 했다지만 실망과 당황을 봉합하는 것만으로도 꽤 많은 시간을 할애해야 할 만큼 그가 받은 충격은 컸다. 왜냐하면 앨범을 관두게 된다면 가장 먼저 알려 주겠다고 약속한 사람이라서 더 그랬다.

이렇게 편히 대화를 나눌 수 있기까지 참으로 많은 노력이 들어갔다.

"이제 좀 괜찮으시죠?"

"살살 나아지고 있습니다. 이미 발표해 버렸으니 제가 잡는다고 달라질 일이 아니니까요."

"죄송해요."

"괜찮습니다. 음악을 아예 관두신다는 것도 아니지 않습니까? 문득 이런 생각도 들었습니다. 너무 달려만 오신 건 아닐까. 일곱 살 때부터잖습니까. 앨범 하나하나 전부 주옥같은 거로 모자라 수록곡의 퀄리티마저도 한 곡 한 곡이 다 타이틀 급이잖습니까. 다른 이들이라면 100년이 걸려도 못 할 일이라는 걸 뒤늦게 깨달았죠. 너무나 당연해서 잊어버린 걸 겨우 말입니다. 그런 의미에서 10집을 완성하셨다는 건 정말 놀라운 일입니다. 축하받을 일이죠."

"좋게 봐줘서 감사해요. 늘 실장님께 미안한 마음뿐이에요."

"아닙니다. 저한테 그런 마음 품지 마십시오. 전 아주 오래전부터 총괄님과 함께 걸어갈 세상에 대한 각오를 세운 놈입니다. 이 마당에 더 무엇을 바랄까요. 그냥 가시면 됩니다."

"고마워요. 이해해 주셔서."

김연이 기운차리니 나도 살 것 같았다.

제32회 외무고시 수석도 우스울 만큼.

밖에 나가서 전복 올린 해물탕에 소주나 한잔할까 하려는데.

"어, 음악 방송을 하네요."

마침 TV에서 생방송 음악캠퍼스를 하고 있었다.

첫 출연자는 걸그룹.

가요계에서 뼈가 굵은 나나 김연답게 귀를 건드는 예쁜 목소리에 절로 고개가 돌아갔고 순간 깜짝 놀랐다.

"어!"

"아십니까?"

"아……니요."

"예쁘죠? 이번에 데뷔한 그룹입니다."

"그런가요?"

"5월에 데뷔했는데 이름이 핑큰입니다. 지금 하는 노래는 '블루레인'이라는 곡이고요."

핑큰이다.

그래, 맞다. 누가 뭐래도 핑큰은 옳다.

절로 미소가 지어졌다.

작년에 S.E.SN이 데뷔하긴 했는데.

내가 본디 핑큰파라서 그런지 이들의 등장이, 이들의 리즈시절이 너무나 반가웠다. '약속해 줘~' 한 번 해 주면 뭐라도 무조건 약속해 줄 수 있을 만큼.

하지만 애석하게도 금방 들어가 버리고 다음 순서로 엉뚱한 놈이 나와 날뛰고 있었다.

"어!"

"스티븐 유입니다. 작년 '가위'라는 곡으로 혜성같이 등장한 실력파 가수죠."

"아……."

"지금 곡은 '나나나'입니다. 아주 멋지죠? 요즘 가요계는 저 친구가 씹어 먹는 중입니다."

"……."

"독실한 개신교 신자랍니다. 껄렁대지도 않고 바른 생활을 하는 청년이라고 합니다. 봉사 활동이나 선행도 많이 한다고 하고."

칭찬 일색이다.

'어휴~.'

실제 이때의 스티븐 유가 그랬다.

건실하고 깨끗하고 착실하고 열정 넘치는 예쁜 청년.

국민 아들로까지 급부상해 아주 큰 사랑을 받았고 레전드 각이 뜰 만큼 엄청난 명성을 얻었다.

실소가 나왔다.

나는 이 사람이 뭘 했든 안 했든 거의 신경 쓰지 않던 사람 중 하나였다.

병역 기피를 했든 중국으로 들어가 돈을 얼마나 벌었든 자기 인생 자기가 사는 것이고 이후 입국 금지같이 벌어진 일들도 그 선택의 과정에서 한국인에게 '배신감'을 맛보게 한 대가라 생각했다.

다 일어날 수 있는 일이라고 본 거다. 그를 옹호하는 자들이 2020년에도 여전했던 걸 보면 최대한 객관적으로 보려 노력한 건 맞는데.

'…….'

자기 잘못을 인정하며 속죄의 눈물을 처흘리면서 뒤로는 극우 세력에 영합하기 위해 정치적 발언을 일삼고 대외적인 활동 속에 감춰진…… 하나하나 속속들이 발견되는 그의 위선 속에서 나는 왜곡과 날조의 나라, 조작과 은폐의 나라, 차별과 혐오의 나라, 일본을 발견했다.

아아~ 이놈도 소시오패스로구나.

이익을 위해서라면 모두를 위한 공의쯤은 땅에 떨어진 아이스크림보다 더 가치 없게 여기는 놈.

"왜 그렇게 웃으시죠?"

"예?"

"방금 사고 치기 직전의 누군가를 보는 듯했습니다. 어! 설마……."

나와 스티븐 유를 번갈아 보더니 입을 떡.

"지금은 누구한테 말하든 믿지 않을 거예요."

"아아…… 진정 그렇습니까?"

"3년 안에 대국민 사기로 물의를 일으킬 거예요. 특히 군 문제로 말이죠."

"하아……."

"사람 속은 알기 어렵죠?"

"그 말이 정말입니까?"

"모르죠. 저이한테는 자기 이익이 가장 큰 가치일 텐데. 지금 건들면 또 다른 선택을 할 수도 있겠죠."

"달라질 수도 있다는 겁니까?"

"적극적으로 해야 달라진다는 거죠. 현신이 형처럼."

"현신이요?"

"아, 제가 얘기 안 했던가요?"

"설마 현신이도 위험했습니까?"

"부득불 매니저로 형수님을 붙여 준 이유가 뭐라 생각하세요?"

"여성팬들 때문에……가 아니라면 그럼……!"

"그 형 원래 죽을 운명이었어요. 형수가 지극정성으로 보살펴 지금까지 건강하게 영광을 누리는 거예요. 수와 준은 다를까요?"

"……!"

"하지만 이런 예상은 언제나처럼 기약이 없죠. 또 말한다고 한들 제 위명에 피해만 끼칩니다."

"무슨 말씀인지 알겠습니다. 일단 최소한의 조치로 우리 오필승은 저놈과는 일절 인연을 맺지 않겠습니다."

"그게 상책이죠. 어떤 똥이든 똥은 피해 가는 게 좋으니까."

예술 체육 요원이라는 제도가 있었다.

현역병으로 복무하는 대신 2년 10개월간(병역법 제33조의 8 제1항) 예술 체육 분야에 종사하여 해당 분야 발전에 기여하는 군 복무 대체 제도로 4주간 기초 군사 훈련을 받고 복무 기간으로 설정된 기간 동안 원래 하던 일을 이전처럼 계속하기만 하면 복무한 것으로 쳐준다는 내용.

당사자 입장에선 참으로 꿀인 제도인 게 일반인처럼 자대 배치 받고 군사 훈련 하고 죽도록 참호파기도 안 해도 되면서 생활에서까지 이전의 삶과 거의 차이 없게 지낼 수 있다는 점에서 아주 큰 혜택이었다. 이 때문에 군 복무 중임에도 사회적으로는 군 면제로 인식되는 부작용이 있긴 있는데.

그러니까 축구를 잘해 대상자가 됐다면 2년 10개월간만 열심히 축구 하면 군 복무가 인정되고 콩쿠르에서 우승했다면 또 그 기간 동안 열심히 음악 활동을 하면 인정되는 제도라는 것이다.

나도 이번에야 알았다.

무조건 군 면제인 줄 알았더니 보이지 않는 장막으로 가두고 있었다는 걸.

그래미로 훈장 받고 예술 체육 요원으로 편입될 자격을 얻었으나 입영하겠다는 의사를 내비침과 동시에 2년 10개월간 계속 음악 활동을 한다는 증거를 내놔야 재소집을 안 당하게 된다는 걸 이제 알았다. 규정에는 재소집당하는 순간 남은 복무 기간 동안 꼼짝없이 군대에 들어가야 하는 내용이 포함돼 있음을.

물론 이런 안전장치가 있다 해도 너무 대놓고 군 면제와 차이가 없고 사회적 인식도 또한 그래서인지 2015년 7월 이후부터 편입되는 예술 체육 요원은 복무 기간인 2년 10개월 이내에 사회적 취약 계층, 어린이·청소년 등을 대상으로 공연, 교육, 캠페인 등을 하는 특기 활용 봉사 활동을 의무적으로

544시간 실시해야 한다는 규정이 추가되기도 한다.

24시간으로 치면 22일, 하루 8시간 근무로 따지면 68일에 해당하는 기간이라.

차라리 군대 가는 게 더 편할지도 모를 시대가 열리긴 한다.

나는 아니지만 어쨌든.

“젠장, 내년에 페이트 앨범이 마지막인데 이럴 줄 알았다면 작년에 훈련받을 걸 그랬나?”

서둘러 입대하였다.

방학 기간에 맞춰 빡빡머리로 깎고 육군 훈련소에 입소하였고 키와 덩치 때문인지 1번 훈련병이 되어 1열 맨 앞에 섰다. 또 관물대 칼각으로 조교로부터 선임 훈련병으로 지목당해 지시 사항을 떠 나르는 일도 맡았다.

나름 재밌긴 했다.

81 박격포를 주특기로 최전방 GOP까지 경험해 본 인간이 훈련소 생활에 애로 사항을 느낄 새가 있을까? 조교는 물론 훈련소 내 존재하는 거의 모든 장교까지 다 우습게 보이는 판에.

하지만 이런 나도 종교 활동에서 주는 초코파이에는 이길 수가 없었다.

세상 부귀를 다 누려 왔어도 뜨거운 벌판 아래 마시는 차가운 물 한 잔과 건빵 한 조각에 울컥 올라오는 심정을 느꼈다.

군대란 이런 곳이었다.

무엇이든 소중해지고 무엇이든 절실해지는 곳.

초심 찾기엔 이보다 더 완벽한 장소가 있을까?

"어! 너 머리가 왜 이래? 무슨 중대 결심 했냐?"

"야들아, 대운이 머리 빡빡 깎았다. 얘, 군대 가나 봐."

"그러네. 갑자기 머리는 왜 그렇게 깎았어?"

학교 친구들은 내가 군대 갔다 왔는지도 모른다.

대학교 3학년 여름 방학, 누군가에게는 한 철 잘 놀았을 때가 되었을 수도 있겠지만 나는 군대라는 커다란 장벽을 해결하는 시간이었다.

물론 그걸 굳이 입 밖으로 꺼내는 우를 범해 위화감을 조성하지는 않았다. 사법시험을 통과하여 군 법무관으로 갈 수 있음에도 일반병으로서 훈련을 받은 이유는 오로지 예술 체육요원이라는 제도 때문이었으니.

게다가 이놈들은 내년부터 볼 일이 없었다.

조기 졸업 해야 하니까.

싹 무시해 주고…….

점점 더 잘나가고 더 큰 사랑을 받는 스티븐 유나 관찰하고 있는데.

미국으로부터 손님이 찾아왔다.

에미넴과 닥터 드레였다.

오홀, 진짜로 찾아왔네.

"오오, 페이트? 진짜 페이트를 만나게 되다니 진짜 진짜 영광입니다. 진짜."

"민망한데. 이렇게 왔어. 괜찮지?"

"잘 왔어."

"페이트 진짜 크네요. 운동선수라 해도 되겠어요. 진짜."

닥터 드레는 말투가.

흥분한 건 이해하지만…….

한참의 인사 끝에 자리를 정리했다.

"두 가지 때문에 온 거지?"

"맞습니다. 이 녀석의 앨범을 봐주겠다는 것과 우리 인터스코프 레코드로의 투자 건이 있다는 얘기를 듣고 왔죠."

에미넨에게 물었는데 닥터 드레가 나선다. 이 말이 맞는지 확인하는 눈빛으로.

인정해 줬다.

"맞아요. 그런 말을 했어요."

"아아, 참으로 다행이군요. 하긴 이 녀석이 까칠해도 없는 말을 지껄이지는 않으니까요."

"그럼 앨범부터 한번 볼까요?"

"좋습니다."

The Slim Shady LP였다.

바닥을 전전하던 에미넴의 인생을 송두리째 바꿔 놓은 앨범.

에미넴 특유의 미친 똘끼와 조롱, 풍자가 섞여 들어간 래핑과 폭력적이면서도 희화화된 가사로 2000년 제42회 그래미 어워드에서 최우수 랩 앨범 외 두 개 부문에서 상을 타고 미국 내 550만 장, 전 세계 2,100만 장의 판매고를 기록하는 앨범이다.

전에 들었을 때랑 구성이 달라졌다.

"이거 언제부터 녹음한 거야?"

"재작년부터 틈틈이."

"자신 있어서 들고 온 거지?"

"지금까지 쓴 곡 중 최고로만 뽑았어."

긴장한다.

"거친 비트도 들었고 가볍고 몰입감 좋은 붐뱁도 있고 귀가 째질 것 같은 놈도 있고 아주 다양하네. 딕션 좋은 건 일찍이 알았고."

"맞아. 여러 가지로 넣었어."

"쌈마이향이 물씬 나는 게 마음에 드네. 물 흐르듯이 유려하게 넘어가는 여유로움도 좋고 해학도 있고 아주 좋아."

"정말?"

"세계적으로 2,000만 장도 기대해 봐도 되겠는데."

"뭐?!"

"드레."

"예, 말씀하십시오."

"전화해 둘 테니 DG 인베스트를 찾아가요. 거기서 투자 계약을 맺어요."

"정말입니까?"

"드레는 되묻는 습관이 있나 봐요."

"아닙니다. 아닙니다. 바로 찾아가서 계약 맺겠습니다."

바람같이 흘러가 인지 못 할 수도 있는데 에미넴도 뛰어나지만 닥터 드레의 인터스코프 레코드도 보통 레이블이 아니었다.

에미넴 하나만도 끝내줄 판에 내로라하는 아티스트들……

마룬 5, 그웬 스테파니, 레이디 가가, 셀레나 고메즈, 엘리 굴딩, 빌리 아일리시 같은 이들이 쏟아져 들어온다. 스팅이나 롤링 스톤스, 마돈나 같은 이들도 마찬가지로 합류하고.

투자할 가치는 넘쳤다.

만족한 나는 두 사람을 데려가 한정식의 위대함을 보여 줬다. 광장 시장으로 데려가 한복도 한 벌씩 맞춰 줬다. 에미넨의 딸을 위한 한복도 좋은 놈으로 다 맞춰 주고.

그즈음 중국에서 사람이 넘어왔다.

선샤오광이었다.

아주 예전 리룽의 특사로 우리 집까지 찾아온 남자.

그가 어떤 서류를 내보이며 나에게 허리를 굽혔다.

"다시 찾아뵙게 되어 영광입니다. 장 공."

나를 '공'으로 표현한다.

재상급 반열로 올린 것.

"안면이 있는 분이시네요."

"예, 맞습니다. 일전에……."

설명한다.

"그렇네요. 오늘은 무슨 일로 찾아왔죠?"

"그분의 명을 이행하였고 완료하였음을 보고드리려 찾아왔습니다. DG 인베스트와의 협업도 확실히 종료했다는 것도 마찬가지입니다."

텐센트였다.

꺼내는 서류 봉투엔 'DG 인베스트 4 : 리룽 2 : 마화텅, 장즈둥 4'를 확정 짓는 문서가 들었다. 리룽의 몫에는 리룽 맏아들의 이름이 들어가 있다.

"앞으로 중국 내 사업에서만큼은 저를 통하시면 될 겁니다. 그에 대한 명령을 받았고 최선을 다해 수행하겠습니다."

"대리인이군요."

"영광스럽게도 선택받았습니다."

리룽과 DG 인베스트 사업의 대리인이라.

엄청난 실권이었다.

선샤오광의 말대로 선택받았다고 해도 될 만큼.

아무래도 우리 집에 온 경험이 크게 작용한 모양이다.

"축하드려요. 좋은 역할을 맡으셨네요."

"몸 둘 바를 모르겠습니다. 앞으로 무슨 일이든 저에게 시켜주십시오. 할 수 있는 모든 걸 다 동원해서 이뤄 내겠습니다."

"고마워요. 마음이 든든하네요."

"아닙니다. 아니, 감사합니다. 감사합니다."

짜릿한지 흥분해 수없이 허리를 꾸벅이는 선샤오광이었다.

그를 진정시키기 위해 필요한 건 단 한마디였지만 그냥 놔두었다.

이도 또한 필요한 시간이었으니.

"그래, 설립하는 데는 어렵지 않았나요?"

"마화텅을 찾고부턴 쉬웠습니다. DG 인베스트가 인도하는 대로 중국용 메신저 프로그램 개발을 의뢰했더니 눈을 반짝였습니다. 이번 건은 사실상 DG 인베스트라는 이름이 게

약을 이끌었다고 봐도 과언이 아니었습니다. 워낙에 당에 대한 신뢰가 적은 사람이어서요."

당에 대한 신뢰가 적다라…….

"그 말은 DG 인베스트의 이름으로 하는 사업에 안전장치가 붙어서라고 판단해도 된다는 건가요?"

"예, 그게 컸습니다. 처음 그분의 후광을 말했을 때는 주저하던 이가 DG 인베스트가 참여한다고 하니 활짝 웃었습니다. 장 공이 이 사실을 알고 계시는지에 대한 여부도 묻고요."

"호오, 그런 얘기를 막 해도 되는 건가요?"

"장 공께는 1도 숨겨선 안 된다는 그분의 명령이 있었습니다."

"감사하네요."

"아닙니다. 실은 장 공을 마주하는 지금 저도 그렇게 느끼는 중입니다. 모든 것에서 솔직해야 함을요."

"절 괴물로 보는 건가요?"

눈을 흘겼다.

"아닙니다. 아닙니다. 위엄이 너무 세셔서 그만. 죄송합니다."

"하하하하하, 괜찮아요. 농담이에요."

"아, 예."

"그래, 메신저 프로그램에는 자신감이 있던가요?"

"안 그래도 준비 중인 프로젝트가 있다 하였습니다. 투자자를 모을까 자기 힘으로 할까 고민하는 중에 이 제안을 받은 거라고 하더군요."

"잘됐네요. 고생했어요."

"아닙니다. 제 역할을 한 것뿐입니다."

선샤오광이 해 줄 일이 참 많았다.

리룽이 이 사람을 내 앞에 던져 준 건 다른 의도가 아닌 손발로 쓰라는 것이다. 선샤오광도 역할을 충분히 인식하고 있고.

그 판단이 옳았다. 마무리도 일이니까.

어떻게 보면 가장 중요한 작업일 수도 있었고 그 일을 맡아 줄 사람은 무엇보다 입이 무겁고 진중해야 했다. 급할 땐 가교 역할도 도맡아 해야 했으니 그런 면에서 선샤오광은 적격이었다.

리룽의 마음 씀씀이가 마음에 들었다. 내 앞에서 머리를 조아리는 선샤오광도 마음에 들었다.

이제 보상할 차례.

1,000만 달러가 든 통장을 그의 손에 쥐여 주었다.

"이, 이건! 너무 많습……."

"본래 떡 만지는 손에는 떡고물이 묻게 마련이에요. 생활 걱정은 말고 일에만 집중하라는 뜻에서 주는 거니 받아 두세요."

"아아……."

세다 세다 했지만, 이 정도일 줄은 몰랐다는 표정이었다.

이것이 바로 뇌물의 법칙. 가진 그릇보다 넘치게 주는 순간 뇌물은 뇌물이 아닌 은혜가 될지니.

선샤오광의 눈빛이 달라지는 광경은 지금 내 곁에 누군가 있었다면 전부 다 볼 수 있었을 것이다. 저 뇌리에 나란 동아줄만 잘 잡아도 일생이 부족함 없을 거란 판단이 낙인이 되어 찍히는 장면을.

물론 나랑 잘 지내서 나쁠 게 없다는 건 삼척동자도 알 만한 사실이니 돈이 많으면 이런 쪽이 편했다.

사람 모으기가 쉽다는 것.

권력을 얻기 쉽다는 것.

고로 능력자를 만날 확률이 높아진다는 것.

만날 때마다 능력자를 휘하로 거두면 일생이 편해진다는 것.

그런 취지에서 만날 사람이 한 명 더 있었다.

'오늘 밤엔 거기로 가 볼까나?'

노태운. 참으로 오래간만의 마주함이라.

그 전에 에너지를 채우기 위해서라도 오늘따라 무척 그리운 사람에게로 갔다. 인천 대학교로.

일본어학과가 있는 건물 앞 벤치에서 앉아 지나다니는 사람들을 조용히 구경했다. 몇 번 했던 터라 백은호는 음료수도 가져다주는 여유를 발휘했다. 물론 여전히 누구를 보러 왔는지는 몰랐다.

친구들이랑 웃으며 사이좋게 나오는 3학년 아가씨를 봤다.

"하하하하, 끝나고 뭐 해?"

"나 커피숍 알바 가야 해."

"알바? 언제부터 시작했어?"

"보름 정도 됐어."

"거기 시급은 잘 줘?"

"1,600원."

"에이, 한 달 일해 봤자 20만 원도 안 나오겠네. 그런 걸 왜

하냐? 용돈 필요해?"

"그냥 커피숍 알바가 해 보고 싶었어. 넌 커피숍 알바 해 보고 싶지 않아?"

"귀찮아."

"그래? 그럼 나는 알바 하러 갈게."

"그래, 잘해. 알바비 타면 한턱내고."

"응."

무리와 헤어져 어디론 가로 가는 여학생을 따라갔다.

버스를 타길래 얼른 잡아탔고 주안에서 내리길래 따라 내렸다.

아무 의심 없이 들어가는 커피숍에 따라 들어가 가장 비싼 음료를 시켰다. 그래 봤자 밀러다.

백은호는 내가 커피숍에 자리 잡자마자 인천 대학교로 돌아가 차를 가지고 왔는데 나는 또 백은호가 오자마자 커피숍을 나와 연희동으로 가자 했다.

당최 연유를 모르겠다는 백은호에 한마디 해 줬다.

"에너지를 채웠으니 움직여야죠. 이제 가 볼까요?"

서울로 돌아가는 동안에도 내가 인천까지 간 연유에 대해 납득 못 했던지 고개를 몇 번 갸웃댄 백은호였지만 굳이 궁금증을 해결해 주지는 않았다. 연희동에 도착했고 나는 밖으로까지 나와 나를 기다리던 신 비서의 안내로 안채에 발을 디뎠다.

그곳엔 노태운 외 청운무역 대표 임정도가 와 있었다.

"왔나?"

"예."

"어서 온나. 여기 앉아라."

시키는 대로 앉자마자 말을 붙였다.

"그래, 요새 공사다망하대."

"조금 바쁘죠."

"그 와중에 3대 고시도 다 끝내 뿟다고?"

"겸사겸사요."

"하이고야, 니는 우째 날이 갈수록 더 대단해지노?"

"그래요? 으음, 이상하게도 제가 그렇게 생겨 먹어 버렸네요."

"의도가 아니란 기가?"

"저도 깜짝깜짝 놀랄 정도니까요."

"니도 놀라더나?"

"다 싫어하는 공부가 재밌으니 놀랍죠. 성과가 나니 즐겁고요. 가끔가다 내가 왜 이러나 싶긴 해요."

"허허허허, 허허허허, 오야. 이리 온나. 함 안아 보자."

뭔가 안심이 됐는지 벌떡 일어나 두 팔을 벌렸다.

가서 품에 안았는데.

왜소했다. 옛날엔 나를 들어 무릎에 앉힌 사람이.

"이렇게나 컸구나. 이렇게나 장성했어. 장하다. 정말 고맙다."

"아니에요. 돌봐 주셔서 제가 더 감사하죠."

"나라까지 구할 인물인 줄 알았다믄 내 니를 대함에 더 큰 정성을 들였을 끼다. 다 모자란 내 불찰이다."

"잘 봐주셔서 늘 감사해요. 제 마음 아시죠?"

"오야. 안다. 안다. 다 안다. 앉아라. 어서."

다시 앉아도 할머니가 기특한 손주 바라보듯 시선을 거두지 않는 노태운이었다.

나름대로의 환영 방식이라.

어쩔 수 없이 견디는 시간을 보내야 했다.

"그래, 요새 은행을 세웠다고?"

"나라를 바로 세우려면 은행 놈들부터 때려잡아야 해서요."

"은행이 문제였나?"

"총체적 난국이었으나 원점으로 돌아가면 은행이었죠. 금융을 모르는 은행 놈들."

"내도 이번에 무슨 일이 일어난 건지는 들었다. 일본 놈들이 한 짓도 같이. 그것도 니가 알려 줬다 카대?"

"예."

"그래도 김대준이는 니 말을 들었나 보네. 김영산이처럼은 안 하고."

"방법이 없었으니까요. 나라가 통째로 넘어갈 판이었는데 1,000억 달러를 눈앞에 던져 줬어요. 단지 몇 가지 조건으로만 말이죠."

"1,000억 달러였더나? 700억 달러가 아니라?"

"700억 달러면 충분하다고 해서 그만큼만 했죠. 안 그랬음 자본금 200조짜리 은행이 탄생했겠죠."

"허어…… 그 돈이면 웬만한 나라도 사겠다야."

절레절레.

"겨우 보호한 거예요."

"뭐라꼬?! 겨우였다고? 돈을 그렇게 퍼부었는데도?"

"세상엔 드러난 것보다 더 대단한 괴물들이 많아요. 동남아에서 먹을 만큼 먹은 데다 이런 일로 저랑 싸우기 싫어 물러난 거지 안심해서는 안 돼요."

"……!"

"한국은 온실 속의 화초예요. 아무것도 모르고 상경한 시골 청년. 그래서 저도 조금 더 강하게 갈 수밖에 없었어요. 내 것이니 건들지 말라고. 더 건들면 누구 하나는 죽을 거라고요."

"설마…… 그 경고가 클린턴이가?"

"예."

지금 미국은 엎치락뒤치락 난리도 아니었다.

한 번 무너진 경험을 가진 공화당은 천금 같은 기회를 놓치지 않기 위해서라도 총력을 가했고 공화당이 무너지는 걸 봤던 민주당은 그 꼴을 당하지 않기 위해서라도 최선을 다해 방어막을 형성했다.

물론 흔들린 민심을 수습하기에도 버거운 형국이긴 했다.

결국 페이트.

내가, 나의 몇 마디가, 내가 나열한 증거들이 민주당을 굳건하게 받쳐 주던 고정 지지층을 분해해 버렸고 작금의 위기가 온 것이다.

더구나 11월엔 상·하원의원 선거가 함께 예정돼 있었다.

이 시기 내가 다시 미국에 나타나 어떤 활동을 할지는 미국 정치판 초유의 관심사가 됐고 이는 공화당이나 민주당이나 둘 다 놓칠 수 없는 사안이었다.

"미국은 이제 제 눈치를 안 보고선 아무것도 못 하게 될 거예요."

"……!"

"오만의 대가를 치를 민주당도 그렇고 공화당은 승리를 거두면서도 가슴 한쪽을 쓸어야 할 거예요."

"허어…… 저 미국마저 꼼짝 못 하게 만들었던 기가?"

"대통령 만들어 주고 선거에서 승리하게 해 준 내 조국에 감히 슈퍼 301조를 때렸잖아요. 반면 일본엔 우호적이고. 그 권력을 쥐여 준 게 누군데 겨우 돈 몇 푼 로비에 저를 배신해요? 당연히 망해야죠."

"그럼 민주당을 계속 망하게 할 끼가?"

"아니죠. 조지가 재선까지 성공하면 민주당을 밀 거예요."

"민주당을 다시 밀겠다고?"

"민주주의 사회는 선거로 시작해서 선거로 끝나요. 정치인을 혼쭐낼 길은 표밖에 없죠. 표로 때려 주는 것. 그렇게 왔다 갔다 하다 보면 똥강아지라도 길들여지겠죠. 제아무리 드세고 고고한 자존심이라도 권력 앞에선 순한 양이 될 테니까요."

"……."

할 말이 없다는 듯 입만 뻐끔 벌린다.

내친김에 한 가지 정보를 더 던져 줬다.

"클린턴은 곧 더 큰 수렁에 빠질 거예요. 이미지에 크나큰 오점을 남기겠죠."

"또 뭐가 있나?"

"여자요."

"여자?"

"여자와 관련된 스캔들이 터질 거예요."

터질 것이다.

원래는 1월에 벌써 터졌어야 할 스캔들이 아직도 안 터지고 있었다.

그게 제일 이상했다.

내 계획은 성추문 스캔들로 클린턴이 마주 흔들리는 와중 아시아 금융 위기 건으로 끝장을 보려 한 것인데.

몇 달이 지나도 도통 터지지 않아 어쩔 수 없이 나를 빌미로 먼저 움직인 것이다. 아니었다면 페이트 10집을 2000년에 발매해도 괜찮았을 텐데.

하지만 나의 이런 불만은 며칠이 안 가 해소되었다.

린다 트립이 나서는 원역사와는 달리 공화당 의원 중 하나가 르윈스키와 접촉하여 이 사실을 캐낸 것이다.

그렇지 않아도 아시아 금융 위기와 검은돈과의 결탁으로 좋지 않을 때 초대형 성추문 스캔들까지 터진 것.

공화당은 즉시 클린턴이 선거에 사용했던 문구를 인용해 공격했다.

It's the economy, stupid! -> It's the peanut, stupid!

이는 물론 며칠 후의 얘기였다.

"동서고금을 막론하고 성추문은 가장 추악한 일로 여겨지죠. 그나마 클린턴을 붙잡고 있던 청년 이미지도 이번에 사라질 거예요."

"……."

"……."

입만 벌리고 있는 세 사람.

노는 물이 다르다는 걸 인식한 것 같았다.

화제를 돌렸다.

"자, 미국 얘기는 이쯤에서 끝내고 이제 우리 얘기를 해 볼까요?"

"커흠흠."

"……."

"달리 계획이 있나요?"

"으음, 우리 임 사장이 차근차근 자리를 잡아가고 있다. 지난 몇 년간 조용히 스며드는 중이다. 당장의 성과를 얘기하기엔 아직 무리지만."

"성과를 원한 건 아니었어요. 나오셨으니 생각을 여쭈고 싶은 거예요."

"내 생각?"

"예."

"그야 니를 보필하는 거지."

"저를 보필해요?"

왜?

"모르겠다. 막연하게만 그런 생각을 하고 있었는데 이번에 니를 보면서 눈에 선~해졌다. 이제 니를 보필하는 게 맞다. 니가 나를 보필했듯이 충실히."

"……!"

"걱정 마라. 조용히 잠수함처럼 살아갈 끼다. 하나하나 쌓아 놓으며 필요할 때마다 꺼내 주께. 적어도 이 한국에서만큼은 불편함이 없어야지 않겠나?"

다시 살겠다는 얘기였다. 먹고살 방책이 있음에도 음지에서 아귀다툼하는 삶을.

말렸다.

"그렇게 하실 필요 없어요. 편히 사셔도 돼요. 제가 원한 건 평안과 행복이에요."

"치아라! 바닷물고기더러 민물에 살라 카믄 되겠나? 내는 일평생 이렇게 살았고 앞으로도 이렇게 살아가는 게 맞다. 손주나 돌보는 건 적성에 안 맞는다. 니도 어렵게 생각 마라. 내는 도구인 기라. 니만 똑바로 사용하믄 된다."

"하지만……."

"해충은 우리 같은 놈들이 잡아내야 한다. 양지에 있는 놈들은 절대 못 캐낸다. 모르겠나?"

"잘못되면 큰일 날지도 몰라요."

"안다. 걸리는 순간 내 가진 거 송두리째 날아갈지도 모른다는 거. 심발. 나라를 위해 돈 1,000억 달러도 턱턱 내놓는 놈 앞에서 고깟 거로 쫄린다 카믄 안 되지. 이 노태운이가 그것밖에 안 되는 것 같나?"

"보통 사람이 되셨잖아요. 이제 그만하셔도 돼요."

"안 할 끼다. 보통 사람. 내는 니만 보필한 끼다. 그기 내 남은 삶의 목표다. 니도 받아들여라. 여기 임 사장도 기꺼이 무릎 꿇었다. 여기 신 비서도 좋다고 무릎 꿇었다. 나도 꿇을 끼다."

대뜸 모두 앞에서 무릎 꿇는다.

깜짝 놀라 말리려 하였으나 임정도와 신 비서마저 무릎 꿇었다.

"거둬 주이소. 늙어가 이빨 빠지고 발톱도 몇 개 안 남았지만서도 아직 경륜이란 게 쪼매 있습니더. 거둬 주시면 죽을 때까지 주인을 위해 살겠습니다. 부디……."

"""저희를 거둬 주십시오."""

머릿속에서 종을 치는 것 같았다.

오늘 내가 여기에 온 목적은 이것이 아니었다.

이럴까 봐…… 작당하고 있을 줄 알았기에 먼저 선수 치러 온 건데.

오히려 내가 당한 느낌이 들었다.

무릎 꿇고는 실실 쪼개는 노태운도 그렇고. 신 비서는 왜 저렇게 충만한 표정을 지을까. 임정도는 뭘 안다고 좋아하고.

방법이 없었다.

아예 자리를 마련하지 않았다면 모를까 이 정도까지 갔다면 무조건 받아들여야 했다.

"알았어요. 알았으니까 어서 편히 앉으세요. 제가 민망하잖아요."

"커흠흠, 거둔 거제?"

"예."

"아이고, 오랜만에 꿇었더니 무릎이 다 쑤시네. 살며 또 꿇을 날이 올 줄은 내 정말 몰랐다. 아 참, 말 편하게 해도 되제? 어려서부터 굳어서인지 존대가 잘 안 나오네."

너스레는.

"그럼요. 제가 굳이 존대를 받겠어요."

"큼큼, 이제 됐다 마. 대운이가 정식으로 거뒀으니 너희들도 인생 핀 기라. 어서 감사하다고 절 올려라."

""예.""

신 비서와 임정도가 절을 한다.

""거둬 주셔서 감사합니다.""

이 노인네가 지금 날 엿 먹이나?

나도 얼른 일어나 맞절했다.

노태운은 자기가 주례사 선생이 된 것처럼 자리를 정리했다.

"남자가 모여 남자답게 이어졌으니 앞으로 뒤돌아볼 일은 절대 없는 기라. 무조건 전진이다. 알았나?!"

"""예."""

"좋다! 됐다! 남은 생 불꽃 한번 피워 보자. 하하하하하하하. 여보~~ 술상 좀 봐 온나. 오늘은 쪼매 마셔야겠다."

사모님은 기다렸다는 듯 거하게 한 상 차려 내었고 이날은 아무도 집에 돌아가지 못했다.

나도 결국 웃을 수밖에 없었다.

이 일은 순전히 신 비서와 임정도를 내게 넘겨주기 위한 노태운의 계략이라. 혹여나 부재 시 나를 머리로 삼기 위한 귀여운 음모였다.

그것을 위해 기꺼이 무릎까지 꿇는 퍼포먼스를 벌이다니.

못 당한다. 못 당해.

'하여튼 무서운 양반이야.'

〈14권 끝〉

회귀로 영웅독점

수없이 이어져 온 인간과 나찰 간의 전쟁.
그 안에서 홀로 살아남은 건
가장 재능 없다 여겨졌던 둔재, 이서하뿐.

'처음부터 다시 해 보자.'

이제껏 도망만 쳐 왔으나, 이제는 다르다.
복수의 돌로 다시 시작하는 인생.

안타깝게 스러져 간 영웅들.
대적을 도륙시킬 희대의 보구들.
그 모든 것을 선점해 역사를 바꾸리라.

1 회귀로 영웅독점

2 회귀로 영웅독점

북두
무림에 떨어진
청루연 신무협 장편소설
현대인
빽소니로 요절했던 죽음의 기억이 강렬한데,
'……내가 조휘?'
다 쓰러져 가는 조가철방의 차남이 되었다.
날아가는 새를 떨어뜨릴 권세도,
의지를 관철시킬 무력도 없다.
일가족을 몰살시킬 어마어마한 빚만 있을 뿐.
허나 그 누구도 경험하지 못했을
비장의 한 수가 남아 있으니.
"아버지, 조가철방을 물려주십시오."
문명의 이기를 총동원한 현대인의
중원무림 성공기가 지금 시작된다.
2 무림에 떨어진 현대인
1 무림에 떨어진 현대인
무림에 떨어진 현대인